U0614282

闽水泱泱

南帆

福建师范大学文学院文学创作丛书

非鱼集

陈碧珍　著

海峡出版发行集团
THE STRAITS PUBLISHING & DIBLISHING GROUP
海峡书局

图书在版编目（CIP）数据

非鱼集 / 陈碧珍著. — 福州 ：海峡书局，2019.6（2024.8 重印）
（闽水泱泱：福建师范大学文学院文学创作丛书）
ISBN 978-7-5567-0618-1

Ⅰ. ①非… Ⅱ. ①陈… Ⅲ. ①散文集-中国-当代 Ⅳ. ①I267

中国版本图书馆 CIP 数据核字（2019）第 100416 号

责任编辑 曾令疆

非鱼集
FEI YU JI

著　　者 陈碧珍
出版发行 海峡书局
地　　址 福州市台江区白马中路 15 号
印　　刷 三河市兴博印务有限公司
厂　　址 河北省三河市杨庄镇大窝头村西
开　　本 710 毫米×1000 毫米　1/16
印　　张 16.25
字　　数 247 千字
版　　次 2019 年 6 月第 1 版
印　　次 2024 年 8 月第 2 次印刷
书　　号 ISBN 978-7-5567-0618-1
定　　价 69.80 元

序一

相对于中原而言，无论是经济还是文化，福建都是开发较迟的区域。然而，经过唐、五代的发展，至北宋、南宋时期，随着文化南移，处于东南海疆的福建在文化投入方面令人注目，整个宋代福建就出了几千名进士。宋代的福建文化处于崛起的状态，州县学、书院的兴办，科举的发达，刻书业的繁荣，让福建一时文化精英荟萃。北宋著名词人、婉约派代表人物柳永就是今天的武夷山人，南宋著名词人张元幹、刘克庄也是福建人。时间发展到现当代，冰心、庐隐、林徽因、郑振铎、高士其等闽籍作家影响广泛，他们的作品成为经得住考验的长销书，用今天学术界的话来说，就是他们的许多作品都“经典化”了。

我无意过分强调福建的灵秀山水对孕育出一代代文人墨客不可替代的作用。地域文化的某些特征有时能让人发挥天赋，有时则制约人的创造力和洞察力。我只是说，从福建这片碧水青山走出来的读书人，他们对世界的思考，他们的审美创造，随着近代伊始“放眼看世界”的时代潮流不断涌动，表现出地域性文化与世界性文化的消化、融合大于冲突的特征，同样，他们的审美书写，既有博大的胸怀，又不乏细腻的精致。而这些特点在福建师范大学文学院创作文库的诸多作品中，亦能得到有力的印证。

福建师范大学文学院培养的学生相当大的一部分已经是福建省语文教学的骨干教师，培养优秀的师范类大学生无疑是教学方面的重点。同时，不少博士、硕士、本科毕业生也走上了大学教育、文化传播或行政管理等岗位，与师大文学院有着学缘关系的各类人才活跃在教育与文化建设的各个层面，他们的工作在毕业后已经有了很大的差异，但有些不断强化的能力依然是他们的共同点：一是能写，二是能说。

如果是一位语文老师，“能写”意味着老师的下海作文要能为学生做出示范，示范性意味着难度。语文老师的高素质表现之一，就是老师写出的文章，无论是议论文还是记叙文，不但能让学生服气，而且具有带动、启发的作用。近在咫尺，且与学生形成教学共同体的语文老师若“能写”，其为“班级订制”的作品通常能发挥教材上的文章所无法替代的作用。如此，文学院的学生写诗歌、散文、小说、随笔，不是一种“业余行为”，而是通过写的“游戏状态”达到写的“专业状态”。这是因为这种“游戏之写”，不是通过必修性的学分制度让学生受约束，而是通过鼓励性的氛围创造来推动进步。一位学生只有通过写小说、写散文、写诗歌，才会有耐心琢磨自我情感如何通过文字获得有效而别致的表达。一个运动员光看教学录像无法成为运动员，只有参加训练和比赛，才可能锻炼体魄，习得技术和战术。文学院从2009年开始举办一年一度的文学创作大奖赛，得奖作品汇编成正式出版物，展现学生的创作才能，通过“作品会操”提升创作水准，检讨作品得失，活跃创作氛围。如此持续多届，为形成创作批评与学术研究积极互动之特色打下基础。这样，从“运动员”到“教练员”，今后师大文学院的毕业生，无论是从事教师工作，还是当新闻记者，或是从事其他文字工作，不但自己要写得好，更由于自己有了对写作的深切体验，懂得教他人写出一手好文章，而不是只会用几个既有的概念或术语来敷衍出几则写作方法。能力的培养，许多是习得性的，而不是概念性的。方法的“懂得”不见得会写，从方法学习到应用学习，有一大段距离要去亲自经历，也就是说，写作能力的习得具有不可替代性：只有体验过，受挫过，豁然开朗过，积累了一定量的写作体验，懂得自身的天赋如何通过写作发挥出来，才可能找到属于自己的表达路径。光说不练，写作体验是不可能达到深切的。从这个意义上说，此次创作丛书的出版，对鼓励性的创造氛围的进一步形成，将起到明显的推动作用，其影响也将是长期的。

此次文学院创作丛书的推出，其特色是除了学生作品系列，更有教师与校友系列。我们知道，福建师范大学文学院的历史可追溯到1907年清宣统帝的老师陈宝琛创建的福建优级师范学堂的国文系科，是全国较早创办的中文系学科之一。历史上，叶圣陶、董作宾等著名作家曾在此任教，著名的翻译家项星耀也曾任教于师大中文系。创作、翻译、研究、教学，这在诸多现代文学人那儿，多是相得益彰、相映成趣。我们无意倡导高校中文系教师在教学、研究与创作诸方面的全能化，但至少应该欢迎有创作才能的高校教师发表文学作品。文学作品创作不像体操比赛，上了年纪的体操教练很难与年轻的运动员一比高低。创作可类比射击运动，经验丰富的老教练亦可充任赛手，与年轻运动员同台竞技，有时还能获得不俗成绩。此次教师系列与校友系列的创作者，既有名家，又有年轻的小说家、散文家、诗人，说不上洋洋大观，但也是济济一堂。第一次如此集中地推出在文学院工作以及在外就职的知名校友的文学作品，既是文学院教师群体创作实力的阶段性总结，亦通过作品的共同展示，了解知名校友的创作现状，深化知名校友与母校的学缘纽带联系，构建以师大文学院为出发点的创作共同体，让在校与校外的文学院文学创作者的各种作品，从各个侧面体现文学院历史与现阶段教学的成果性、成长性与标志性。

文学院这三个创作作品系列，从年龄的角度看，也可视为老中青三代的不同生活与思想情感面貌的差异性汇合，他们都与师大文学院有着种种“不得不说的故事”，他们的作品也或多或少反映了在母校生活的各种情感痕迹。当然，这是小而言之。就大处看，这三十年来，在我们这片土地上发生了各种变化与各种故事，然而，无论如何变化、如何不同，这三个系列的创作群体至少有些共同记忆密切地联系着福建师范大学，紧紧地联系着他们共同拥有的中文系和文学院。除了这一颇有意趣的共性之外，他们各自的生活与情感面相更可以让我们激动地发现，我们的同学、教师、校友通过他们的笔，对生活有着怎样的发现，又提供了什么样的思想与审美的景象。这犹如一系列的精神橱窗，让我们漫步其中，驻足品味，或会心一笑，或沉思感慨，或退后打量，或移情投入，说一声：“看看，毕竟都是师大文学院的人，他们有些地方太像了。”或是：“怎么都是师大文学院出来的人，他们的风格真是千差万别，争奇斗艳。”也许，这正是中文系、文学院应该有的写照，他们为了一个共同的爱好、趣味，曾经或现在正走在一起，他们以各自的思想与表达呈现各种看法，同时，又以他们的笔，共同表达对世界、祖国、家乡以及文学艺术的热爱。

福建师范大学副校长　汪文顶

序二

1988年，我进入福建师范大学中文系，从那时起，我和文学的不解之缘就开始了。

那是文学创作的黄金时代，文科楼教室和宿舍楼里永远闪着不愿熄灭的日光灯，紧蹙的额头和双眉，格子簿上黑色的笔迹，一簇簇橙红明灭的烟头，都在暗示着文学风尚在那个时代是多么为人尊崇。我记得，中文系的闽江文学社云集了一大批文学爱好者。当年的文学爱好者，大多数现在已成了作家、评论家，他们将爱好做成了事业；更多的人，他们在工作岗位上发挥中文专业的特色和优势，在柴米油盐中眺望自己的理想。尽管当年的爱好已默默沉潜到生活的褶皱里，但毫无疑问，我和他们一样，用四年的时光培育了一生的情怀。

我们为什么需要文学？每个人都有各自的判断。毫无疑问，文学让我们更清楚地看见人生和世界，我们在艺术的视距里“看见”从来没有看到的，这也许就是文学永恒的意义。因此我们说文学是一项不朽的事业，所有曾经和正在进行文学创作的人们都值得嘉许和崇敬！

热爱文学的方式有多种：一种人以文学创作为终生的事业，另一种人持续阅读文学作品并关注文学的发展，用读者的身份和阅读的力量来影响文学的发展。大学毕业后，我曾经在莆田一中当过语文老师，经常鼓励和指导学生多写作文，写好作文，不断提高写作能力。如今虽然沉浮商海多年，但我依旧对文学创作怀有深深的情结。我愿意做后一种人，虽然放下了文学创作，但永远不离开它！

福建师大中文系是一个文学人才荟萃之地，这里有很多优秀的文学创作者，有的作品还对当代中国文学的发展产生过重要影响，而我也因之受益良多。今天，欣闻“福建师范大学文学院文学创作丛书”即将出版，我非常荣幸能为这套丛书的出版尽绵薄之力，一方面表达我作为一名中文学子的拳拳之心，另一方面我也想对那些依然在进行文学创作的老师和同学们表示敬意！持续关注福建师大文学院的文学创作和研究发展情况，并能有所助益，这是设立“文学创作与研究奖励基金”的初衷。“福建师范大学文学院文学创作丛书”的出版不仅是福建师大文学院老师和学生文学创作成果的一次重要结集，更是一次集体展示，它不仅总结过往，更预示着将来。我想，福建师大文学院的文学创作传统也必将因之迈上新的台阶，继续发扬光大！

福建师范大学文学院1988级　林　勤

师姐陈碧珍

某个晚上，老家连城一中的语文老师陈碧珍突然打来电话，说和我堂妹一起吃饭，说第一次认识我堂妹，很喜欢云云。语调有点兴奋，激昂，我初步判断是喝了几杯的缘故。我和堂妹平时没什么联系，自然少不了说上几句。电话末了，碧珍大声地请我为她的新书作序，并像老师一样提问：可以吗？可以吗？我一时反应不过来，轻轻地答：可以。没想她来劲了：真的吗？真的吗？你真的答应为我写序吗？我只好说：当然真的，那还有假！但不算序，只是写点印象吧。刚说完，她在那头就蹦跳起来，仿佛喜从天降，天上掉下了馅饼。

碧珍就是这样一个女子，看上去没心没肺，口无遮拦，实际又非如此，常常显得拘谨，小心翼翼，自尊自爱，深恐惊扰了这个世界，惊扰了别人。认识她其实很久了，但她始终静静地躲在一角，默默地望着你，不过分亲热，也不过分表达什么。大概是貌不惊人的缘故吧，因为不是林徽因这样才貌双全的奇女子，更非人见人爱、花见花开的小女人，她总是静坐一隅，笑看花开花落，静观人间百态。那双眼，是明净的，睿智的，背后便透出深邃的自我，有点自怨自艾，有点小众小资，但更多的是顾影自怜，自我欣赏。

碧珍其实与我毕业于同一所大学同一个系，甚至长我一两届，她完全有理由不把这个“得意忘形”的小师弟放在眼里，但她却不多话，平和地坐着，微笑着看你，仿佛看着一个成绩优异小有成就的学生，脸上有一种自豪，一种满足。只有在高兴喝了点酒满脸通红的时候，她才显出她的热情来，毫不忌讳地表达着她内心对你的喜欢与敬重。

在这样一个“男人好色，英雄本色”的时代里，碧珍本该和其他相貌平常的女人一样，有一些愤懑与尖刻，但她却似乎例外，不争不抢，自尊自爱，自得其乐。她的本分与娴静因此显得格外相宜，虽然也不免被冷落，被遗忘，但她还是坚守着，走向缪斯女神的怀抱，走向网络的虚拟与梦境，走向心灵的自我与小我。

她曾经想做一条自由自在的小鱼，在水中畅游，但又有些小小的不安分，想飞，这何尝不是她文学梦的真实写照？就像她的职业，一个好教师，一个相当优秀的骨干教师，但又做着文学的梦，飞翔的梦，难怪是一条“想飞的鱼”！可到如今，又为何成了“非鱼”呢？是无奈，还是梦想？不是鱼，那又是什么？碧珍似乎留下了一点空白与神秘，一点野心与不驯，像是留给了读者，其实更像是留给自己的。

这是一个风烟俱净的世界，更是一个绚丽多彩的园子。这是一个小女子梦呓的呢喃，也是一个女人情感的私语。没有愤恨偏激，更没有尖酸刻薄，她细细地种下了一丝丝心情，一滴滴眼泪，一粒粒种子，一颗颗果实。她坐看风轻云淡，云卷云舒，只等秋日金黄一片，“还来就菊花”。

这是碧珍私家的园子，瓜果时蔬样样有，奇花异草时时见。有凡尘烟火，人生百态，也有忧思伤情，电闪雷鸣；有传统的风花雪月、阴晴圆缺，也有时尚的刀枪剑戟、杂弹乱炖。走进这样的园子，就像走进了一片原始森林，清新、惊奇、历险的字眼便不时地蹦出来，占据着你的脑海。碧珍的语言是诗性的，时尚的，也是有魔力的。她就像一个魔术师，一处平常的景致，一个默默无闻的村庄，一位名不见经传的凡人，她都能用她的巧手编织得如梦如幻，令人神往，令人着迷。当然，在这园子里，我更喜爱那些不经意的文字，如《独语》，如《乱弹》，兴之所至，无章法，不讲究，单刀直入，吉光片羽，该收就收，想放就放，畅快淋漓，它就仿佛无人侍弄自然生长出来的野花，令人眼前一亮，惊得合不拢嘴。

这就是师姐陈碧珍给我的最直观的印象，真是锦心绣口呀！对了，就是它，“锦心绣口”的陈碧珍。

福州市作协副主席、福建省艺术研究院一级作家　傅　翔

目录 CONTENTS

行　　吟

素　描

独　语

乱　弹

众　说

行吟

千年之约

你说过，美到极致总是叫人伤怀。

譬如第一眼看到江山睡美人。

王剑冰在《绝版的周庄》里写道：“我真的不知道，你在那里等我，等我好久好久。我今天才来，我来晚了，以致使你这样沧桑。”站在黄昏的观景台上神思恍惚，有一刹那，你以为，美人沉睡千年，只为等你。

好比赤壁等待周瑜，滕王阁等待王勃，西湖等待苏轼，郁孤台等待辛弃疾，周庄等待与三毛进行一场发自灵魂的对话。

冥冥之中，一定有什么因你而生。譬如这种将坚硬化为柔软，将雄奇变成阴柔，将男儿的豪迈湮没于女子的柔情蜜意中。江山睡美人啊，五座青山托起花瓣一样的女子，酣睡的女子，诗意的女子。何意百炼钢，化为绕指柔，你被这奇特的景观震撼了。抬头仰望，美人仰面朝天，恬然而卧，长发如瀑，像喷涌的情思从千古飞泻而来；仔细端详，她袒露着高高的胸脯，一如袒露着最原始自然的情怀，圣女般纯洁无邪；屏息谛听，她的呼吸均匀细微。你看得心旌摇曳不能自已。

原来邂逅美景，也是需要机缘的。

今天七夕，你奔她而来，如同奔赴一个妙不可言的约会。你心潮起伏，千回百转。你被她天然去雕饰的美所折服，不知不觉中，又怅然若失。“江山睡美人”，要有怎样的底气，才能担当得起这样大气磅礴的名字？

其实，当你知道，“江山”并非指某座山，而只是龙岩市新罗区一个面积不足三百平方公里的小山乡时，你的讶异，溢于言表。如此弹丸之地，是谁给它这样一个霸气十足的名字？

怀揣疑惑，你跟着采风团深入江山。两天的行程里，江山宛若一朵含苞的花儿，一点点绽放，一点点展示她的富饶与神秘。

是山村如画成就了“江山”？六十五个静静卧在崇山峻岭中的自然村，

就如小说里颇具匠心的一个个伏笔，小巧，别致，每一次不期而遇，都在你的心海激起朵朵浪花。你喜欢这种感觉，小车盘旋于蜿蜒的山路上，戛然而止，一个神秘的村庄赫然在目，许多意想不到的惊奇，等着你去揭开。

就说那个山头村，一个位于海拔千米以上的村庄，气候宜人，阳光充足，雨量充沛，高处亦胜寒，被称为“绿色氧吧”“天然避暑山庄”。全村六十几户人家，居然拥有四十多辆小车。其富足美丽，令人咂舌。

是山水多情孕育了“江山”？江山多竹，竹海浩渺，绵延不绝。翠竹细瘦，风情，像婉约词。行走在翠竹下，你的心饱蘸诗情。你和大家一起，大呼小叫，沉迷于江山风姿。壁立陡峭的千米屏障，深不可测的大峡谷，太公钓鱼，王府点兵，九侯叠嶂……得天独厚的旅游资源，使江山成为闻名遐迩的旅游度假风景名胜区，被誉为“龙岩武夷出江山，江山龙岩之鼓山”。五大庙宇，笋池岩、香林庙、财神庙、雷云寺、永安寺，气宇轩昂，深藏了江山深厚的人文底蕴。

两天的行程太短，许多神奇来不及品咂，就惊鸿一瞥，匆匆掠过。

是美人多娇点化了“江山”！月夜，遥望江山睡美人。美人酣睡，清月无语。你心事浩茫。铜砵村下里洋农庄，激情夏日欢乐圣女节的笑声犹在耳畔，斜背村色泽明亮清冽甘醇的斜背茶的茶香尚在舌尖缠绵，被双车温泉熨帖过的双脚仍舒适惬意，残留余温，而岁月即将远去。你突然惶恐起来，这也是你第一眼见到睡美人，轰的一下，激动得不能自已的原因。时光老去，美人不老。岁月的刻刀无法在沉睡千年的美人身上留下任何痕迹，而我们，早已被风雨侵蚀，锈迹斑斑了。

然而，美人尚在深闺中，宛若你平凡的人生，宛若所有平凡人的凡俗人生，岁月欠了江山一份可圈可点的辉煌。这大开大阖惊心动魄的一笔由谁来书写？正如周瑜之于赤壁，赤壁因周瑜而饮誉中外，周瑜因赤壁而风流千古。赤壁与周瑜相遇，是赤壁的幸运，抑或周瑜的幸运？那么，江山又将与谁相遇？由谁来执笔，给江山添上浓墨重彩的一笔？

江山代有才人出，各领风骚数百年。天地不老，人生匆匆。每个人心中都有自己的“江山”。或许我们不能拉长生命的长度，但可以拓宽生命的宽度，增加生命的高度。赤壁虽然因了英雄周瑜而傲然史册，但又何尝不是因为数百年后，苏轼伫立在江边沉吟出一阕“大江东去，浪淘尽、千古风流人物”，而成为云集“一时多少豪杰”的江山，成为让人神思渺渺、气象万千的“江山”？

我忽然想到，会不会有一天，沉睡千年的美人，星眸微启，吐气如兰，慵懒地醒来。彼时，整个时代都在等待江山的腾飞。

王寿山，春天的约会

你无法否认，登临王寿山，其实是无法抗拒春天的一场约会。

可一开始，你什么也不知道，懵懵懂懂扑向这座山，像一个有勇无谋的猛士。你不知山之高，路之险，期望中的相约，遥远得令人绝望。

就这样莽莽撞撞启程了。此前，你没有听过永定“洪山”，更遑论到过。你不知道到洪山的路这么远，又是车又是船，颠簸的黄沙路，慢吞吞的轮船，二三十个从四方涌来的文友，彼此交流着，热络而亲切。这一切，于你太过陌生。你的内心生出孤独，像春草，一丝丝，执拗地探出地面。

就这样一路沉默抵达了。就这样将自己交给烟雨迷蒙的春天早晨。登山伊始，你甚至来不及呼吸一下凛冽的空气，就被高高的、绵绵不绝的、一级又一级的石阶所惊骇。望着这绵延起伏的、长满青青苔藓的石阶，你的腿肚子在打战。你痴想，若能将石阶一级级卸下，一点点铺开，连缀成壮观绵延的铁轨，那将会带给你多少奔跑的激情。

只一刹那恍惚，你就开始触摸到一种悲伤，落叶的悲伤。不是“袅袅兮秋风，洞庭波兮木叶下”的诗意与恬然，亦非“无边落木萧萧下，不尽长江滚滚来”的悲壮与雄浑。层层叠叠的枯叶，堆满路面，像一个华丽而悲伤的梦魇。你不由惊叹春天的落叶之多，之颓败。举头是熠熠闪烁的新绿，低头是经年积久的枯叶。落叶下面的落叶，也是经年积久的往事吧？一脚踩下去，仿佛惊扰了沉寂的时光，你的内心有些微悲戚。是为落叶伤怀，还是为这一次莫名的冲动，茫然无畏的出行？不能多想，亦无暇抬头看天，听不见鸟的碎鸣，只能屏住呼吸，专心致志，小心翼翼，一步一个台阶，攀登，攀登，向前，向前。还要提防那狡猾的青苔，一不小心，它就将你摔个四脚朝天。

然而，磨难远在后头，你不知道，这是一座海拔1148米的高山，是你生平的第一座高峰。你心脏不好，还恐高，是何种神奇的力量，令你战胜胆怯，克服疼痛，用起了泡、磨出血的脚，一鼓作气，跌跌撞撞，撞开人生的第一座巅峰?

棋盘石，你翘首盼望的顶峰，终于在你花容失色，内心惊恐有如繁弦急管齐鸣，惊慌未定时刻，安然降临了。在登上的那一刻，你内心欢呼：我终于爬上来了。曾经以为一辈子都不会登临的高山，就这样被征服。你不由感慨，很多时候，人们画地为牢，乐于臆想，以为生命即是如此，无从改变。如果没有尝试，你永远无法预见自己的命运，无法预知生命的高度与厚度，人生的丰厚与华美。

感慨，沉思，怀着朝圣者般的虔诚以及劫后余生的庆幸，你回首来处，却惊讶得说不出话。与此同时，耳边炸响了同行者的惊呼。放眼望去，莽莽苍苍，层层叠叠，弥漫着你的视野的，是铺天盖地的、娇嫩的、喷薄而出的高山森林。那宁静安详的绿色，宛如熟睡的婴儿，美得令人窒息。你突然热泪汹涌。一切安排得天衣无缝，完美无瑕。冥冥之中，你将会在海拔一千多米的高峰上，一吐胸中块垒。

这一回，你怀揣着隐秘的心事，逃离一种现实，又遥不可及地追逐一个梦想，辗转于梦与现实之间。现在，你明白了，所有的困顿与纠结，所有的艰难与悲伤，都是为邂逅这一块天然去雕饰的翡翠埋下伏笔。

当兴奋的文友簇拥着在传说中的棋盘上合影，一个紧挨一个，仿佛成了一粒粒真实的棋子；当摄影师举起相机，大喊“注意了，注意了”的时候，那一句“无穷的远方，无数的人们，都和我有关”，那么自然地从你的脑海里闪现。你醍醐灌顶了。

雪小禅说，我知道，这世间必有一种人，以最单纯最干净的态度，以植物的姿势，骄傲地寂寞着。你曾如此迷恋这种孤傲。上山时候，你看见野花灼灼，像春天漫无边际的忧伤，从山的那一端，倾泻，泼墨。你以为自己就是卑微的野花，从冰寒雪冷，绿暗红稀，到芳华繁盛，直至落红如盖，宛如一个注解，言说着一场让人欣悦又让人悲怆的，春天的花事。你自开自谢，顾影自怜，无人问津。你错了。你恍惚记起海明威说过，没有人是座孤岛，独自一人……任何人的死亡都是对我的缩小，因为我是处于人类之中。

是的，你处于人类之中。你的心灵，终于与春天邂逅。

一座山的疼痛与坚守

对于战争，我缺乏兴趣，也没有直观概念。那些人，那些事，那弥漫的硝烟和纷飞的炮弹，离风和日丽太平盛世的今天，太遥远，遥远得令人忽略。

而眼前的重峦叠嶂花花草草，又与岭南任何一处山水并无二致。

固执的老项，一个年过不惑却依然执着痴迷的人，一个被人预言“今年不发疯明年一定会发疯，明年不发疯后年一定会发疯”的中年男人，却执意要把我们带到山的最高峰。

一座山，就此沉甸甸地压在心上。它异常固执，日夜盘桓于我心头，沉默而倔强，注视着我的眼，我的心，令我惶恐，不得安宁。

青山依旧在，几度夕阳红。常言青山亘古不变，绿水长流不息，然而海尚且会枯竭，坚如磐石，亦有腐烂的一天，没有什么东西是不会改变的。譬如多年前，山不知道，有一条现代化的高速公路，会刺破坚硬的岩石和厚重的土层，从它的身体穿越，在它身上留下一道深深的伤痕。车如流水马如龙，当奔驰宝马以及别的小车从它的隧道里风驰电掣般飞过，比如我们曾驾车无数次穿越那样；或者负载沉重的大卡车，喘息着，颠簸着，小心翼翼地驶过这一段深深的隧道时光，有谁会猛然想起，哦，这树木葱茏山花烂漫的地方，曾是尸横遍野血流成河的山岭啊。这个地方，是许多人的伤心地，它让人不忍碰触，无法忘怀，肝肠寸断，欲哭无泪。丧亲之痛，不是时间之手可以抚平的。这种伤，像个黑洞，永无止境。而这个地方发生的那一场战役，其残酷惨烈，又令世人扼腕嘘唏。

只要发生，就会有痕迹；只要存在，就不当被漠视。当无数车辆发出轰隆隆的巨响，昂然地从它的身体穿过，我突然想，山，会不会疼痛？或者这一声声汽笛，是否唤醒山曾有的疼痛记忆？

我一直不忍提及那个日子啊，那个令山河黯淡天崩地裂的日子。我又不能不提及那个日子，那个气壮山河风云为之变色的雄伟日子。

1934年9月23日，中秋节，花好月圆。他们选择在这个明媚的日子来进行一场疯狂的总攻。此前，他们曾狼狈不堪，一败涂地。这回为确保摧毁红军堡垒，他们从南京调来两个装备精良，拥有当时中国攻击力最强的火炮的炮兵团。唯恐火力不足炮兵难以摧毁红军的阵地工事，他们又从南昌派来几十架德制“黑寡妇”轰炸机参战。在重炮和飞机的猛烈轰炸下，半天不到，到处一片狼藉，山岭甚至被削去一层。

你能想象，一座流血的山岭，呻吟的山岭，血肉模糊的山岭，是什么模样？而此后红军与国军的肉搏，其惨烈程度，更是令人不忍描述。这场战役打了七天七夜。七天七夜的鏖战，七天七夜的坚守，终因敌众我寡，武器装备远不及敌军，山岭沦陷了。

这一场保卫战，有上万名红军将士和闽西地方武装战士永远长眠于山岭间，闽西人民尤其是连城、长汀人民为此作出了巨大牺牲。据《长汀县志》记载：“死亡枕藉，尸遍山野，战事之剧，空前未有。”

写到这里，“松毛岭”三个字，终于从我的笔尖，轻轻地滑出。可是这是一段多么沉滞的历史啊。有人说，松毛岭保卫战的牺牲其实不亚于湘江阻击战。

翻开发黄的史书，我看到这样一段文字：“松毛岭是福建省长汀、连城交界的一座大山，也是中央苏区机关所在地瑞金东面的一道屏障，守住松毛岭就等于守住苏区阵地。具有战略攻势阵地的松毛岭南北横亘80多华里，崇山峻岭，森林茂密，是闽西经连城、长汀往赣南的必经之路。”

老项和松毛岭较上劲了。当闻言赣龙铁路要从这里开过，他疯了般地四处奔波，怎么可以，怎么可以呢？那么多无名英烈长眠在这里，凭什么要惊扰他们的梦？他们将青春，热血，爱与信仰，全部献给了这座山，难道连一个祭奠的地方也不留下？

不答应。老项说，山也不会答应，你看这是珍贵的树种，他们要砍掉，先把我的命拿走再说吧。这是红军水，这依山而下的山泉水，救活了多少人啊，尝尝吧，多甜。

往事已尘封，落下沉重帷幕的历史，被老项这样的热心人一次次翻开。

将军战马今何在，野草闲花满地愁。当我们气喘吁吁地攀上松毛岭主峰白叶洋岭，心里的荒凉感更强烈了。盛夏的松毛岭太美太安静，金戈铁马远去，鼓角争鸣远去，血雨腥风远去，世界祥和得像一个安睡的婴儿。郭公寨黄姓旧屋门板上的弹孔依然密密排列清晰如昨，在山花遍地、野果满山的季节，已经不能给人心悸的感觉。曾经十几米深的战壕被枯枝败叶泥沙俱下地填得浅浅的，仿佛盛不下更多的哀伤。如果不是老项一再排除重重障碍，固执地将绿树掩映的山体掀开给我们看，我们已经触摸不到满目疮痍的旧日风景。曾经惊心动魄荡气回肠的战役，灰飞烟灭。松毛岭，你太寂寞了。

看着老项如数家珍一一指点，我的内心盈满感动。老项的执着，是对生命的尊重，对一座山的敬仰啊。老项的拒绝其实是一种坚守，或者说，山的拒绝其实就是山的坚守。总有些什么是该留下的，雁过无痕，是对历史最大的漠视。

终于，赣龙铁路改道了。

寂寞如碑

来之前，不知道它藏得如此之深。

从赣州到崇义，从崇义到思顺，一路颠簸，一路风尘。行到水穷处，司机将车停下，无路可走，唯有步行了。折进一条窄窄的野草蔓生的小路，往前走，一直走进深山里，约半个小时，一块擎天巨石兀立眼前，平茶寮碑到了。

平茶寮碑高八米，宽四米，至今已有五百多年历史。明朝正德十二年，南赣巡抚王阳明在江西赣南崇义县平伏以谢志珊为首的农民起义军后，勒石纪功，在崇义县思顺乡桶冈村茶寮石崖绝壁上刻石，名为“平茶寮碑”，是崇义立县的见证。今天，我们踏遍千山万水，就为寻它而来。

怀着朝圣般的心情，轻轻走近它，端详着这一块在青山绿水间默默矗立了几百年的石碑。历经风雨洗礼，碑身斑驳，碑文模糊，像一个尘土满面的沧桑老人，古老、厚重、苍凉。手指轻抚苔藓深重的石头，内心划过一丝悸动，仿佛触摸到埋在时光深处一段不愿被人惊扰的岁月，而王阳明那深邃忧戚的目光，亦在眼前交叠闪烁。奇怪，提起王阳明，以及昭示胜利荣耀的平茶寮碑，我看到的是明代最著名的思想家那忧患的面容。也许那一句“破山中贼易，破心中贼难”的至理名言，先入为主地盘踞我的心，以致我想象在胜利时刻，王阳明考虑到人心向背，依然忧心忡忡。这个少年时期就聪慧过人、才惊四座的王阳明，具有多方面的天赋，包括治军统帅的军事天才。他被朝廷委以重任，率军远征，平定民乱。如今江山拿下了，但怎样“德治教化”，用怀柔手段，使老百姓安居乐业，以“破心中贼”，一定苦苦困扰着他。

这样浮想联翩，目光落在刻在巨石上的四个字——平茶寮碑，据说此碑有七块碑文，长期被苔藓覆盖。其二处为王阳明的真迹。一是位于碑体西侧的楷书石刻“纪功岩”三字，二是位于碑体东侧的草书诗文碑刻。但哪一块是王阳明刚劲有力的楷书？哪一块是他那飘逸洒脱的草书呢？一群文友茫然相对，对着黯淡苍老的碑身，和被岁月侵蚀得斑驳剥离的碑文，且惊且疑，谁也不敢唐突古人。

从崇义回来后，某个夜晚突然又想起王阳明，想起平茶寮碑，便上网搜索。据说有人对强调平“贼巢”事而名碑者感到困惑，王阳明为何不取已被平定的横水、桶冈这两个曾被谢志珊、蓝廷凤占据多年的大巢穴来名碑呢？朝廷派出大员率军征剿横水、桶冈，“平数十年巨寇，远近惊为神”，这在《明史》上都记有一笔，而为什么要择选茶寮这个名不见经传的小巢穴来名碑呢？调查的结果出人意料，原来该碑原本就无碑名，所有文献史料书籍上记载的所谓碑名，都是编者因编辑文章需要而附加上去的。刚去崇义时，我还在为这个碑究竟是叫“茶寮碑”还是“平茶寮碑”而纠结，谁也不能明确告诉我。其实，于王阳明而言，碑名是什么并无实际意义，如果王阳明可以选择，他恐怕更愿意用“茶寮碑”——人心，岂一个“平”字了得。

王阳明在江西留下人生堪称辉煌的一笔，崇义县因其而诞生。这中间他充分发挥文治武功，为百姓做了许多好事，包括在福建上杭建浮桥，为百姓祈雨等。“政声人去后”，如今，上杭瓦子街巍然屹立的《时雨记》碑，仿佛在向世人宣告，王阳明的名字在上杭人心中永存。后因功高遭忌，王阳明辞官回乡讲学，在绍兴、余姚一带创建书院，宣讲“王学”。嘉靖六年复被派总督两广军事。两广役后，王阳明肺病加剧，上疏乞归，于嘉靖七年十一月二十九日，在归途中病逝于江西省南安舟中。

对于王阳明，一些人颇有微词，朝廷派他镇压民变，即所谓“剿匪”，不免滥杀无辜。或许我们不能用今天的眼光来看待他。作为一个封建社会的知识分子，谁都想建功立业，他所有的选择都是有理由的。据说，在王阳明临终之际，学生问他有何遗言，他答：“此心光明，亦复何言！”此心光明，是王阳明给自己的盖棺论定。一个精通儒家、佛家、道家，且能统军征战，中国历史上罕见的全能大儒，就这样与世长辞。唯有石碑，穿越岁月烟尘，寂寞地，恒久地屹立在青山碧水间，带给后人无尽的思考。

清寂东华山

海子言，给每一条河每一座山取个温暖的名字。永定抚市的东华山，温暖又大气。其乃永定“第一名山”，以雄奇清秀著名，有“不游东华山，枉为永定人”之美誉，这令我等跃跃欲试，想一探究竟。

从东安登山。山不高，千余米。一条古道蜿蜒而上，石阶拙朴，苔痕点点，落叶满阶，踩上去，像走在平仄跌宕的诗行上，古意而散漫。两边茂林修竹，青碧悦人。虽冬末，已有闲花探出脑袋，令人遥想野芳发而幽香的意境。

十来人的队伍，飞花溅玉，渐渐没入翡翠般的森林。年轻气盛者一路往上冲，打前锋，年老体弱者在后头慢悠悠闲逛，我和几个文友居中，不徐不疾，且走且停，且拍且聊。密林幽境，古木参天，老藤凌空，又闻风行水上，水声杳杳。偌大山林原始古朴，一时心生欢愉，忘却红尘劳顿，得意失意。

古道逶迤，攀过九弯十八角，山势阔朗，仰首见一山门，石碑上书“第一名山”。问其故，或语焉不详，或穿凿附会，不觉怅怅。穿过石门，转过一亭，一峰突兀而来，有石方平列，黛青色，石纹纵横若荇藻交错，酷似棋盘，曰“棋盘石”，乃大自然鬼斧神工，由此又有仙人对弈之传说。往前数米，有一石突出于悬崖上，状如石椅，曰“交椅石”。在众人尖叫声中，一顽皮小伙手脚麻利攀上悬崖傲然坐于其上，仰望苍穹，俯瞰群山，好不快哉。

由棋盘石下行，即抵东华山寺。至于其来历，在与当地人闲聊中得知大概。明万历年间，抚市华丰村道士黄华音上山结庐而居，筑室“黄庭观”修行。他行医募捐，修筑道路，建起殿宇、藏经阁、灵塔等，颇具规模。开光之时，在黄华音与师傅沈龙湖的盛邀下，时任吏部尚书的蒋德馨与刑部侍郎王命璇二人相约而来。因该山尚无名，于是黄华音请赐名。蒋尚书看此处山石嶙峋峻峭，嵯峨千仞，上山只有一条道，颇有“华山”之味。此山位于神州东部，也位于县域之东，当地村落叫“东庵”，华音祖籍叫“华丰前”，可称山为“东华”；同时想到华音之师对自己有求嗣之恩，道教始祖太上老君的门徒“文中子”也被称为“东华真人”，遂命名为“东华山”，将黄华音建的道观称为“东华观”。王侍郎置身奇山秀水中，如临仙境，意犹未尽，脱口而出此山乃“第一名山”。

可惜乾隆十三年，朝廷下令查禁白莲教，有一个李姓和尚为了谋占山场传扬佛教，便向当地政府诬告东华山是白莲教的据点，意图谋反。名山名观遭遇灭顶之灾，被官府毁掉华音神像，拆毁灵塔骨骸，焚烧藏经，没收田产，驱散弟子。后来成为佛教圣地，改名为“东华山寺”。

古寺壮观，清幽，分上下两厅，重檐歇山顶，抬梁式构架。寺左有“一线天”“石鼓”，寺顶有“鲤鱼石”。此外，还有“鹞婆石”“仙人凿字”等，统称“东华八景”。“鲤鱼石”又称“鲤鱼浮塔”，乃东华山镇山之宝，建于清嘉庆四年，四层砖木结构，呈六角形，在冬日寥廓的蓝天下，显出几许落寞。两百多年来，鲤鱼浮塔在光阴中静默，看日升月沉花谢花开，看世事炎凉人间悲欢，不言亦不语。

东华山是当地人敬佛烧香之所，山中多数景点未作开发，这种古朴自然，清寂闲散，尤其契合人心，相比名川大山，自有动人意味。贾平凹说，出游踏无名山水，省却门票，不看人亦不被人看。脚往哪儿，路在哪儿，喜瞧峻岩钩心斗角，倾听风前鸟叫声硬——意趣若此，岂不妙哉？

关于“第一名山”之说，后来得知有不同版本，除了“王侍郎命名说”，还有“乾隆赐名说”和“赖步庸命名说”，真是众说纷纭，莫衷一是。仔细一想，何必纠结于此呢。譬如王侍郎不过兴之所至，信口一说，委实没有必要较真，而名山与否，并不重要，第一要义倒是登山之人，与其汲汲于声名，不如用心去丈量，领取大自然的馈赠。

又，归来数日，收到文友赠诗《题友人幽坐山阶图》。

友人飞鱼，近游东华山，微信发我一张山中照片，依然围巾飘飘。余心有感，作此七绝以纪。

黛山隐隐素梅开，小拂红巾别样裁。
深径惯闻樵客曲，今朝只许薛涛来。

乙未腊月初三夜

虽为谬赞，甚喜，故记之。

月迷津渡

月夜。微风。汀江河畔。渡上码头。

一阵杂沓的脚步声敲碎夜的岑寂。一行人，挈妇将雏，肩挑手提，奔向泊在月色里的小舟。摆渡人长篙一点，小舟无声滑入夜的深处。一只大鸟从江边惊起，拍打着翅膀掠过江面，一两声小儿啼哭飘向远方。薄薄的青雾升起来，月光流淌，月色迷离。一个壮硕汉子伫立船头，神情冷峻，眉头微蹙。回望来时路，烟笼雾罩，山长水远，已看不见幽草丛生的渡口。

公元1017年一个温暖的春夜，命运之手将一群人推向一座山，一座在千年之后注定被写进史册的奇幻之山。

那是一个遥远的年代，远到已经无法看清他们的模样。生活在汀江河畔的庐丰畲乡百姓，于乱世中仓皇出走，到处兵荒马乱，为避难，为求生，不得不以退为进，选择据守那座只有一条水路可以抵达的摩陀寨。这是关于摩陀寨最早的记录。于是便有了臆想中的月夜一幕。此后为防御外敌入侵，他们在摩陀寨上筑城墙，修石门，搭石梯，建古堡。一夫当关，万夫莫开。用层层盔甲将自己包裹起来，摩陀寨俨然一座壁垒森严坚不可摧的城堡。

一千年后。暮春三月，杂花生树，群莺乱飞。驻足于春日的摩陀寨半山腰观景台，踮起脚尖，隔江而望，穿过岁月厚重的烟云，寻找渡上古码头。青山遮住脉脉流水，纵然春潮暗涌，汀水依旧枯瘦，河床两边的石壁裸露出落寞的灰褐，身边不断有人指点着，惊艳着。“九鲤过江”“风动奇石”“田螺上山”“金狮拜佛”“巨蟒出动”“武婆守寨”……唯独不见当年摩陀寨唯一的入口——古渡口。古渡口荒芜了。俯瞰连绵不绝的群山，松柏绿得苍翠，杜鹃红得惊心，叫人怅惘不已。

古渡口，已不在我们的场，也许早被荒烟蔓草湮灭了，再见不到“野渡无人舟自横”的古典意境。

我在这头，光阴在那头。

谁借孤舟一叶，渡我到时光那头？

物换星移，人世沧桑，多少事欲说还休。又一个蒹葭苍苍白露为霜的季节，还是那个古渡头，还是那条汀江水，摆渡人却换了一茬又一茬。又一个淡月微云好风如水的夜晚，一个白衣女子迎风而立，长发如瀑，裙裾翻飞。殷勤的摆渡人将双桨抡得起风，水声哗然。岸边，一个青衫男子发足狂奔悲怆而来，“青梅别走！”声声呼喊疾驰而来，又被阵阵夜风吹散，只剩一个绵软的尾音。慌乱的青春遇上鲁莽的少年，有情人未必终成眷属，一段原本美好的故事被写得七零八落。走还是留？生还是死？这一永恒的命题曾长久困扰着她，折磨着她。月光下，白衣女子泪光盈盈，眼里却充满决绝。几日后，三千青丝万种烦忧，随着冰冷的剪刀，“咔嚓”一下，跌落成泥。与其与人纠结，不如与花缠绵，从此穿梭于花木葱茏鸟鸣幽幽的山林，过一种晨钟暮鼓心如止水的幽居日子，在香火袅袅中修炼祈祷。深山古堡禁锢的岂止是青春的颜容，还有少女烂漫的心。

给心灵找一个渡口，像鱼游向宽广的水域，像鹰飞向高远的蓝天，像雨扑进广袤的大地，像少女选择远离尘嚣清雅绝俗的栖息地。

摩陀寨，亦是心灵的避难所。

多年后的一个明媚春日，我们沿着清幽的青石小径，叩响寂静的山林，一路追寻当年白衣女子的足迹。过小径，登石阶，小心翼翼攀上窄窄的寨门，这就是摩陀寨占尽险要地势的“普济门”了。摩陀寨其实很秀气，小而奇，典型的南方山岭，低调温婉，而非北方的高山峻岭令人望之生畏。继续往上，来到半山腰的开阔地。山风习习，时光猎猎，思绪穿越千古。破败的古堡洞开千年的眼睛，固执而沉默。古城墙苔痕浓重，散发着浓烈的青草香。白色桐花开得没心没肺，落满一地。有丽人爱美之心爆棚，在花树下缠绕不去，或迷花倚石，或拈花一笑，或笑卧花丛，留下萌照无数。

一朵桐花飘落肩头。突然想，几百年前，也曾有落红宛若蜻蜓飞上年轻女子发梢么？

在摩陀寨山的南面，有两座始建于明代的比丘尼合葬塔，其一立有两个墓碑，另一座刻有字迹漫灭的碑文。伫立碑前冥想，当年飞舟而来的青春女子，是墓碑上的哪个人？寂圣，寂湘，寂蓉还是寂清？手指轻轻滑过，墓碑

冰冷坚硬，触手苍凉。据说摩陀寨的寺庙颇具规模，真武殿，观音庵大殿，比丘尼讲经堂，放生池，练武坪，比武台，比比皆是。比丘尼开山祖寂圣、寂湘、寂蓉、寂清等人，于明朝初年来这里建观音庵，从此每天香客不断，全盛时期有比丘尼二十多人。到最后一个女尼还俗，前后经过了二十七世。

“闲花生于野圃，独自平然静开。无悲无嗔无喜，从未等谁前来。”这是老树画画的境界。当年一群如花似玉的女子为解脱心之困扰，斩断尘缘，将身心禁锢在此，潜心修炼，可否功德圆满？而那些结庐避难之人，亦从此求得天下太平了么？不得而知。那么今天，我们又缘何而来？看看山，赏赏花，数数落叶，染一染山水之灵性，发一发思古之幽情，叹息两声满足而去？然而，浮生偷来一日闲，这种山野带来的小清新很快烟消云散，生活将重新陷入庸常、琐碎、无聊、困顿，生之倦怠卷土重来，心灵通道再次被拥堵。

佛渡有缘人。生老病死，爱别离，怨憎恚，求不得，何时才能堪得破，放得下？

桐花浴

赏花归来，很长时间都在恍惚。我的魂丢了，丢在平远，丢在漫山遍野的油桐花里。窗外梧桐树愈来愈茂密，枝头鸟语欣欣。阳台上三角梅长疯了，细长的藤蔓缠缠绕绕爬满窗棂。我却莫名惆怅。我走了，油桐花还在盛放吗？

春末夏初，油桐花开。
五月花落，纷飞似雪。

读到这几句时，我的人生早已经历一场又一场花事。看惯了春花秋月，依然对花落如雪心生向往。想象油桐花漫天飞舞，飘飘洒洒，莽莽群山，银装素裹，该是何等惊艳？

油桐树是南方常见落叶乔木，一般开在深山。树干光溜挺拔。生命力强盛，不择地势，不嫌贫瘠，一旦生根就枝叶葳蕤。据说油桐树虽然平常，花却美得惊人。它早春发芽，很快长满叶子，满树白花簇簇，初夏花落似雪，所以又叫做“五月雪”。

暮春三月，不辞劳苦去远方看一场盛大的花开，大约是春日里最浪漫的事。雨恰巧这个时候落下来。不是那种沿着瓦檐慢腾腾滴落，而是千军万马大刀阔斧地砸下来，在玻璃窗上撞出繁弦急管的喧腾。下榻陌生客栈，半夜被冷雨敲醒，心下黯然：风狂雨骤，桐花们该不会香消玉殒吧？清晨出发时，雨却渐渐歇了脚，偶有飘落，也只是一声轻叹。挤在中巴上，看不见春色流淌。有人说，看，桐花！抬眼望去，绿色山峦中一片白云闪过，惊鸿一瞥，令人意犹未尽。

车行半小时，抵平远。有“桐花节”字样的条幅跃入眼帘。借花为名，以天地为舞台，于青山绿水间，一场盛大的演出即将绽放。我却迫不及待奔向梦中的油桐花。传说中盛开着桐花的五指石远在水的一方。极目远眺，层峦叠翠，云雾缭绕，五指石若隐若现，仙山般缥缈写意。痴立水边，凝神谛听，万籁俱寂。几只稚鸭在浅水中嬉戏，旁若无人。心下怅惘，我的油桐花呢？

正发怔，同伴招呼，演出开始了。徘徊在热烈的舞台边缘，忽见一条通往湖边的幽径，芳草萋萋，苔痕浓重。小心翼翼踩下去，一株开满鲜花的油桐树女神一般赫然入目。

仿佛赴前世之约，我奔向缀满雨珠的花树。桐花白衣胜雪，密密匝匝开满枝头。站在油桐树下，踮起脚尖摘下水灵灵的一枝，仔细端详。朵大，瓣实，单层五瓣花儿呈小喇叭状，花蕊粉红，花瓣雪白，又微泛红晕，真乃冰清玉洁。它们多为五六朵依偎成一簇，在花簇周围衬着几片嫩芽叶尖，像极了新娘的手捧花。花香清淡，似有若无。有开得活泼热烈的，亦有含苞待放的。一支支淡绿色花蕾，那欲开未开，欲语还休的姿态，令人想起徐志摩的诗句“最是那一低头的温柔，恰似一朵水莲花不胜凉风的娇羞”。桐花的花语是“情窦初开”。豆蔻年华的少女，秘而不宣的爱情，青涩而又饱满，充满爱的慌乱与犹豫，和甜蜜。

那么清，那么静，人潮退去，锣鼓喧天远去，天地之间只剩下花与树。在花树下呆立，我在看花，花是不是也在看我？我读懂了花么？花又读懂了我的心动么？

更大的惊喜在后面。表演结束后，我们一行人乘坐电瓶车，通往开满桐花的五指石。那是一次神奇之旅。电瓶车在崎岖的盘山公路上疾驰，风在耳边呼啸，油桐花点燃白色的火焰，呼啦一下，火势蔓延，瞬间将整座山染白。

看得目瞪口呆。原来白色的花，也可以开成这般热烈，这般惊心动魄，而又不露声色。

在山顶，徜徉在油桐林里，再次被桐花湮没。一朵朵纯白洁净的油桐小花，一串串，一簇簇，挂满枝头。清风来袭，白色小花随风曼舞，落红无数，铺成白色锦缎，汇成汪洋恣肆的花海。一个趔趄，我跌坐在花树下，痛快淋漓地沐浴着花瓣雨。头上，肩上，衣上，无数只白蝴蝶翩翩起舞，振翅欲飞，令人心旌摇曳。一边繁花似锦，一边落红如雪。一边凋零，一边盛放。花开是喜，花落是悲。弘一法师临终前留下的四个字“悲欣交集”，写尽世间常态，可是为什么此刻充盈在内心的，是压抑不住的欢愉？

第一次见到花谢不是悲伤而是喜悦，是在潮州古城。那真是一种奇观。在浩渺的韩江边，一片树林绵延到天边，木棉花铺天盖地。一树树硕大的花朵熠熠生辉，它的光芒令万物失色。不时“噗嗤”一下，一坨木棉花从枝头急遽坠落。请注意，是“一坨”而非“一朵”。它们那么强悍，那样义无反顾。树上盛放的，地上燃烧的。鲜花着锦，烈火烹油，这么多红唇烈焰，令这座古城燃烧不停。

想起来了，在我居住的小城，也生长着油桐树。它们散落在小城某个角落，花色素雅，开得安静内敛。只是迫于生计，每日行色匆匆，活得逼仄而憋气，我甚至来不及抬头看一眼，它们就消失在我的视野里。是不是我们走得太快了，以至于把灵魂丢在路上？总在抱怨，总是患得患失，从来就没有想过停下来，跟一棵油桐树对话。

雪白的桐花，静寂地站在枝头，一朵一朵。它们不争不抢，无忧无惧。因为丰盛所以无忧。数不胜数的桐花，这朵谢了那朵又开。因为无欲所以无惧。花期短又如何？无人欣赏又如何？即便漫山遍野一枚枚饱胀得就快爆裂的桐果无人问津，那又怎么样？不是所有的努力都会成功，不是付出了就一定有回报。

满树的粉白在枝头簌簌作响，我突然有流泪的冲动。

圆 润

当导游喋喋不休赞叹无所不在的奇观时，我的内心并没有涌起太多惊羡。并非第一次到龙崆洞，也不是第一次游溶洞。虽然龙崆洞堪称“洞”中佼佼者，然而，对于一群资深游客外加不乏想象力的“作家”而言，导游小姐的解说尽管煽情老道却不免失之苍白，也许她正暗自诧异：这群游客何以如是从容，不惊不喜？

可怎么惊喜呢？像个涉世未深的小孩，一惊一乍？刚入洞时，由春光潋滟一下跌入昏暗迷惑中，正踌躇不知所往，导游告诉我们，横亘在眼前的是“三仙门”，三门并立，左为幸福门，中为平安门，右为发财门，喜欢哪个进哪个。话音刚落，有个美女就欢欣雀跃地说“我要一个一个进”，此举激起洞内一阵笑声。短暂的笑声过后是沉默。或许沉思默想是旅游者的最佳状态，尤其在黑暗中。至少我以为，不去迎合导游小姐的所谓甲乙丙丁，子丑寅卯，而是坚持自己的审美与想象，才不会像孩子一样被哄着。所有景观难免穿凿附会，而游览者却津津乐道流连忘返。如此，像我这样自以为是的聪明人，不去附和人家，便沾沾自喜起来，感觉与众不同。其实说到底，不过是为自己枯竭的想象力找一块遮羞布——很多时候，我睁大眼睛，努力朝导游指点的地方看，竭尽所能，揣度，臆想，依然看不出一点端倪。索性就腹诽他人来，这样做，岂不可笑？

不过很快我便为自己开脱。古人游历名山大川，哪有现在的坦途？游之乐在于未知，在于冒险，在于遭遇不可预测的诸多惊喜与顿悟。像这样一览无余没有悬念的游玩，的确很难吸引人。

不止这个，令我抱憾的，还有洞内灯光太妖娆。赤橙黄绿青蓝紫，鬼魅一般，将本色的岩石打上光怪陆离的颜色，看是好看了，却失了真。况且一旦走过有光区，灯在身后熄灭，回头一看，所有奇观海市蜃楼般消失，总有一丝落寞失意，仿佛曾经的满目繁华，都是欺骗，都是谎言。

意兴阑珊跟在人群后边，逶迤蛇行，来到一个可容千人的大洞。洞里的湿气越来越重，薄薄的春衫挡不住冷风侵袭，不胜风寒了。有钟乳石明晃晃悬于头顶，脚下则是一个小小的石笋，水不断从上面滴落下来。刚才那个欢呼的美女突然惊叫一声，呀，这水咋滴得这么准，每一下都砸在石笋上？

导游笑了：正是水不断滴落下来，才长出这个石笋呀。

那上面的钟乳石呢，也不断生长？

对，上面的朝下生长，下面的向上攀升，千年、万年、亿年，等它们终于会合，长在一起，就成了一根石柱。嗨，你别看这石笋怪石嶙峋的，摸上去，细腻得很。

多少次走马观花游溶洞，并不是第一次知道石柱的形成原理。只是过去都是风过无痕，没有留下任何念想。唯独这一次，心被狠狠撞了一下。钟乳石与石笋之间神奇的吸引力震撼了我。我知道钟乳石不是生物，它能生长，但并不能繁殖分泌，对外界做不出反应，不需要营养和呼吸。但就是这么愚钝的石头，为了凝聚在一起，缠绕在一起，一个俯冲，一个仰望，固执，执拗，历经千年万年亿年，不管不顾，不达目的誓不罢休。

龙崆洞中钟乳、石笋遍布，千姿百态，仙女拈花微笑，观音颔首不语；飞龙在天，喷薄欲出，猛虎下山，呼啸而来，双峰骆驼隐在灯光幽暗处；传说中的石伞如花绽放，翡翠一般的白菜鲜嫩欲滴；更有飞泉流瀑，喧哗与骚动，搅得洞内雾霭氤氲……各种景观惟妙惟肖，亦幻亦真。所有一切，都以时间为代价，将漫长磨成坚忍，把锋芒化为圆润。用手抚摸细腻如凝脂的石头，惊讶得无以言表，更有一种无言的感动。水，一滴一滴往下渗，石头一寸一寸生长，一天一天圆润。水至柔石至刚，石之刚水之柔，就这样交叠在一起缠绕在一起。这是大自然的启迪：耐得住单调漫长，方能修炼出丰润圆满。

人们钟情山水，亲近山水，从某种意义上说，山水已上升为心灵的屏障。唯有山光水影才能够涵容天下万物，包括人类。山水给予我们的智慧是无穷无尽的。苏轼就是一个典型的从山水之中汲取养分，让自己强大壮硕起来的人。在致命的“乌台诗案”之后，他一再遭到贬谪，颠沛流离，却依然游山玩水，怡养性情，活得旷达洒脱，心灵越来越纯熟，生命日臻华美绚烂。苏轼是一个非常聪明的人，他早期写过一篇《贾谊论》，从中可以洞见他知人论世的能力。以前我们都替贾谊叫屈，觉得贾谊怀才不遇，不被汉文帝重用。苏轼则独辟蹊径，一针见血指出，不怨别人，实在是贾谊自己操之过急，想要汉文帝“一朝之间，尽弃其旧而谋其新”，这是很难的。而一旦受挫，他便灰心叹气，怨天尤人，甚至哀哀哭泣，以至于将自己哭死，实为可惜。苏轼写这篇文章时才二十四岁，其豁达圆融的处世态度已一目了然。倘若贾谊能从“滴水成石”上获得一点启迪，懂得忍耐，学会煎熬，心灵是否为之敞亮？要知道，一个内心丰饶的人，即便身处寂寞，依然可以长得旺盛。

不由冥想，在物欲横流的现代社会，人们往往急功近利，心浮气躁，有多少人能像钟乳石，执着专注，守住内心的寂寞？

写到这，不觉笑了：从先前进洞时锋芒毕露的讥讽与哂笑，到此刻的顿悟自省，不也是一次功德圆满的修行？熬过乏味，熬过庸常，熬过漫漫时光，迎来柳暗花明的心动，这，算不算另一种“圆润”？

青瓦古意

世间有“唐人”，有华侨聚居的街区“唐人街”，唐朝的明月宋朝的风，是他们身处异国他乡，午夜梦回时的温柔怀想。这是一种浓郁的中国人情结。同样的，从上杭外迁到各地的乡亲，也将一个柔软的名字——瓦子街，印在心间。

流沙河在诗歌里写：有人说，在海外，夜间听到蟋蟀叫，就会以为那是四川乡下听到的那一只。现在我知道的是，有一个千年漂泊的民系，他们魂牵梦绕的，居然是一条街，一片瓦。

上杭，闽西的一个美丽县城，在客家民系播迁发展中，是继客家民系宁化石壁之后的另一个“祖居地”。从福建龙岩上杭出发，向两广、两湖、江西、四川、台湾等地的后裔有千万之众。在一个月白风清的夜晚，他们翻开厚重的族谱，追根溯源，在岁月的罅隙间，找到蛛丝马迹。于是，按图索骥，有人千里迢迢，跑来叩开时光的大门；有人拨通直抵心灵却已然陌生的乡音；有人写来一封又一封的信，言辞恳切，表达追终慎远的情怀。所有这些，将世人的目光聚焦于三个字——瓦子街。

瓦子街？像许多土生土长的上杭人一样，听这个名词，你一定一脸茫然。然后，你会不会和我一样，开始在脑海里臆想，那是一片青瓦古屋、人烟阜盛的繁华街市？或者是一条尚未竣工的街道，碎瓦狼藉，你得拎起长裙，踮起脚尖，从上面小心翼翼绕过？

一条街名，令人跌进时光隧道，仿佛一辆疾驰的车，从宽阔的高速公路，折进幽深逼仄的小巷，给人无比美妙的遐想。

时光的风，猎猎吹过。

翻开字典，你惊奇地发现：瓦是象形字，像屋瓦俯仰相承的样子。

原来，一片瓦，就是一座屋，就是一个家。

是多少年前？岁月的烟尘还记得吗？一群衣衫褴褛、风尘仆仆的旅人，肩挑手提，从北方仓皇而来，一路只见茅寮草房，荒无人迹。突然，疲惫不堪的旅人眼前一亮，仿佛来到一个世外桃源：这是一个地势开阔平坦的地方，一条清亮的大河悠然流淌，河岸边有条大街，街道两旁一片青青屋舍。那些用青瓦盖的房子，令居无定所、颠沛流离的客家人心里一暖，忍不住热泪盈眶。这是一个多么富庶、安全的地方啊！于是他们停下逃难的脚步，就此安居乐业。

这条大河就是被人们称之为“客家母亲河”的汀江，大河边上的大街即上杭县城的旧城区，瓦子街就在这里。

《说文》里写：“瓦，土器已烧之总名。”瓦是由土烧制的，是最接近地气的东西。百姓筑房，烧砖烧瓦，就近取土，“断砖可用，碎瓦弃之”。人们在这片废墟上天长日久地踩着，便成了“瓦子坪”，坪上又盖起了民房，成为“瓦子巷”“瓦子街”。

原来你的臆想并非空穴来风，瓦子街果然一地碎瓦。

瓦是客家人安身立命的基础。瓦能遮风挡雨，有瓦就有家，有家就有温暖。

不止这样，瓦，还是上杭人驱灾辟邪的福音。

每年农历八月十二至十五日，是孩子们的节日。成群结队的小孩在坪里玩起一种特殊的游戏，他们互掷瓦片以驱除“瘟疫”，双方打得硝烟四起，如火如荼。突然，一个小孩被瓦片击中，他惨叫一声，手臂上慢慢渗出殷红的血。奇怪的是，隔岸观火的父母，并不劝止，只是微笑地用香灰涂抹伤口，稍稍收拾一下，就让孩子继续作战。在他们心里，被瓦击中流血了，就能辟邪，就是“发”了，子子孙孙就能兴旺发达。这种只有上杭才有的习俗，表明了上杭人对瓦的热爱，深入骨髓，冥冥之中，似乎意味着上杭人与“瓦子街”的某种关联。据说，在老城区一带，人们在建房或挖掘宅基地时，还会不经意地挖掘出层层碎瓦呢。

瓦，还是衡量一个上杭人后裔的尺子。据说，从瓦子街出去的人，子子孙孙生生不息，谈起“瓦子街”，自豪油然而生。如果有人说我的公太（即上祖，客家话称“公太”）是从上杭“瓦子街”迁来的，对方马上就会叫嚷，让他脱掉鞋袜，把脚伸出来，在众目睽睽之下，验明身份。从瓦子街迁出去的，尾趾加一个小趾甲，说是公太当年在瓦子街烧砖瓦，踩泥巴踩出来的。这当然是传说，并不可信。不过从中能看出上杭人对祖居的热爱与眷恋。

这一片青青的瓦啊，令多少人朝思暮想、牵肠挂肚。难道你能说，它承载的仅仅是一个移民的情思？不，它已成为一种深厚的文化，古老的青瓦是一个美丽的意象。

从一片片青瓦出发，追寻到一个个生动的人，从一条貌似平常的街，到一个具有独特文化内涵的新民系，从建筑到人的心灵，具有“硬颈”精神的客家人，永远走在探索心灵归宿的路上。

瓦子街，成为海内外千万客家人共同的家族图腾，生生不息。

因为舒婷

如果你不曾到过乡村，如果你不曾来过院田，你未必知道，有一种时光，又寂寞，又美好。

院田村是以树的姿态，侵入人的视线的。蓝天。旷野。苦楝在村口静默着，又写意，又苍凉。苦楝很老，很高。立在树下，将头仰起，便可窥见树冠上一串串苦楝子。大多淡黄色，柔和，饱满，灼灼闪亮。有些褐色的，失了水分，黯淡，干瘪，空荡荡垂挂枝头，像绝望的句读。那是失恋的苦楝子吗？都说“苦楝”即“苦恋”，贴切吧？那么树在苦恋着谁？透过疏密有致的苦楝子，可以看见天蓝得淡而高远。这时候便不可抑止地想起一棵树想念一个人。午后的风软软拂着，缠绵的气息变得浓烈。风知道么？树知道么？我曾如此疯狂苦恋，苦恋她笔下那棵燃烧的木棉，那覆盖过我整个青春岁月，最美的树的意象。

到院田的那天，是冷冬季节，连日阴霾天气里开出的一个艳阳天。

如果不是亲历，你很难想象，彼时院田村的盛况。黄发垂髫，扶老携幼，鸡犬相闻，笑语盈盈。到她的旧居的感觉堪称震撼。人。到处都是人。桥边，溪边，路边，屋下，人潮汹涌。因为她，质朴的院田人简直不知该以何种方式才能表达足够的隆重与敬意。过桥，沿石阶向上，踏进那栋写着“生气盘郁”的大院，再一次被震撼。还是人。层层叠叠的人。其中最引人注目的，是发如雪的女人，碎花围裙，大红袖套，端坐小板凳，神情庄重，在冬阳下静候。而那些顽劣村童，穿梭其间，乐此不疲，眼角眉梢，有按捺不住的兴奋与期待。

更令人触目惊心的，是院子围墙上，铺天盖地的，她的作品。那些诗文印在淡蓝的纸板上，背景是桃花源般的美丽村落，正如眼下的院田。这些美妙的诗行，如果放在高贵典雅的展览厅，或者艺术馆，或者别的人类文明程度较高的地方，都不会给人这么强烈的视觉冲击力。它们置身柴垛边，混杂在黄土灰墙之间，倚靠在岌岌可危的废弃的鸡舍猪圈上，诗意纵横，一触即发。一眼望去，心被重重一击，震得人说不出话。它们如此突兀，又如此曼妙。于断壁颓垣中开出红硕的花朵，会是怎样不可思议的意象？她是否想过，有一天，她的诗歌会贴满她曾经住过的大院？可曾想过，会有这么多人，以朝圣者的姿态，赶赴一场灵魂的飞翔？

没有开场白，甚至没有过渡，一首《致橡树》在大院里汩汩流淌，拉开诗会序幕。当太拔中学教师声情并茂的诵读声响起时，会场顿时安静下来，当伴舞的学生在临时搭起的舞台上翩然翻飞，所有的目光都被深深吸引。青春的激情开始在胸中喷涌。有人情不自禁举起相机，把画面定格下来。有人忍不住热泪盈眶，在他人的吟咏里找寻一去不复返的旧日时光。那些老人孩子，或者目不识丁，或者牙牙学语，在这一个平凡的午后，自始至终待在那里，侧耳凝神，听着未必能懂的语言，接受灵魂与诗歌的沐浴。

心，突然有柔软的触痛。

绕过热烈的舞台，推开门，右拐，上楼梯。楼梯尽头，就是她的闺房。楼梯为木质，已被时光磨得溜圆，一边嵌在粗粝的黄砖上，一边几近悬空。高，窄，逼仄。提心吊胆踩上去，想象十七岁城市少女，怎样小心翼翼地上下攀爬。在一扇低矮昏昧的旧门前站定，门环缄默，锁住四十载岁月，亦锁住来者好奇的心。门上大红“福”字，颜色尚鲜，边角却已破残，又喜庆又衰颓。默立门边。时光静好。恍惚中，一红衣少女，“吱呀”一下打开门，红唇皓齿，笑靥生动。

夕阳从天井上空淋洒下来，一片落寞。簸箕，扫帚，尖的斗笠，红的塑料桶白的脚盘，斑驳的墙体，颓败的灶台。唯不见佳人，不觉怅怅然。

盘桓许久，恋恋不舍走了出来。人去楼空，舞台上那几个飘逸的大字，与舒婷的诗歌一起飞翔，以俯冲的姿势，再次侵入眼帘。是的，她，就是我的苦楝，我至今尚未有缘谋面的木棉。

门外，儒河之水，无语流淌。

梧 宅

邂逅梧宅，是2014年8月9日走进万安的曲终奏雅。

傍晚，梅村归来，顺道至梧宅。下车时，天空恰好飘起雨，村庄便蒙上薄薄烟雾。远处，苍山静默，蜿蜒起伏，云雾缭绕其间。近处，溪流低语，白墙黛瓦，屋舍人家沿河撒开。梧宅在暮色中遗世独立，宛如一幅酣畅淋漓的水墨画。

云无心以出岫，梧宅就这样清新自然又充满霸气凸现于前，以一种令人猝不及防的美，涤荡了来自尘嚣的心。

世界安静下来，古老的村庄美轮美奂。

惊呆了的女士撑开小伞，开始触摸村庄律动的质感。男士则豪迈地踏进雨雾中，任雨珠儿打在脸颊上。人群四散开来，没入烟雨朦胧中。一群暮色里的昏鸦，扑棱着翅膀，飞进古典的画意。

梧宅很小。不过是一个自然村，青山作枕，绿树为被，碧水长流——简单几笔，就勾勒出一个村庄的骨骼。那骨子里透出的风流韵致令人沉湎。所谓清风明月，桃花流水，相看两不厌，这就是梧宅。

梧宅的先人们独具慧眼，选择了这个依山傍水的风水宝地，在此扎根，繁衍。多少年过去，如今，这里溪流两岸屋舍青青，高低错落平平仄仄，说不尽的风流婉转。两岸之间架有三座桥，天堑变通途，邻人之间相亲相爱自由往来。杜甫有诗云“清江一曲抱村流，长夏江村事事幽”，写尽村庄的清幽韵致，正契合此情此景。

时令已是初秋，白天喧嚣燥热犹在，此刻陡然跌入清静，一时天上人间，让人不知身处何方。老人在屋檐下悠闲地喝茶；村妇在院子里呵斥顽童；鸭子在溪里欢畅地觅食；黄狗慵懒地躺在大门口，对着生人，爱理不理的样子。

没有人在意这一群不速之客，我们在村子里自由自在闲逛。家家户户门前柴垛俨然，仿佛闻得到儿时用木柴烧出来的饭菜香。蹲踞在矮墙上的花草没心没肺地生长。屋脚边不时有碧绿的菜畦，竹篱青青。也许风带来，也许随意撒下种子，不久就能在房前屋后，溪畔石缝间生根发芽，然后爬满一地。青色的藤蔓缠缠绕绕，从篱笆上垂挂下来，开着淡黄色的花。通往公路的村边小径，一树树紫薇，红的白的粉的，开得云蒸霞蔚。木槿在蔬菜绿树中格外招摇，那花瓣繁复的硕大花苞，俗称“肉花”，清炒，或者煮汤，都是妙不可言的滋味。这一切都能唤起舌尖上的回忆。

不知不觉，雨停了。徜徉在这清新拙朴的村落中，思绪随着青石板路绵延。一位穿着长及足踝的飘飘长裙的文友走累了，倚在一座柴扉紧闭、铁锁斑驳的老屋前，有人立刻举起了相机，将美妙的瞬间定格。一边是生动的笑意，一边是颓圮的古屋，不经意间，便有曼妙的诗句从宋词中走出来。

村落里的古民居仍然保留有明清时期建筑的特点，三四开间，或者五六开间，一般纵深两间。大宅则深院高墙，天井，厢房，回廊，几进几出。踏上苔痕浓重的石阶，“吱呀”一声推开门，一树火红的石榴闪了出来。自古南方人就有灵巧的心思，一般会在天井垒起摆放花草的石台，上面花红柳绿煞是热闹。也有清幽一色的。譬如合庆堂，宽敞的天井里一律种着兰花，郁郁青青，与屋里鲜红的对联和灯笼相映成趣，更与经岁月熏染斑驳了颜色，已成褐黑一片的木屋形成反差。寂寞的更寂寞，葱茏的更葱茏。年轻的越发恣肆，苍老的一声喟叹。从天井上空望去，黛青色的瓦给人温暖的怀想。

或许每扇厚重的大门背后都有一段让人嗟叹、令人唏嘘的故事。枯树老藤，古道西风，炊烟昏鸦，黛瓦粉墙，一切都让人想起童年，忆起故乡，一切都带着淡淡的乡愁。翻过这座山，在山的那一边，有我生于兹长于兹的伐木场，我的第二故乡。自小生长在山里，纵情山水，亲近自然，是我与生俱来的特质。离开伐木场二十多年，依然清晰记得梦里的红墙青瓦小屋，小屋边的清溪，屋后一望无际的稻田，以及兀立于旷野里的一棵老树。年年月月，它无声地站在那里，站在我的梦里，站成我生命里不可或缺的一道风景。它是我怀念故乡的具象形态。除了那棵老树，时光流转，世事变迁，我少年时代的伐木场已湮没在时光的尘土里。

漫步在梧宅明净的秋天里，呼吸着沁凉的空气，我们欣喜地发现，在这个小小的村落里，竟然有许多非同寻常的楹联。有“秀挹螺青环对面，清流鸭绿接当门”，青山绿水，非常应景。有“礼门义路，范水模山”“门近康庄敦古道，溪流清白衍家声”，借山水谈人生，既写实又抒情，更兼有修身齐家的襟怀与气度在里头。不禁讶异：生活在如此深山老林的，究竟是何方圣贤？双庆堂里木刻长联一副“乐道乐天，存其心养其性，何惧何忧，斯谓之内省不疚；善继善述，敬所尊爱所亲，序贤序齿，谁云非先志克承”，则进一步提出存心养性，内省不疚，敬老尊贤，继承传统等儒家道义，循循善诱谆谆教导。还有一幅红梅怒放图，落款“桂林轩主人”，画与题款都不同流俗，尽显居室主人的风雅。

有一座邻溪而筑的屋子引起我们的关注。屋子太靠近溪流了，一脚踩下去，就要没入溪里，而屋子大门正对着青山。好客的主人盛情相邀。一踏进去，满室生辉，厅堂四周贴满书画。正厅是一副对联：“梧枝送雅，画兰静趣；宅室和风，翠竹抒怀。”对仗并不工整，但它将“梧宅”巧妙地嵌进去，尽展主人的雅趣。书桌上有刚写好的“怀乡居”三个大字，墨迹尚未干透。主人六十多岁模样，刚从外地回来。言语中他颇自豪，全家人早已迁居繁华都市，过上现代文明生活。只是惦记着故乡，惦记着梧宅，一有闲暇，总忍不住往回跑。有一幅字迹娟秀略显稚嫩的楷书裱贴于墙，是其孙女所书。十来岁的孙女从小生长在大都市，或许对这里没什么印象，但他要她记住，她是梧宅人，不管走多远，都不能忘记自己的家乡。这让我们想起，原先探访过的一座宅院。高大华美的屋宇空无一人，一家人早已漂洋过海，远在异国他乡打拼谋生。然而老宅是不能卖的，老宅没了，根就没了，家就散了。于是请了一个远房亲戚帮忙照料。

现在，对梧宅之所以叫“梧宅”不再奇怪了。养在深闺隐在深山，梧宅自有它的文化底蕴。这是一种耕读文化的体现。耕读文化是中国古代农耕社会与士文化相结合的产物，是一种中国式的乡村文化。乡村文人亦耕亦读，过着田园式的悠闲生活。耕读文化不仅是人与自然和谐相处的典范，更是一种文化理念与民俗风情的产物。乡土大地保存着中国人一以贯之的伦理和情结，使人能够找到自我的定位和精神来源，而耕读传家，是中国人的理想梦，这个梦足以让一帮人，甚至世代人安身立命。梧宅，兼具儒家的温度、道家的洒脱和墨家的勤朴，是素与雅最完美的结合。

光顾着惊艳，忘记找一找，村庄里可曾长着青青梧桐。

通常，梧桐站在村庄的田野上，像是从古典章节里走来的布衣秀士，树皮青色，等同于梧桐的青色长袍。魏晋时期夏侯湛做了一篇《桐赋》曰：“有南国之陋寝，植嘉桐乎前庭。”那时的梧桐树作为魏晋风度的代表，常常伫立在书生们的书房前，青碧如盖，遮挡着当权者的烈日炙烤，荫蔽着书生们闲暇自由的光阴。

给梧宅命名的人，一定是有着如梧桐般青青子衿的情怀。

而前世，谁说我们不可以是一株枝叶青碧亭亭如盖的梧桐树呢？

乡关何处

酒到微醺，从宴席上逃掉。一边低头择路，一边与千里之外的母亲通话。上台阶，过操场，沿着石砌小路，摇摇晃晃走进阡陌交错的菜地，一直走进夜的深处。十月的凉风袭来，夜虫鸣唱。突然，触电一般，我愣住了。多么熟悉的地方，多么亲切浓稠的气息，压迫得人喘不过气来。我停下漫无边际的闲聊，对母亲惊呼，啊，知道吗？我正在闽西的一个煤矿里，那里的情景和我们以前待的地方，一模一样！我好像又回到伐木场！

一场猝不及防的乡愁，裹挟了我，涤荡了我的醉意。日暮乡关何处是？夜，仿佛一只大鸟，张开温柔的翅膀，收容了一个游子破碎不堪的思念。

一直坚信自己是有故乡的人——我是闽南人。从小生活在闽西深山一个伐木场里，闽南话是通用的语言。在闽南人占据绝对优势的环境里，客家人和外省人都不得不学会用笨拙的闽南话交流。久而久之，就没有不会说闽南话的。在那样环境里，我一口独特的普通话根深蒂固坚不可摧。十六岁那年，到小城读高中，我浓重的闽南腔，带有长长的尾音“呢”的普通话，遭到少见多怪的同学的嘲笑，这曾使我极度自卑，也由此痛恨，为何要出生在那样一个国语拙劣的地方。

三年高中结束，到了大学，我又面临窘境。一方面，别人很惊讶，呀，你是闽西人？一点也听不出口音。另一方面，现代汉语这门课成了我的心病，面对明明也是口音浓重的老师，我真不明白，我的读音，与他有何不同？几番纠正下来，老师摇头，叹息，勉强让我过关，而我已羞得无地自容。四年大学之后，重回小城，天生的笨拙，骨子里的认同感，令我始终拒绝学习客家话。如今，二十载的小城生活，我始终以一个异乡人的面貌出现。我听不懂大多数客家话。然而，多年未见的大学同学，一见我就诧异，你怎么一口浓重的客家话！黯然神伤，乡音渐变，鬓毛已衰。我不会说客家话，我那一口绵软的闽南话亦不见踪迹。是什么时候，丢失了自己的故乡呢？

说到故乡，其实我是没有归宿感的人。回到闽南老家，没有一个儿时伙伴，亲戚疏于来往，变得陌生。那一回，暮色四合时分回到故乡，我一个人站在空旷的院子里瑟瑟发抖。老家临海，地势平坦开阔，冬日的冷风吹来，全然没了白天的温暖。母亲在厨房里大声吩咐我打水。我摸黑颤巍巍地从井里打起水，将手没入水中，我那冰冷的双手，立刻被温热的井水包裹。抬头四顾，苍茫一片，周遭房子在暮色中一片寂静。这一刻，故乡在我心里清晰起来。这就是我的家，这就是哺育父母的土地，这就是父亲长眠的地方，这就是孕育我家园情结的所在。可是第二天，当我用生硬的夹杂着普通话的闽南话与乡人交谈时，我看到他们怜悯的目光：这孩子，连家乡话都不会说了。那一刻，我羞愧，阑珊人，阑珊人，你不如改为“尴尬人”好了。

依然眷恋着我的故乡，可故乡已疏离了我，抛弃了我。

去年五月，我到泉州参加会议。那是一个落雨清晨，忙完事情，一个人在小镇溜达。小镇新潮繁华得像待嫁女子。走在这些大同小异的街头，心里并没有什么特别感觉。突然，我看见一条幽深小巷边漏出一棵高大的开着米白色碎花的树。哦，这不是故乡常见的龙眼树吗？故乡院子里田野边，种得最多的就是龙眼树，低垂的枝丫仿佛不胜重负，将诱人的果实招展于路人眼皮底下。我不知不觉调转方向，朝这条小巷走去。一进小巷，一座座石头砌就的屋宇，高大堂皇，典型的闽南风格。院门紧锁，站在院子外边踮起脚，朝里头看，窥得一点风景：庭院深深，草木葱茏，榴花开欲然。小巷不时闪出一爿薄薄的菜地，地瓜、茄子、空心菜，热热闹闹长着，间杂着路边星星点点的野花。路过的荷锄人，朝我漠然看了一眼，我却倍感亲切。细碎的雨从天而降，我举着伞，循着小巷一直走，像走进一个梦境。多么希望这条路没有尽头，让我永在梦中不要醒，不要醒！这一条窄窄的小巷，慰藉了我仓皇的无处盛放的思乡梦。不曾想，我日思夜想的故乡，在异乡，猝然遇上了。

回到眼下，今晚，当我知道接待我们的戴主任也是闽南人时，特别兴奋。“君自故乡来，应知故乡事。来日绮窗前，寒梅著花未？”我迫不及待想与他谈谈故乡，却见他淡淡的，转移了话题。等我漫步在矿区高低错落的

菜地、柴房时，看着三三两两从身边穿过的矿区家属，听她们用闽南话交谈，我才明白，这里的闽南老乡数不胜数，难怪戴主任没有我的激动，此刻他的生活环境，正是三十年前我居住的伐木场啊。

闽西那个伐木场，是我的第二故乡。自从二十年前出嫁那天起，我就很少回去了。等父母退休告老还乡，伐木场的家不复存在。我在那里度过无知的童年与忧郁的少年，梦里常念叨着它。与我有同样情结的是大哥。三年前，当大哥开着日本丰田霸道，轰然驶向令我们魂牵梦绕的伐木场时，我们的心被眼前的景象打得疼痛：场部的子弟学校，已经沦为牛栏，那一间间破败的教室，空无一牛，只有牛的粪便与记忆中青葱的孩子交叠在一起。曾经居住过的工区，荒无人烟；那承载过儿时记忆的红砖青瓦，墙屋颓圮，寂无人声。通向工区的小路，亦溃不成形，任是凶悍野蛮的“霸道”，也无法安然无恙从那碾过。我们呆在那里，叹气，嘘唏，仿佛瞬间，往事湮没了，故乡不见了。

流连在矿区里，石板路苔痕浓重，透出荒野意味，美人蕉没心没肺地盛开，桂花香得浓烈。两个女人说笑着走来，已走过我身边。突然，一个女人回过头来，用家乡话问，你是谁啊？我怎么从来没见过你？我一时语塞，是啊，我是谁？直觉告诉我，我应该说我是你们的老乡，话出口却是：我是来玩的。这一回，我在这里遭遇了规模和格局与伐木场全然一样的矿区，乡愁扑面。原来，走到哪里，都走不出对故乡的渴望。

夜深了，我还在矿区徘徊，思乡的诗句喷涌。从唐代李白头顶那轮明月，到蛰伏于现代诗人流沙河笔下的那一只蟋蟀，多少乡愁，在不眠之夜里啼唱。今夜，我的乡愁，是一只扬帆起航的小舟，却不知泊向何方。

艳遇一座村庄

车行至白石古寨，蝉鸣轰然，古木蔽日，山风清甜，一时有今夕何夕之感。众人大惊小怪赞叹不已时，L君已像一只嗅觉敏锐的猎狗，举着相机，奔向古寨水口处的护安桥。极目所望，黄绿相间的护安桥，背倚参天古木，在盛夏的阳光下，愈发斑驳颓败，四根柱子破旧不堪，其上两副红纸对联遭风雨侵袭，已不完整，只有“云间树色”与“竹里泉声”这八个字，对仗工整，极为应景。桥的中央赫然供有神位。L君在神前虔诚地拜了拜，举起相机开始拍照。一阵风过，“三位夫人”，L君仿佛自言自语，这几个字却如一声惊雷炸响。我吃了一惊，疾奔过去，忙不迭地问：“三位夫人？究竟是哪三位夫人？”

时光迟滞，镜头切换到四十年前。儿时，随父母居住在离这里不远的新地伐木场，从记事起，每年正月初一，我们从居住的工区出发，挑着鸡鸭鱼肉等贡品，兴高采烈地走到几里远的赖屋坑，供奉仙居在那里的三位夫人，祈求她们保护大家幸福安康。这种神圣的仪式感根植于最初的心灵，并铭记至今。一想到神灵，三位夫人慈祥的面孔就浮现于眼前。然而是哪三位夫人，竟然不知晓，问母亲，没念过书的母亲也语焉不详，只会答陈林李三位。

那座香火颇盛的小庙，背枕青山，临水而栖，每到春天，清清溪流，灿灿山花，美得不可方物。小庙走廊上挂有一个铜钟，在母亲烧香时，偶尔在外面轻轻敲响，清亮的钟声响遏行云。识字后，读到晨钟暮鼓，脑海里总是闪现童年久远的一幕。母亲对三位夫人的虔诚膜拜，始终如一，可以说，那座神圣的庙宇，一直护佑着我们家，是我们家的保护神。在父母退休离开伐木场前，任何家庭重大事件，都离不开三位夫人的保佑。许愿，还愿，周而复始。在那座庙宇里，供有母亲许多贡品，印象尤深的是那些色泽艳丽的桌裙，那是最为隆重的谢意。

因为三位夫人，我像找到了失散多年的亲人一样亲切兴奋。白石之行，便有了别样意味。

白石村属曲溪乡，曲溪乡在连城的东乡，曲溪的大小村落，棋布于“梅花十八峒”的西缘，深没于无穷的波峰翠谷之中。白石，单是地名，就给人丰富的遐想，有清风明月的皎洁宁静，更有远上寒山石径仄仄的空灵洒落。L君言其出行，常陷于地名之蛊媚，如赴巫山艳约奋不顾身。我深以为然。

女儿出生在小城，从未回过我少年时代的郑地，一直想带她回去，未果，甚憾。每次跟女儿说起郑地，女儿一脸茫然。在她印象中，“郑地”即“阵地”，是冲锋陷阵硝烟弥漫的血腥场所，根本无法和青山碧水世外桃源联系起来。

眼下的白石，恰好抚慰了我无处漂泊的乡愁。我的郑地，与眼前的白石，形散神聚，骨子里一脉相承。山的秀，水的媚，清澈如风，柔软如月，如出一辙。

恋恋不舍离开三位夫人，沿着一条蜿蜒攀升的青石小径上行。白石村已有四百年历史。村落围绕两座小山岗分布，小山岗上梯田环绕形成大田螺，故曰田螺山。百年古屋依山而筑，落差百余米，祖屋格局都为客家三合院吊脚楼，错落有致，穿斗式结构，青瓦坡屋顶，颇具异域风情。

青苔暗侵石级，海棠星星点点，在风中低语，路边，红豆杉稀松平常地恣意横生，枝丫升得老长，牵扯路人衣襟。阳光正烈，野草浓烈的芳香令我嗅到了童年的味道。经历沧桑，烟熏火燎的木质吊脚楼就矗立在荒烟蔓草中。这是多么奇异的感觉。山顶上，八十老妪身着秋衣，佝偻着，坐在自家藤椅上，久久凝视远方。对面山坡，斜卧一座古宅，群山岑寂，芦花起起伏伏，喧腾成海。山静似太古，日长如小年，在这样的时间里，人的欲念变得清晰，所有一切都变得透明和简单，不思不想，不忧不虑。丽日晴空下，同行的文友独自坐在黛青色的屋瓦上，说别拦我，我要在这里发呆。

我们将白石这个大田螺形的纹理，反反复复触摸了几遍，看雕梁画栋飞檐翘角，看呆鹅一步三摇，看游鱼在水里招摇，看闲花野草，一直看到白石村的祖祠，才再次将神游万仞的散漫心思收回。在这里，我才真正触摸到一个村庄的脉搏。

祠堂前面是半月形的水池，宽敞豁亮，祠堂简简单单，一览无余，正中供着一个神位，此外还有一张靠着东边的桌子，别无他物。木质的墙板上贴着许多鲜艳的对联，辉映着祠堂的古老。大厅最外面一副对联为“明代源流归渤海，久居白石出吴山”，讲述着这座四百年村落的来历。

一直觉得，祠堂是一座村庄的骨骼。客家人慎终追远的情怀，在任何一个地方，都将得以体现，即便在这僻远的小山村。因为这座祠堂，白石村在我心里厚重起来，墨香古雅起来。如果没有它，白石村的美将流于轻飘。村庄里还有几座古老的建筑，处仁堂，昭俭堂，德丰堂，已有两百余年历史。有座古屋，坍塌在四面寂静的山谷，睁大了眼睛，仿佛一名活得太久的老农民，忘了自己为何出生，为何死亡。

一直遗憾自己是无根之人。从小居住的郑地工区，是各地人杂居在一起，文化不同，且苦寒的年代为温饱而拼命无暇顾及其他，造成集体的无意识。因为文化的断裂，除了膜拜一个神祇三位夫人，就别无所知。从哪里来到哪里去，没有人会关注，懵懵懂懂中，也不知如何安放自己的灵魂。在寂寞中，书籍是我打开外面世界的唯一窗口。炎炎夏日，我躲在小溪旁古树下，如饥似渴地阅读，印象最深的是《百年孤独》，那本奇异的书，几乎贯通我整个少年时期的向往。

在我精神背景最为明亮的地方，就是三位夫人。也或许因为有了三位夫人，从小到大，我们一直过得很平安，一直到上大学离开那个僻远的工区。高考前，母亲如往常一样，到庙里许愿，考中了，欢欢喜喜去还愿。三位夫人从来没有让我们失望过。因为有这个神祇，读过书相信科学的我，在心里，偷偷住着一个神灵。然而，除此之外，在交通闭塞文化严重匮乏的山区里，我们其实一直住在文化的荒漠里。山水秀美，精神却荒芜得可怕。发生在伐木场的一幕幕往事，一个个荒诞故事，触目惊心，不堪回首。

几次跟女儿提及我的伐木场，女儿毫无兴趣，她不能理解那是我的精神家园和第二故乡。我尚有自己的“三位夫人”，曾经与花草树木如此亲近，朝夕相处，骨子里的草木情怀任时光流逝无法湮灭。而如女儿这一辈人呢？等老的时候，用什么来怀旧？他们的乡愁呢？他们有乡愁么？他们有精神家园么？没有一定的文化背景，没有可供抒怀的具象之物，在日渐喧腾的小城

里，或者在高大上的繁华都市，他们将如何度过晚年？

有人说，每个人的故乡都在沦陷，或许可以用文字做微弱的抵抗，聆听，书写，将一些我们不曾注意的，关于过去的记忆存留下来。今夜，台灯的柔光洒下来，好似故乡的星辉，我敲下零星的句子，供余生缅怀。

一座村庄的质地

与一座村庄结缘，或许出于某种不经意。若干年前，黄炳春对我说，瑶里很美，值得一来。于是到瑶里走走的念想，就蛰伏在那里。机会终于来了，且是金秋，瑶里最美的时候，最适合看梯田的时节。

对瑶里的梯田，我原本没有太多的期待。它规模不大，养在深闺，名扬天下尚待时日。多年前一个黄昏，曾踩着暮色抵达江西崇义的上堡梯田，并在海拔最高的山庄度过一个妙不可言的夜晚。崇义上堡梯田始建于元朝，成形于清初，面积达三万亩，是全国最古老的客家梯田，其规模与品位，与广西龙胜、云南元阳梯田相媲美，各具一绝。相比之下，同是客家梯田的瑶里，毋庸多言，格局就在那里。

始料不及，瑶里却给我一个惊喜。

此间的梯田依山势开建，连绵数百亩。梯田从高到低不断延续，就像一条条长梯，架搭在山间岭谷，高高低低，层层叠叠，涌向天际。小车驰向高高的山巅，驻足，我们便由上而下，扑向高低错落的梯田。因为没有修建更多的栈道，于荒蛮中寻找一条出路，便成了首当其冲之事，也考验着每一个乘兴而来的人。许多美女，手舞足蹈，在梯田上摆出各种姿势，恣意，张扬，金灿灿的稻田映亮了大家的心情。我无心恋照，细细的田埂，柔软的泥土，需用心踩踏，才不至一脚踩空。闭上眼睛，用力呼吸，将芬芳浓烈的青草味吸进肺腑，直至将积郁多时的浊气逼出。久违的稻花香，令我陶醉，令我恍惚，目光开始游离，时空交错，仿佛一瞬间回到童年。

径自往稻香深处走，一直走，走到无路可走。前逢绝境，返程杳杳。正午十分，太阳炽烈，我几乎懊悔起来。两个妹妹跟着我莽撞而来，同样一筹莫展。望着不远处的公路，我决定越过一道道梯田，冲下去。终于连滚带爬，站立于盘山公路上。突然想起这里的田坎是石砌的。据说这是国内独一无二的奇观。而由来也很有意思。原本这不是适合耕种的土壤，连田坎都不给力。瑶里先人看中的是这里的泥土，适合烧窑。

写到这里，瑶里最扑朔迷离的故事，终究无法绕过去。

窑里，烧窑之里。从前的瑶里以烧窑为业，并不种田。史书没有记载，族谱也未曾提及，只是瑶里人口口相传。至于何时开始烧窑，有云南宋末年即有瓷窑，有云兴于明末清初，亦有人质疑为清末民初，不一而足。至于其规模，其品相，其销量，有称鼎盛一时，亦有言尚不足果腹，众说纷纭，莫衷一是。其一流传广泛的故事，言皇帝爱瓷器，汀州府要求瑶里进贡。瑶里人怕质量达不到要求，皇帝怪罪下来担当不起，于是一夜之间，瓷村消失，瑶里从此不再生产瓷器。

这便是瑶里弃商从农的传说。这是真的么？故事无疑是动听的。瑶里人的自知警醒，客家人的坚韧变通，这都是生的智慧，令人肃然起敬。然而瑶里土质疏松，农田常常崩塌，聪明的瑶里先人又想出一个办法，用石头砌田埂和田坎，据说全村450亩的农田，350多亩都是石砌梯田。

那么，古窑址在哪里？午后在村口风水林徜徉。这里是龙岩十大风水林之一，百年古木数不胜数，美景自是无法用言语形容。在一片小树林里，狼藉着片片青瓷碎片，有几个兴致颇浓的文友争相捡拾。开始我还以为是假象，因为瑶里的传说，故意扔一些破瓷烂瓦，既应景，也不辜负瑶里之所以为瑶里。很快就发现自己错了，这是真的古瓷器片。

坐在半山腰的石砌台阶上。阳光如金子般的亮，明晃晃地于枝头跳跃。午后的风绵软得叫人叹气，浑身无力，连骨头缝里都散发着慵懒的气息，整个村庄好像陷进一个冗长寂静的睡眠里。有些屋舍，经岁月熏染，已斑驳了颜色，甚或颓圮。藤蔓恣肆，爬满房前屋后，或将其裹得严严实实。夕阳斜照，纵目四望，那种荒烟蔓草的感觉油然。在秋日澄净的天宇下，人不知不觉松垮下来，可以沉溺放纵，可以不思不想，可以将自己彻底忘记。此刻的瑶里，慵懒的瑶里，微醺的瑶里，昏昏欲睡的瑶里，令我有老死他乡的冲动。

每一个村庄，都有自身的气质，特点或者语言。恍惚间，几乎要妄下断言，瑶里是一座柔软的村庄。

然而，远处沉睡几百年的石砌梯田，一到秋天就粲然的稻田，令这个村庄的骨骼变得坚硬而明亮。慵懒只是暂时，只是表象。还有那些传说中的瓷器，亦注定瑶里有着秋天般金属一样的质地，有着不一样的烟火气息。

一个下午在闲逛和冥思中悄然逝去。没有看到窑址，终归是一种遗憾。返程前，闷闷不乐的L君突然说，走，咱们去找古窑址。振臂一呼应者云集，两台车载着兴奋的一群人，蜿蜒而上，绝尘而去。

又一次途经梯田。这一回，惊鸿一瞥，美到令人窒息。汽车在拐进山坳那一刹，金光闪烁，漫山遍野摇曳着金黄的火焰，令人惊骇，几欲喊将起来。定睛一看，却只见夕阳在稻穗上静静流淌，流光溢彩，是一幅色泽鲜亮的油彩画。余光中在《德国之声》里写到，当他举起相机朝洛丽莱调整焦距，那个海妖突然向他投来“一棱暗蓝的寒光”，令他心神恍恍一阵摇颤。如此勾魂摄魄时刻，居然在这大山坳里再现。有人言看梯田的最好时刻是下午，果然是偷来的销魂。

独自沉浸在不可言传的震颤中，一行人已经停下，沿着坎坷不平的山间小道跌跌撞撞跑下去，便跟着撒腿跑了起来。在瑶里，在荒郊野外，人的天性就像长期被关禁闭的魔鬼，不由自主想逃逸出来。我们又是兴奋又是激动，有探险的新鲜刺激。顾不上杂草丛生荆棘遍地，探进去一看，越来越多的青瓷碎片赫然在目。废弃的瓷器躺在时间的烟尘里一声不吭。一块畸形的瓷器埋在厚厚的土里，被人拨弄出来，愁容满面，这边的人却惊喜连连，这几乎可以成为瑶里的的确确烧过窑而不是随便买一堆破旧的青瓷碎瓦堆在那里装装样子的“明证”了。

究竟是什么，迫使瑶里的先人，放弃现成的窑洞，披荆斩棘，重新开辟出一条生之路?

我又回到先前的疑惑。

坚硬的石头嵌进柔软的泥土，血肉之躯融入石头的坚硬，生命的质地由此变得不同凡响。

内心不由升腾起丝丝缕缕貌似悲壮的东西。

再次经过梯田的时候，天色暗淡下来，层层梯田收敛了先前炫目的颜色，在黄昏里静默着。一天三次，目睹梯田的奇幻景色，感受其带来的愉悦与冲击。今天，这沉睡几百年的石砌梯田，犹如横亘在天地间的一部史诗，等着我们去翻阅，等着我们这些所谓文人骚客去长吁短叹、唏嘘不已。

游荡在拱桥的荷香里

其实，拱桥是漳平的一个小镇。

中国的方块文字有着奇妙的意蕴。即便知道拱桥非桥，还是止不住浮想联翩——石拱桥，乌篷船，水榭亭台，荷花灼灼，游人如织。当邓大哥发来笔会邀约，单是“拱桥荷韵”四个字，就让人心旌摇曳，决意顶着炎炎烈日，赶赴一场荷的盛宴。

中国是荷花的原产地。自古以来，荷花就是中国人珍爱的花卉之一。菊花之隐逸，桃花之妖艳，梅花之孤傲，梨花之娇柔，都比不上荷花的清疏淡雅，卓尔不群。荷花又名莲，多年生水生宿根草本植物，是君子花，也称水宫仙子。北宋周敦颐《爱莲说》一出，从此奠定了荷花在众多花卉中的尊贵地位。

在乡村，庄稼小院，门前屋后，田间沟渠，处处可见荷花的芳踪。薄雾的早晨，雨后的黄昏，虫鸣的盛夏，留得枯荷听雨声的清秋，荷花总是以诗意的姿态或绽放或凋零，既美丽又家常。近些年来，荷花已从自家小院妖妖娆娆地蔓延开来，大面积成规模的种荷成为乡村时尚，荷花节遍地开花。一群人从烟火凡俗中脱身而来，赏荷品莲，放飞身心，权当作红尘倦怠之后的一个休憩。于乡村而言，既展示地方特色文化，又推动生态旅游产业发展，一举两得，何乐而不为。

在我们探访之前，拱桥已连续举行两届荷花节。这本不是新鲜事，难得的是拱桥这个地名（一个小镇的名字怎么可以这样美），占尽天时地利，有桥便有河，有河便可碧波万顷莲叶田田。当拱桥与荷花相遇，注定有不同凡响的意味。果然，当我们好奇拱桥何以命名时，镇里干部告知，此地河多桥多，叫拱桥倒也名副其实。也许是被一路美景蛊惑，居然没有留意到有否拱桥。河呢，倒有一条清澈见底的新安溪，安安静静地陪伴着，一直护送我们到上界村。在闲聊中得知，民国以前，拱桥是漳平通龙岩走永福的古驿道，目前尚留有古驿站、古圩场、遛马场、拳馆遗址、十八学士祖祠等。设想一下，一边是青衫磊落马蹄嗒嗒，一边是荷花绽放香飘万里，想想也是醉了。

是奔着荷去的，临了才知，漳平不愧为远近闻名的花乡，拱桥不仅有上千亩的荷田，还种植大面积的鲜切花，以及稀罕之至的金花茶。这样，远道而来的看客，就沉缅在花海里不能自拔。从下界村到中界直至上界村，真是看得眼花缭乱目不暇接。有趣的是这些村名，下界中界上界，仿佛登堂入室，仙界的大门次第打开，风光一界比一界旖旎。

抵达上界荷园广场前，我们已瞅见不少荷田，在车窗外一闪而逝，来不及惊叫，就没了踪迹。拱桥镇的荷是分散的，在水边，在山坳，远远近近，高低错落，只需一点土一点水，便恣肆生长，风情万种起来。

在荷园广场，远远看见河的那边，蓝天之下，青山作枕，一望无际的荷花，静静卧在七月的艳阳下。

拱桥荷宴的压轴大戏登场了。

看到拱桥荷花之前，总以为，看荷应该到西湖，不仅因为西湖的波光潋滟空濛灵动，还因为那么多霸气的古诗词为西湖荷花而生，接天莲叶，映日荷花，这厚重的文化底蕴，凭谁都取代不了。然而，那年盛夏到杭州，正午时分，明晃晃的太阳闪瞎人的眼。游人如潮，喧腾声声入耳。一时无船可租，只得纵目远眺，湖水不够清幽，夏荷在烈日灼烤下无精打采，沧桑而风尘。在湖边呆立半晌，终于受不了烈日炙烤，抱憾而去，真应了那句“可远观不可亵玩”。所有美好的臆想，灰飞烟灭。

此刻，渡过浅浅的溪，没入铺天盖地的荷中。浓烈的青草味杂着荷的幽香扑面，这才是姑娘一样芬芳的荷啊。

密密匝匝，重重叠叠，那么丰饶，那么纯粹，这是此生难得一见的隆重的盛开啊。荷叶田田，青翠欲滴，是少女穿着绿罗裙，跳着青春的圆舞曲。荷花有正在怒放的，红的像火，粉的像霞，白的像雪，一眼望去，粉荷居多，荷塘上一片云蒸霞蔚。亦有菡萏未开，羞答答的，粉嫩的花苞裹着少女的心事。还有青青的莲蓬与稚气未脱的荷箭彼此呼应。

坐下，躺着，凝望，驻足，回首，掐一朵荷花嗅嗅，捏一柄荷叶当伞撑着。四周岑寂，人声被浩瀚的荷花吞咽，只有寥廓无边的荷香在空气中游荡。

夏天的长风，浩浩荡荡从头顶吹过。一朵流云，悠悠飘向远方。

又空远，又幽静。

时光原来可以这样柔软。

荷生长在淤泥之中，却不为所染。藕白，叶翠，花香。荷一开始，不惊扰，不随波逐流，不向天空张扬，只在水中怜惜地打量自己圣洁的模样。蜻蜓飞来，是歇脚的驿站，鱼儿游过，是抵御酷热的荫凉，人看荷一眼，心中就有了生命的答案——不在黑暗中窒息，便在晴空下伫立。

屈原在《离骚》里写到“制芰荷以为衣兮，集芙蓉以为裳”，袒露心迹，愿意穿着以荷为材质的奇装异服，以此表达他的遗世独立的高洁情怀，不同流俗的生活方式。

佛教有“花开见佛性”之说，“花”即指莲花，也就是莲的智慧的境界。佛教是寻求解脱人生苦难的宗教，将人生视作苦海，希望人们能从苦海中摆脱出来，从尘世到净界，从诸恶到尽善，从凡俗到成佛。这和莲花生长在污泥浊水中而超凡脱俗，不为污泥所染，最后开出鲜妍的花朵一样。人有了莲的心境，就出现了佛性。

亭亭玉立的荷花静立出一种禅意来。

原生态的清雅风气，都来自乡野民间。一株静荷，让人浮躁的心沉淀下去，那么静，那么净。净，是生活的纯度，是纯粹，是不染。不染心，不染尘，素色地活着。

在七月的晴空下，突然向往盛开在月华下的莲花，那该又是怎样动人心魄的意境。

云在青天

郭鹰发来短信，问是否有意“夜宿天宫山”。大喜，当即应下。隔天，电话L君，得知其亦前往，再喜。世间难得的未必是风景，而是一同看风景的人。志趣相投，偶有雅聚，契阔谈宴，乃人生胜事。

阴天，偶有微雨。想起一句歌词：天青色等烟雨，而我在等你。

天宫山，闽西著名的佛教圣地，海拔1594米，方圆5.2平方公里，巨石叠垒，林壑幽谷，飞瀑流泉，云雾缭绕，因“常有云气覆之，阴晦时或闻箫鼓声”而曰“天宫”。天宫山圆通寺是福建省最大的丛林寺庙，早在唐初即已建刹，居住僧尼，供奉观音菩萨，至今已有一千三百多年历史。

小车沿环山公路逶迤而上，在云雾里荡漾。一会雾浓弥漫，人在雾中，飘飘欲仙；一会云开雾散，天青树绿，翠峰竦峙。感觉不像在地面，像在海里，在空中。风在窗外疾驰，心早就欢呼一片，我们要青云直上，飞奔“天宫”了。李白梦游天姥心骛八极，神游万仞，其情其景，不外如是吧？

驱车至半山腰停车场。由此往上，有一条叫“鼎盖根”蜿蜒盘旋的石砌小道，漫漫两千多级台阶，等朝拜者征服。

停车场左侧，一面硕大的心经墙赫然在目。驻足凝神，“观自在菩萨，行深般若波罗蜜多时，照见五蕴皆空，度一切苦厄”，好一个“五蕴皆空”，入眼入心。读过宋连斌的随笔《走，活埋去》，只因朋友一声招呼“下雪的时候，来喝场老酒”，作者便在隆冬季节，带着单薄的行囊，徒步两百余公里，赶赴一场盛宴，渴望一场大雪，将自己“活埋”。

在气势恢宏的圆通寺牌坊前，一个中年女子背对着我，手里扬着几粒玉米，三五只白色鸽子，立在坪上，悠闲啄食。画面祥和，心静如水。

货运缆车将夜宿天宫山必备物品缓缓吊到高空之后，我们身轻如燕。从现在开始，放空自己，沐浴佛光，去度“苦厄”。

沿着灵鹫岭两公里长的石阶小道，一步一阶，登山朝圣，犹如从尘世通往梵天仙境。绝对是前所未有的体验，一种奇异之旅。神秘，期待，感奋，身体的每一个细胞都如花绽放。一级一级台阶上，一朵朵莲花温暖地盛开，招引我们，心清如水，一路向上。

前世，我为青莲，你为梵音，回眸，擦肩，惊艳了五百年的时光？

一时神思恍惚。

从山门至山顶圆通寺，依次有再上、定心、西涧、乐善四个小亭供人歇脚。尤喜西涧亭，一泓清溪悄然在侧，令人想起《滁州西涧》清幽孤绝的意境。

L君是一个有慧根的人，受家庭熏陶，在佛教方面颇有研习。登山伊始，我便紧随其后，以便聆听。一路上L君娓娓道来，让我明白了天宫山与法眼宗的因缘。法眼宗是中国佛教禅宗五家之一。福建是法眼宗思想的策源地，龙岩是法眼宗的中兴圣地。法眼宗源出福州雪峰一脉，它发展的历史可上承至玄沙师备，经师备、桂琛、文益三代传承而初步定型。法眼宗初祖文益在福建参学并开悟，后至江西抚州、江苏金陵等地弘法，法眼宗大行于江南吴越之地，成为当时禅宗最为兴盛的一支。经法眼宗第二、三、四代弟子的大力弘扬，法眼宗又回传福建，于五代末及宋初在福州、泉州、漳州三地盛行。文益圆寂后，被南唐中主李璟谥为“法眼大禅师”。后世因称此宗为“法眼宗”。宋初极盛，宋中叶后衰微。法眼宗是中国佛教禅宗“五家七宗”中最后产生的一个宗派。

在抵达圆通寺山顶时，L君被一只小松鼠所吸引，饶有兴趣蹲在那里，拿起相机不停地拍。香客撒下葵花籽，小松鼠跳将过来，抓着了就跳到松枝上，麻利吃掉，完了再跳下来，再抓，复跳。如此反复，跳脱悠游。L君看痴了，我念着前面的人远了，急，不时催促，他才恋恋不舍离开，说了一句，这里连松鼠都有禅意。想起一路上L君对着小花小草拍个不停，真是痴人一个。

抬头便是圆通寺山门了。两扇米色大门上各自写着一行字——勤修戒定慧，力戒贪恋痴。方才L君对小松鼠依依不舍，是恋还是痴？不由哂然。再想，我们经常沉湎某事某物不能自拔，这种执着到底对不对？佛教有“情执”一说，认为情执是种病，大可不必如此，人生无常，聚际必散，因缘聚合，就让一切如流水，顺其自然。

法眼宗在圆融禅教、会通“宗门”与“教下”方面作了许多努力。法眼宗的教禅圆融观对于世上的种种“情痴”而言，是否可以让人看得更通透，活得更洒脱？

夜宿云水堂。这里有简朴干净的房间，入住，稍事休息，再次出发，朝拜山顶的弥勒佛。圆通寺规模之大出乎意料，近年来天宫山寺观建筑臻于完善，山下建有山门，入山门后依次为天王殿、大雄宝殿、大悲殿、地藏王殿、观慧楼、佛堂、缘梦精舍、宾馆等，一眼望去，浩浩荡荡，气势恢宏。

朝圣途中，路过虚云法师的舍利子塔，在大雾弥漫中静默数分钟，虔诚而感动。登临山顶，极目云天，心境空明澄澈。将灿烂的笑容定格在弥勒金佛前，完成一次心灵的洗礼。

夜晚降临了，文友们聚在一起时，喜欢清静的L君独自离开，我像个特务似的尾随其后。

天宫山的夜，注定不同凡俗。

拾级而上，天王殿，大雄宝殿，雾色笼罩下的廊坊空无一人，只有梵音袅袅。电话L君，被按掉，随即跳出一个信息：“我在听经。”回廊里红艳艳的灯笼发出柔柔的光，大红的廊柱亦给人贴心的暖。神思散漫，站了一会，有一股神秘的力量侵入我的内心。这就是我要的佛光？闭上眼，什么都不想，静静享受这种寥廓与莽远，清寂与荒芜。

木鱼声终于停止，L君跟在两个和尚后面，从一个侧门出来，见到我颇为意外。他还沉浸其中，喃喃自语：经很好听——所有流浪的人都回家吧。不由恻然，默默祈祷，愿我佛的大慈悲大智慧，度人间一切苦厄。

回到云水堂，在一楼大厅里，站在虚云、本湛、慧瑛三位大师法像前面，L君仰慕之情滔滔。本湛青持，闽西长汀人，L君的同乡，少年敏俊超群，素怀大志。正是他找到中国近现代禅宗的代表人物虚云老和尚，恳请虚云续法眼源流。由于种种原因，自宋代以来，禅宗法眼宗几乎失传。直到近代以来，著名高僧虚云法师兼承法眼宗，并将法脉传授给长汀的本湛青持法师。本湛青持法师再传连城慧瑛法师，慧瑛法师传龙岩的光胜法师等。三代传人均在闽西弘法修身，使龙岩成为当代法眼宗的传承重镇，享誉闽粤赣地区。

我们借宿的云水堂正对着学戒堂，其左右各有两盏佛灯，散发出黄晕的光。站在空旷的天地间，山风猎猎，内心清凉而生动。这是海拔1594米的地方，离凡尘那么远，离天宫那么近。

有时明知一生中有许多东西，无法抵达，不可超越，却依旧不管不顾，执拗狂热。这种寂寞，无人能解。此刻，所有不可告人不可理喻的纠结，化成欢喜的莲，盛开在光阴里，定格在永远中。佛说，一切都是最好的安排。爱与痛，苦与乐，甜蜜与惆怅，五味杂陈，待人生所有滋味尝遍，才不枉来世间一遭。

十八世纪法国画家勒尼奥有一幅名画标题为《我永远不想忘记你今晚的模样》，天宫山，我将永远记住你今晚的模样。

下山前，L君言，得空定要独自到天宫山住几日。

从天宫山归来，一直不舍得落笔。一旦落地生根，那些漂浮的思绪便不再漫无边际地翻飞。那些美，无穷大，无穷远，而拙劣的笔触却只能蜻蜓点水，将其拘囿成某种固态。

当我还在回味无穷津津乐道时，QQ上L君说，窗外群山叠叠，天上气象万千。我却囚在室内，案牍劳形。

我们一起经历的最好的时光，已经云淡风轻。

武　者

寂寥，空旷。

还有冬的凛冽与荒凉。

一条黄土路蜿蜒而上，坡顶即传说中的连城拳传习中心。站在瑟瑟风中，这些词，猝不及防，跳将出来。

怀着朝圣般心情，如我，此刻有一丝错愕。与想象中迥然不同，又仿佛本该如此。也许看多了武侠小说，这与我几十年来耳熟能详的武林圣地着实不太一样。

寄居于这座闽西小城，如果你不曾听闻连城的武术，如果你不知道连城隔川，未免孤陋寡闻了。在闽西坊间有一顺口溜：写不过上杭,骂不过长汀，打不过连城。连城拳可谓赫赫有名。

天是透亮的蓝，鸟的碎鸣传得悠远，冬日的枯枝是一幅完美的写意。山乡的岑寂被打破了。彼时，一群人拥进兀立于坡顶的传习中心，旋即又被喧腾的人声乐声，被挂在墙上的各式各样的奖状奖牌，被倚在墙角的奇形怪状的武术器械所湮没。

于我，这是一个全然陌生的世界。

我站在烈烈风中
恨不能荡尽绵绵心痛
望苍天
四方云动
剑在手
问天下谁是英雄

《霸王别姬》苍劲悲凉的旋律不合时宜地在心头响起。黄张生、黄百家、黄思焕、黄观杰、黄文祥、黄士昌……一个个大侠从历史的烟尘里朝我大步走来。凭借立马横刀的满腔孤勇，少年追八百里云月，写就不朽诗章。

连城拳，作为福建七大拳种之一的独门拳，兼有少林与武当拳刚柔相济之特点，薪火相传，历时七百年，如今已是“非遗”级珍宝。隔田习武之风盛行，武艺精湛而硕果累累，隔川因此被誉为“全国武术之乡”而声名鹊起。

辉煌如斯，是不是该用相对壮观的武馆来承载？即便不像武侠小说中的寂寞高人，或栖居于峡谷幽林诗意滔滔，或深藏于雪山洞穴冰清玉洁，坐看日升月落，闲数虫鸣鸟啼，偶尔长啸几声，独孤求败。那种孤绝凄清，正是一个外冷内热侠骨柔肠的大侠写照，也是我等无知之辈为武侠所蛊惑所痴迷之所在。一个乡间简陋的传习中心，寻常人家，凡间烟火，近乎颠覆了我对武林的所有幻想。

百闻不如一见。人声鼎沸中，有连城武术协会的各路英豪，隔川、北团、罗坊、朋口、莒溪、文亨、姑田、莲峰、林坊，各个武术分会代表队枕戈待旦，早早会集于此，已摩拳擦掌，跃跃欲试。这些武者，闲时习武，节庆时粉墨登场，见面时切磋技艺，颇有儒家传统文化晴耕雨读之况味。

解说员是一个烫着俏皮卷发的颇有姿色的美人，声音圆润悠长，在节目中见缝插针介绍连城拳。其内容丰富，完整系统，有拳术、器械、对练等几十个套路。单勾、双勾、猛虎跳墙、八步缠狮、蛤蟆觅水等拳术套路令人目不暇接。器械套路以棍为主，名目繁多，叫人头晕目眩。另外还有对练拳、对练棍、棍对耙、棍对勾连枪等五彩斑斓的对练套路，不一而足。

惭愧的是，我只记住连城拳舒展大方又急促凌厉的特征。

然而，表演时间的短促与服装道具的简陋，却出乎我的预料。甚至没有音乐，没有舞美，或赤手空拳，或舞枪弄棍，或刀光剑影，都在恍惚中，只在刹那间。进如猛虎出山，退似灵猫戏鼠，来无踪去无影。起者如兔脱鹤舞，落者如鹘落叶扫，刚柔相济，阴阳互生。那种精彩，来不及品味，还不及定格，已如潮水退去。

表演者有精壮的汉子，也有不少老者，鲜见少年。一个红衣少女小鹿般跳跃出场，即博得个满堂彩。有些武者已是古稀之年，喘着粗气比画几下，叹息着退下，无奈的笑容中有力不从心的寂寞，看得叫人揪心。

这是一场寂寞的表演。即便观者云集，即便阵容强大。

我看到的是武术在民间传承的艰难。

而在当中，总会有感动你的人。

项永生，作为朋口代表队表演自家的“项氏拳”。前些年我目睹过他在保护松毛岭遗址中做出的种种努力，不合时宜，不被理解，不妥协，不放弃，这是一个有着执念的中年客家汉子。我深刻认识到一个执着于某种事业的人性格当中的悲剧成分。这一回不期而遇，我惊奇地发现，原来他对连城拳的热爱不亚于去维护一座山的尊严。他殷勤地分发项家拳的有关材料，热切叮嘱我们多关注多宣传。敬意，再次油然而生。

在隔田，黄家拳武林高手的芳名录中，最新一个名字非他莫属——连城拳第三十四代传承人黄林。一个为武术而生，以振兴连城拳为己任，执着于传承武者的精神的人，他的人生注定比别人多一些苦涩与纠结，也注定多一份悲壮与大气。

黄林，垂髫之时始习武；志学之年已崭露头角；及弱冠，迫于生计，弃武从商。然而一腔热血尚未冷，少年时深埋心底的梦，总会在有月光的晚上喷薄。三十而立，是该撸起袖子加油干了。为了不使连城拳失传，他云游山川古寺，拜师访友，如切如磋，如琢如磨。繁华落尽，归来依旧是少年。彼时，他站在隔田北坑顶，豪情万丈，决定重拾旧河山，将少年的梦延续下去。于是，一所连城拳传习中心应运而生，乡人便有习武之地。如今，隔田一个小小村庄，武术之风之盛，人才之多，就不难理解。

此后，黄林便苦心经营这一亩三分地，其间艰难坎坷可想而知，经费不足，生源不足，加上闲人的冷嘲热讽……然而这些都没有打垮他。他不断想招数，打破武术的种种陈规，甚至把一双儿女也叫来习武。他还创编连城拳武术操，自筹资金，聘请教练，将其推广至全县十六所中小学校园，从中发现苗子，培养武术精英，其中不乏佼佼者。

我才知道，那场隔川中心小学学生的武术盛宴，那由一百多名男女学生组成的波澜壮阔的海洋，那海洋当中的一招一式有板有眼的弓步冲拳、侧前踢腿、马步击掌，那回荡在校园晴空的一声声稚嫩蓬勃的嗨嗨声，竟都来自黄林的创举。

武者之痴，令人动容。

此刻，年过不惑的黄林就站在我们面前，谦和，削瘦，目光灼灼，散发出习武之人的刚毅与淡定。作为农民武术传承人，他是连城历史上唯一站在世界最高舞台的传承人，也是我县第一位把连城拳推向世界并夺得六个世界冠军的人。他还在这条路上寂寞地奔走，不顾风霜，不知疲倦。

重返藿溪

距离那个令人目眩神迷的春日午后已经好久了。

彼时回忆起那春雨潇潇的午后，回忆与春天的藿溪一起游荡的慢时光，回忆那种美，那种忘乎所以，的确是一种欢乐的体验。但若不仅仅止于回忆，还得一一诉诸笔端，于我而言就是一桩异常痛苦的事。正如许许多多回，拒绝不了某种诱惑，兴高采烈地跑出去，临到写时，那些令人沉醉的美妙时光就倏忽而逝，仿佛不曾发生，再也捕捉不到。惆怅之余只恨自已没有一支生花妙笔。

诗人写过——

把你的影子加点盐
　　腌起来
　　风干

老的时候
　　下酒

这大抵是我读过的最甜蜜最惆怅的诗了。其实，我也想将这个无与伦比的午后腌制风干，留着来日咀嚼。

从白沙归来，被诸事缠绕疲于奔命，似乎连抬头看看天空听听鸟鸣的时间都没有，心却越来越焦灼。于是藿溪的美，如一团云雾，离我越来越远，在记忆里缥缈，似真似幻了。

那天下午，春雨淅沥缠绵不停。春寒料峭二月末，还看不见春天铺天盖地的架势。漫步在藿溪河畔，岸边娟娟翠竹摇曳生姿，肥硕的芭蕉叶青中带黄，让人走进雨打芭蕉的古韵。菜畦里，白色豌豆花星星点点，芥菜与卷心菜粗枝大叶地招展着，几株油菜花零零落落支棱着，我见犹怜。背景是烟雨迷蒙的宽阔河面，波光粼粼。目光再远些，可以看见河对岸隐约在青山绿水中的古宅深院。

撑着伞，还是被斜斜的雨幕打湿衣裳，笨拙地拿着手机想拍照——眼前的这条河流在细雨纷飞中静静流淌，那时我尚不知道她叫藿溪。那一天我懵懵懂懂，被春天的美色蛊惑，沉迷于古宅深巷，迷失于劈面而来的古意与空灵，渐渐落在后头，听不到解说。我不能将藿溪两岸的村庄和古宅一一对号入座。索性任性一回，不管方向不问地名，跟着感觉走。人生乏味如此，何必总是循规蹈矩战战兢兢？且借春光，完完全全地放纵，前尘往事成云烟，将自己交给一条没心没肺的溪流。

斜风细雨，老树新芽，古宅小径，柴门炊烟，一切都是春天的馈赠。走马观花，浮光掠影，沉醉不知归路，兴兴头头玩了一回，像一个轻薄的男子只顾得猎艳，却忘了问姑娘芳名。

归来后日子被庸常湮没，眼看截稿日期到了，打开电脑搜索枯肠：缓缓流淌的河流，百年古树掩映着旧日码头，沧桑老宅错落有致，鸡鸣犬吠此起彼伏，那个美好的春日午后在眼前氤氲着。赶紧翻开资料，按图索骥，一一盘点，不经意间竟然又游荡一回。如果此前只看见一个地方潦草浮华的表象，这回我触摸到它深藏的骨骼和血肉。

回到那个遥远的春日午后。此刻我站在新罗区白沙镇的藿溪边上。春水脉脉，倒映着岸边的青山古树屋宇，细雨飘零，渲染出一派江南烟雨的情调来。源于梅花山自然保护区的万安竹溪和麻林溪的藿溪之水，一路欢笑而来，成为新罗区第一美丽大河。白沙之水流向九龙江后，直达漳平、华安、漳州、厦门，成为昔日福建“海上丝绸之路”的重要大通道之一。藿溪的黄金水段就在白沙镇，就在白沙镇境内的捷步片区，包含藿溪两岸的官洋、营边、渡头以及黄坂、产坑、半岭、田坑、营头等自然村落。

这些看似陌生的字眼，其实已被漫不经心的脚步一一触摸，那个无所事事的春日午后，曾心无挂碍，与藿溪一起虚度时光。

在交通不便利的时代，藿溪发挥了水上交通运输枢纽和货物贸易集散中心的作用，沟通山里与山外两个世界。竹木、土纸、香菇、木耳、药材，通过木排竹筏从藿溪顺流而下，浩浩荡荡奔向大海；沿海和东南亚各地的海味洋货，食盐、布匹、洋油、建材，通过大小船只沿九龙江逆流而上，再由陆路肩挑车拉，翻山越岭，送达白沙、万安、宁洋、永安、上杭、连城周围的山乡。在最为繁华的“康乾盛世”后，捷步人的富与贵，远近闻名。可以想象当年帆影点点，桨来楫往，好一派热闹的景象。

这是一条有故事的河流。

人类逐水而居，依水而生。龙岩万安里西埔营詹氏，自元大德年间入岩始祖詹念九为避兵乱，从沙县十五都王溪来到这“三狮戏绣球，四鲤跃藿溪”的风水宝地肇基兴业，700多年来一直人丁兴旺，人才辈出，是岩东十里八乡远近闻名的名门望族。佼佼者有出任江西袁州训导的七世祖詹敏；有出任汀州连城训导的詹鹤鸣；有十一世祖詹履郁、惟肩兄弟；有乐善好施、赈灾施粥，赢得“仁心义举”美誉的十四祖詹云波；有擅长诗词曲赋，撰有《�门文集》等荣获“乾隆丁亥恩科生”，特授上杭县儒学，桃李满天下的十七世祖詹苞……

在藿溪的滋养下，捷步出了众多才俊。当了官，发了财，衣锦还乡，最大的事业是什么？盖房子！盖精美阔大的房子，盖富丽堂皇的房子，盖美轮美奂的房子，盖气势恢宏的房子。于是，沿藿溪两岸，一幢幢民居拔地而起，建起了上百幢高堂华屋。

撑着伞，徜徉于幽静的古宅深巷中。营边村，有建造于清代的五幢古民居建筑，传香堂、传福堂、怡庆堂、承庆堂、金龟楼。官洋村，有古民居建筑七座，鸿华堂、万福堂、元福堂、书谷堂、新德堂、瑞华堂、怡怡楼，大多建于清咸丰、同治年间，面积均在1000平方米以上。走进每一座古宅，门楼、雨坪、围墙、大门、前厅、天井、横屋、厢房、中厅、回廊、后院，上下尊卑，长幼有序，浑然天成一气呵成地融入建筑结构中，令人惊叹设计师的智慧与匠心。

走到营边村口，远远看见一座高高的碉楼霸气十足地矗立于天地间。这就是以防御能力著称的传香堂。传香堂坐南朝北，临河而建，为合院式民居，西面立一四层的碉楼，不开窗户，设有射口和眺台，视野开阔，可俯瞰整个村庄。碉楼与正房相互通透，遇到兵匪侵扰时，主人可进入碉楼御敌。

文友中有个调皮的女子灵巧地攀上高高的碉楼，得意扬扬地从眺台上探出俏丽的面容，时尚装束透出的现代气息与白墙剥落的古老沧桑相映成趣，让人感叹时光无情。

沿着五色斑斓的鹅卵石路，一路向上，右拐，便走进花木扶疏的兰室私塾。兰室私塾为詹姓第十五代祖詹骏初所创建，骏初公早年利用当地发达的漕运，从事木材及纸业贸易而发家致富，其后兴建庆餘堂，庆餘堂大门有日月两个门，一进这座古建筑就可知道当时主人的富有和人丁的兴旺。骏初公秉承富则兴庠的重教传统，创建兰室私塾，培养出了很多人才。时光漫漫，私塾虽已颓圮荒弃，却难掩当年的风流娴雅，让人窥见清朝中期当地经贸繁荣、重教兴学的盛况。文友童心大发，频频拍照，矮墙、篱笆、拱桥、流水，一一留下倩影，仿佛想沾染一些当年的书香。

怡庆堂，建筑面积1200平方米，通廊设计别致，有日月形拱门相通，寓意如日中天，众星拱月，日月同辉。

承庆堂，建筑面积800平方米，是衙门式古老宅院，因一户出过十八个秀才而闻名。正堂两侧横梁刻着“居仁由义”“入孝出弟”的题刻，昭示穿越百年风雨，仁义孝悌等儒家思想之精华，仍在这一片青山碧水之间传承。

种蓝堂是官洋村保存得最为完整的古民居。手机上有这样的字样，“留其所余补其所缺，拙于谋人工于谋天”“正欲清谈传客至，偶思小饮报花开”，清新洒脱，含蓄隽永。这是参观一生追随孙中山先生革命的詹调元故居时拍下的。依稀记得走进种蓝堂的小书院，流连于詹调元老先生亲自撰写的对联前，感受着先人的睿智与哲思，久久不忍离去。

白墙黛瓦古朴沧桑，坍塌斑驳的屋宇诉说着光阴的故事。这些大宅院证实这里曾经有过的富庶与繁华。那雕梁画栋的瑞华堂呢？那古香古色的大观楼呢？那大气磅礴的滋树堂呢？那钟灵毓秀的怡怡楼呢？那固若金汤的金龟楼呢？从一幢古屋转到另一幢古屋，兜兜转转中，惊讶惊叹间，我迷失在房间与房间的幽静幽深里了。

就这样信马由缰地走着，游荡着。无意间闯进一家大宅院，庭院深深，苔痕浓重，天井里有一株高大繁茂的茶花，花朵硕大爬满枝头，花开灼灼。几件衣服随意晾在廊下。雨水从古老的瓦檐上滴落，湿嗒嗒的春天，潮气像青雾一样四面漂浮。主人不在，茶几上的茶水尚温，几盒茶点摆放着。坐下来歇歇，像个主人一样自斟自饮，恍惚间生出错觉，感觉回到家里。

古屋一幢又一幢，让我目不暇接，让我沉迷沉醉。

春水盈盈，古树婆娑，这里还流传着许多动人的故事。在营边村的“三十六阶潭”码头，有两株高大挺拔的云杉。据坊间传说，这两棵树是当地詹氏十四世祖云波姆的陪嫁品，距今300多年。詹云波是捷步营詹姓第十四代祖，三岁失去父亲，自小聪慧过人，秉性纯良，学业优异，到了婚娶之年，与万安里一杨姓大户人家的女儿安姑结亲。杨氏过门时，因男家祖辈经营的是木材生意，女方便特意在陪嫁的妆奁中备了两株云杉苗，以图吉利。小夫妻俩就把树苗栽种在码头边上，一棵在岸上一棵在水边，遥相呼应，从此村里人就把这两棵云杉唤作“嫁妆树”。杨安姑共育有七个儿子，自从嫁詹家后，她勤俭持家，相夫教子，恪守妇道，帮忙把家族生意打理得红红火火，后来夫妻俩主持建造了规模宏大的“金龟楼”，成为克绍箕裘、中兴家道的典范。

如今陪嫁树已落单，前些年岸上那棵云杉遭雷击，只剩下光秃秃的躯干直冲云霄。另一棵站在水边，枝叶葳蕤蓊郁青葱。想象着初为人妇青春年少的安姑每日在这个台阶上下汲水洗衣，思乡情切的时候望望两棵树，内心是一种什么样的体验？

“三十六阶潭”码头也有典故。一次霍溪爆发洪灾，灾后云波公出资重建，留下“师傅不贪功，东家不吝财”美谈的36级石阶路。我们沿着青草丛生的石级而下，站在微波荡漾的水边，遥想旧日码头繁华景象，为世间流传如此美好的故事而心潮起伏。

沿着青石板路逶迤而行，千年铁树随意栽种于庭院，无人眷顾。空空的美人靠倚在风里，佳人已老韶华不再。时光悠远，岁月漫漫。这里适合冥想，适合缅怀。就这样在春雨迷蒙中游荡，悠然写意，清冷安谧，让我生出宁静的欢喜与亲切的忧伤。

眼前的藿溪，依然谦和，从容，缄默，安详，波澜不惊。

草木情怀

与武平的渊源，得追溯到遥远的童年。

自记事起，常听父亲提及武平：“1958年我们到武平……”父亲总是如许开场，滔滔黄河一旦决堤，滚滚河水便呼啸而来绵绵不绝于耳。我曾异常反感父亲的聒噪，自矜，沾沾自喜，而骨子里又怯弱谦卑，直至有一天恍然发现我也长成如父亲一般的人，这大抵是血缘与基因决定的吧。无论如何，父亲在20岁时从闽南乡村来到武平伐木场，完成了从一个放牛娃到骄傲的伐木工人的蜕变，这是他一生中最为荣耀的事。那段山居岁月，住毛竹搭的简易房子，吃大铁锅里煮出来的不见半点油星的春笋，贫瘠的日子无法阻挡青春的脚步，一样过得飞扬恣意。待调至连城，负上家庭重担，从此有了枷锁，生活仿佛失色几许。时隔多年，我终于读懂父亲的骄傲与矜夸，尽管此时父亲已经长眠于闽南老家的草木葱茏的小山坡。

从此，我所认识的武平就是一个青青伐木场的模样，但与我所居住的连城伐木场不可同日而语，它自带光环，一切在它面前黯然失色。人类的愚蠢到了极致简直令人发指，因为父亲的自诩，我深信不疑，武平是一个远在天边的美好天堂。

直到前些年，我终于有幸认识许多武平人，更为有幸地与许多志同道合的武平人成为挚友。他们，勇敢，率性，真诚，刚烈，豪气干云，有着纯正的客家人的血性。千年古城武平是纯客家县，它是闽粤赣边客家大本营的重要组成部分，一方水土养育一方人才，如此土壤养育了具有团结奋进、忠诚可靠、热情好客、兼容并蓄、开拓进取的客家好儿女，也是情理之中的事。

知道武平盛产绿茶，是更后来的事情。绿茶是指采取茶树的新叶或芽，未经发酵，经杀青、整形、烘干等工艺而制作的饮品。其制成品的色泽和冲泡后的茶汤较多地保存了鲜茶叶的绿色格调。武平的绿茶是中国历史名茶，香气高锐，滋味清爽，色绿形美，早在清道光年间，就以“香高味浓甘爽”

而享誉潮、梅、汀，并一度成为朝廷贡品。

与武平的文友一起，感觉特别放松，他们就像未经发酵保持本色的绿茶，纯真，质朴，洋溢着草木芬芳。也许因为自小在伐木场长大，也许与生俱来对山川草木的钟情深入骨髓，伐木场的一草一木陪我度过敏感忧郁的青春期，滋养我的文学青年的浪漫情怀，且从一而终至死不渝。炎炎夏日在河边树荫下捧读《百年孤独》的孤寂岁月至今难以忘怀。环顾四周，是莽莽苍苍的森林，一年四季百草千花，而花香越是芬芳与凛冽，孤独越是深重与浩大。

这一回，怀揣着前尘往事，指尖轻触松花寨这三个有质感的文字，按图索骥，在阳春三月一个春雨似有若无的日子，我们访茶去。

松花寨居然没有古寨，令人大跌眼镜。小车在水泥路上盘旋，一路向上，将我们带上云端。漫山遍野是翡翠般的茶垄，这就是松花寨了。原本准备将自己迷失在明清幽深的古巷与老宅中，不料却在云间漫步。这是主人的粗心，还是刻意给我们一个意外？

所有的茶园是否大同小异？简单，素朴，一棵棵茶树齐刷刷站立着，仿佛随时接受阅兵大检查。因为过于规范，整齐划一，便少了灵动，多了刻板。从航拍上看，松花寨像个巨大的碧螺，令人想起“十三垂髻碧螺松，学舞经年后苑中”这样的诗句，一时难免诗情勃发。石窟河像一条白色飘带轻柔地环绕着，偏偏又有红叶石楠点缀其中，在碧绿中添一丝妖娆，整座茶园便生动起来。我是第一次听见红叶石楠这个植物名，不由感叹，世界美的东西已经很多了，偏偏还要有美的名字，生生叫你沉迷不起。

从未经历过如此丰盛饱满又宛若一盘散沙的笔会。丰盛在于与会人员的繁芜，闽粤赣三省五县的文艺工作者汇集一堂，可谓群贤毕至少长咸集；散漫在于没有印发一大堆材料和提供反复斟酌出来的精品路线。没有絮絮叨叨的介绍，甚至不屑于指指点点。一座茶园就蛰伏在那里，青山妩媚，桃花盛放，鸟儿啁啾，你愿意去欣赏去领略去抒情，随便你。于是歌咏者有之，品茗者有之，挥毫泼墨者有之。茶园里，美人华衣锦服穿梭其中，引无数英雄竞折腰，纷纷拿起相机将一幅幅绝美画面定格。更有独行侠，拣一僻静小径，踽踽独行，驻足，凝眸，冥想，一脸深沉莫测，与茶园的喧腾浮夸格格不入，令人莞尔。

这就是松花寨的包容与大气吧。松花寨茶园位于武平县中山镇龙济村。中山镇是一个百姓镇，历史上最多时有108个姓氏在此繁衍，目前仍然生息着102个姓氏。中山镇姓氏如此之多，与其因地势险要而成为“全汀门户”有关。为防御广赣“两寇”作乱，明洪武二十四年，此地设立为武平千户所，驻军1200多人。这为中山镇姓氏的激增提供了契机。武平千户所的所城设迎恩、平定、永安、常乐四座城门，又有老城、新城、片月城彼此构连互为犄角，与外围“卫城”——“九围十八寨”首尾呼应，成了一座固若金汤的城池。顺治年间，清军南下，周边各县望风而降，唯武所军民踞城抗清，浴血奋战。武所城曾三次被屠为空城。后来流民与逃难回迁的原住民杂居于此，彼此包容，和谐共处，终于形成历史奇观“百姓镇”。

一直纠结于松花寨的命名。是因为簇拥在茶园边上的会开花的松树，还是得名于历史上十八古寨之一的松花寨？这里真是古武所周边的“九围十八寨”之一的松花寨？茶山旁边有一座荒芜的小山包，据说是松花寨旧址。跑过去一看，山顶石砌的寨墙只剩下断壁残垣，墙体杂草丛生苔痕浓重，每隔一米左右就有一个射击孔，像一只只洞开的沧桑老眼，窥视如今的太平盛世。山顶平坦，可驻扎上百人。山脚是奔腾的石窟河水，三面峭壁林立。毋庸置疑，客家先人在这地势险要的山头建寨子，是用于躲避动乱抵御外敌。这个松花寨，与我想象中的黄发垂髫怡然自乐的世外桃源又迥然不同。总感觉来到松花寨，不断体验着意外之外的惊喜与落差，单凭这一点，也就不枉此行。

可惜无法求证。松花寨寨主危力云，正值盛年，名字起得大气磅礴，事业亦做得风生水起。宾客盈门，他正忙着招呼大家，我也就错失当面求教的机会。听说危寨主的祖先是清初从武所城里迁出来的，经历过那一场血雨腥风。

写到这里，我隐约明白武平人缘何喜欢绿茶了。与红茶的温吞不同，绿茶纯粹，刚烈，有一股不折不挠的气势在里头。“茶”字拆开来，就是“人在草木中”，这是武平人的文化性格与草木情怀。武平全县森林覆盖率近百分之八十，一个被郁郁葱葱的森林笼罩的小城，骨子里本来就散发着草木的芳香。

闲暇时，取一只玲珑剔透的玻璃杯，丢几片绿茶，用滚水冲泡，看茶叶在沸水中翻滚、舒展、开花，看茶水逐渐温润碧透，然后小心翼翼啜饮，将草木的芬芳吸纳进自己的生命之中。

小城花事

金龙山的杜鹃开了，这本是一件平平常常的事。春天到了，花儿要开。它们开了落，落了开，时序循环，周而复始。可小城的人不这么认为，金龙山的杜鹃开了，大家奔走相告，它们因小城的人而盛开。因此杜鹃花开就是一件顶顶重要，甚而异常隆重的事。这些年小城的人也开始风雅起来，或曰附庸风雅亦未尝不可。春天到了要看花，秋天来了要赏月。春花秋月何时了？这本不是坏事。是谁说过，中国古代文人提笔写信，开头总爱言及天气，而外国人则不然。这是古人的传统。这件事说明小城的人越来越有文化，越来越享受慢生活。

久闻金龙山杜鹃盛名，心向往之。戊戌年，暮春三月，终于成行。由城而镇，由镇而村，一路逶迤，心绪纷繁。山风鼓翼而来，鼻腔满是花粉的甜香，人便有了微醺的感觉。关于杜鹃的诗句缠缠绕绕，纷至沓来。最先扑过来的是唐代李白的《宣城见杜鹃花》：

蜀国曾闻子规鸟，宣城还见杜鹃花。
一叫一回肠一断，三春三月忆三巴。

真是花鸟相映红。诗人作客他乡，耳畔犹有故乡子规凄然的啼鸣，眼前的杜鹃已然次第盛开。羁旅离愁，思乡情怀，如迢迢春水绵绵不绝。古典诗词里反复吟咏描画的意境跳将出来。时空交错，令人未见其花，已有恍恍惚惚不知今夕何夕的感觉。

既是花又是鸟的还有一种叫天堂鸟的东西。年少时第一次在三毛作品里读到这种花时，误以为是一种妖娆的花，喜欢得不行。奇怪为什么会有那种错觉，也许因为太年轻，以为但凡进入作家尤其女性作家法眼的，必然是美丽无比的。或许年轻时潜意识里总渴望烈火烹油鲜花着锦的繁华岁月。后来才知道天堂鸟还真是一种鸟，栖息在什么岛上，具体记不清了，又是惊奇不已。当然这些都是少年往事。

小车走走停停，闲散得像个懒汉，不多时已经到达金龙村。金龙村是朋口镇的一个小山村，位于闻名遐迩的松毛岭山脉的腹地，与长汀县的南山乡交界。这座开满鲜花的深山有个好听的名字，叫“云山”。“云”字如果写成繁体“雲”，则更佳，造型美，且有云有雨，妙不可言。沿着云山主峰的山脉延伸，漫山遍野都是红杜鹃，红红火火恍恍惚惚，达万亩之多。这是上苍的垂青。靠山吃山，近年来，金龙村抓住商机，成立了连城县云山红杜鹃乡村旅游开发专业合作社，进行经营和投资开发，已建成八百亩的红杜鹃核心观赏区，完成了三公里多的人工观赏栈道修建及部分休闲服务设施建设，并成功举办了四届杜鹃花乡村旅游文化节，游客人数从第一届的两千余人增长到今年的逾数万人之多。杜鹃的诱惑势不可挡，合作社前景鼓舞人心。

抵达云山时，不指望暮春三月群莺乱飞，至少能听见几声鸟鸣，然而或许人声过于喧嚣，或许被满山的红唇烈焰震撼，我竟然不记得是否有鸟的碎鸣。天气预报是阴天，就赏花而言并非好天气，可阴天也有阴天的好，没有烈日灼人。流云在头顶缓缓流淌，山风微凉且微甜，杜鹃盛极一时，目光所及，山青花欲燃，到处是灼灼火焰，简直就是《西游记》里的火焰山。

游览者甚众。路修得不错，登山没有难度，大家的注意力便集中在赏花上，在花下流连，不时发出惊呼，秀一个造型，定格于岁月深处。一山的男女老少又令人想起欧阳修的《醉翁亭记》，太平盛世时期满山老少咸宜的盛况，并非虚构。读这篇千古美文时还心生怀疑，真有如云的追随者，将整座山弄得喧阗不已？恐怕是为了自我标榜为政有方河清海晏吧。没有亲历，很难相信古人游山的盛况再度重现。欧阳修作为一代政治家兼文豪的辽阔胸襟和文人意趣，显得弥足珍贵。

这样胡乱想着，便有些微醺的感觉，竟觉得栖在枝头的杜鹃，一不小心就会变成一只只子规，纷纷飞走。缤纷的意象纷至沓来，令人应接不暇。一次赏花简直就是一场头脑风暴。美到不可言传，便有些迁怒于花，这么美，又美得莫可名状，对人来说简直是一种煎熬。

十几个人很快分散开来，各自呼朋引伴，迤逦前行赏花去也。同行的小张是一个具有忧郁气质的帅哥，今天心情不佳，笑容有点勉强。他有些不屑地说起童年时期与小伙伴上山砍柴，漫山遍野的杜鹃任由他们采摘，根本不值得如此宝贝。两人有一搭没一搭地聊着，显得意兴阑珊。突然他想起小时候上山砍柴割苇草的某个细节，陷入往事，兴奋起来，一时忘了眼前忧。而我也恍然大悟，原来自己也有许多关于杜鹃的记忆。在先前零星写过的文字里，就不止一次提及杜鹃，杜鹃是我如此钟爱的花儿，我怎能就忘了呢。还记得多年前到乡下支教的那个春天，某次从深山老林扛回一枝长长的杜鹃，简直要把整棵树扛回家，真是好浮夸。那时年轻不知道心疼，不懂得树也会疼痛。我拖着长长的花枝招摇过市，满街诧异或者艳羡的目光都像催眠，催生了我更多的骄傲与狂妄。现在想来，不禁纳闷，扛一枝花树回家，戕害植物，破坏生态，究竟有什么值得傲娇？

我们这支小分队战斗力不够，还未登顶就有人懈怠，许多人先前已经去过，没有新鲜感。我来之前，听说山顶的花海最美。心有不甘，就一个人继续攀爬。

其实山顶离我们停滞的地方并不远。遥遥望去，凛然一怔，山那边一片肃穆的红，沉静，凝固，仿佛存在于时间之外的另一个世界。上坡下坡，几个来回，一口气冲上山顶的小亭。游人在这里聚集，这是具有仪式感的时刻，登山赏花算是功德圆满了。站在云山顶上，云烟缥缈，这里是海拔1219米的地方，触手可摘星。远观云山整座山脉，高低起伏，似一条腾空的巨龙，心情也随着山脉起起伏伏。回首小亭之下的杜鹃，寂然，庄重，凝滞，时光仿佛在这里冻结。盛大的花海湮没了喧嚣，湮没了一切，亦湮没了我。

太美太欢乐都是不对的，花看半开酒饮微醺，这是人生的最好状态。

我以为，我看到最美的杜鹃了。

南方有香木

“再一次站在福建连城兰花股份有限公司大楼前，放眼望去，一望无际的密密匝匝的香妃在细雨中静默，花香暗涌，流淌成芬芳的河，弥漫在天地间。”

——这是去年春天敲下的文字。亦是第一次与香妃谋面，惊讶于她的香与艳，情不自已，抒情泛滥。

又是暮春时节，再次想起兰花公司的香妃，欣悦中夹杂困扰。一年之前，我可以心无旁骛地写香妃，写饶春荣，写兰花公司。一年之后，我却在电脑前磨磨蹭蹭，欲言又止。与其归罪于笔力衰竭，不如说心境变了，在更加深入接触兰花公司，了解到一个民营企业的种种艰辛，那种单纯的歌舞升平的轻飘文字，我写不出。

与兰花公司结缘已久，一次次徘徊流连，沉湎于兰花的清雅与脱俗，欲罢不能。几次接触，对兰花公司的饶春荣董事长格外佩服，养花人三十年的坎坷历程与跌宕起伏，难以为外人道也。记得去年为“五一劳动节”劳模表彰大会采写饶春荣，在兰花公司，当说到灾后重建的种种困难，纵然百般坚毅的汉子，也不免黯然神伤。然而，提及新培育的品种香妃，饶春荣的眼神亮了一下，一扫先前的低落。我便热切起来，想知道香妃究竟为何方仙子。饶春荣却又按下不表，言为时过早，尚不便公开，但看那踌躇满志的模样，估计前景大好鼓舞人心。

20世纪七八十年代，饶春荣高中毕业回到家乡闽西朋口镇桂花村。桂花村宛若一颗明珠散落在著名的梅花山山麓中。村庄古朴，山水明秀，梅花山有着丰富的森林资源和无尽的宝藏。幽丛不盈尺，空谷为谁芳？或许世间万事万物都讲究缘分，在那么多花花草草中，饶春荣对兰草情有独钟，结下不解之缘，从此一心一意做起养兰人。

几经波折，饶春荣的兰花王国规模波澜壮阔起来。到了2000年，连城兰花有限公司成立，2011年整体变更为福建连城兰花股份有限公司，注册资本1.5亿人民币，饶春荣任董事长。公司经营范围包括兰花、花卉、苗木栽培和销售，旅游观光、餐饮及配套设施经营管理。公司拥有花卉基地1200亩、苗木基地2000亩、科研基地200亩，主要培育国兰、香妃、岩松、菖蒲、黄杨、金花茶、罗汉松等花卉苗木品种，是集生产、培育、营销、研发、服务于一体的综合型花木行业龙头企业。

春风得意马蹄疾，兰花公司蓬蓬勃勃发展起来，势态喜人。然而老天似乎要考验饶春荣，突然天崩地坼，暴雨肆虐，大水浩浩汤汤，将偌大的兰博园吞噬殆尽。

幸好，一切都过去了。

2018年4月8日，春光明媚，花香袭人。在连城兰花博览园举办中国木兰科种质资源保护利用与产业论坛暨新品种“香妃”发布会，香妃盛装出场，正式获颁证书。美人养在深闺，一旦面世，倾国倾城。

一年前埋下的伏笔有了照应，香妃撩开面纱款款走来。

4月14日，一群人齐集连城兰博园。颇具规模的兰博园进口处立一巨幅招牌，上书“连城首届香妃节”，盛宴散去，依稀窥见当日盛况。重建后的博览园越发气派。如果说从前的兰博园是小家碧玉珠圆玉润的美，今非昔比，现在它赫然大家闺秀，举手投足，尽显雍容华贵，端庄大气。

照例是宾至如归，招摇喧哗。大家分散开来，湮没在花丛中亭台楼榭里，各自撒娇或撒野。在兰博园，我们这伙人，从不把自己当外人，这或许缘于饶春荣的宽容或者厚爱。

香妃属木兰科含笑属常绿阔叶乔木之列，树也就是南方常见的普普通通的树，高大，笔直，苍绿，四季常青。花朵小巧，花型挺立，花瓣粒粒可数，富有质感，在绿叶的掩映之下，并没有惊世骇俗的美，倒感觉温柔敦厚，是薛宝钗的雍容大度的美。就其气质与造型而言，与香妃的妖媚撩人并不相符，缘何名曰“香妃”？大约是她的芳香袭人。她的香，浓醇似酒，未饮先醉；甜蜜如苹果，叫人沉湎，心迷神亦痴。何况自古以来香草美人分不开。《诗经》《离骚》里目迷五色缤纷披垂的植物纷沓而来，又幻化为一个个耀眼夺目的仙女，就觉得叫香妃还是稳妥的。其实最吸引人的还是纷纷坠地的花瓣。碎玉般铺了一地，叫人怜爱。这个时候的香妃就该是林黛玉了。晚春时节，荷一把花锄，踽踽独行，洒几滴泪，瘦小的诗人把相思写进花里，怜花亦怜人，葬花亦葬人。

最妙的是香妃花的颜色丰富多变，一年四季皆开花，春天盛放，花为桃红色，由春而夏而秋而冬，则为瓷白透红色。真是一种神奇的花。这是我们在会议厅里观看关于香妃的科普片得来的知识。又说在冬天温度低于10摄氏度时，香妃就心扉紧闭拒不开花。听到这里，犹如醍醐灌顶，我恍然大悟，香妃的大智慧吓到我了。她会随季节变化而变色。寒霜降临了，懂得保护自己，蓄积力量，度过寒冷时刻。香妃的生存智慧叫人惊奇。做人不就该活络些么，不死磕。活下去才是最重要的。开不开花，那是其次。再者留得青山在，总有绽放的时候。

香妃的生存能力极强。南方的乔木走向大疆朔漠依然挺立葱茏，一样花开。无论在江南水乡花柳繁华地，抑或人迹罕至的朔漠野岭；不管是被尊贵地请进温室摆上案头呵护有加，或者作为行道树，抵挡烈日，给路人送来一片绿荫，还是置身于荒郊野外大漠孤烟，终日与风沙相搏，美其名曰治理水土流失，俨然是个女汉子。不管在哪里，人，都要有让自己快乐的能力。这可不可以算是香妃给我们的警世名言？

由此想到儒释道兼修的智者苏轼，一个生性天真的大文豪，命多舛途，初心不改，仕途坎坷，一贬再贬，依然一路高歌，即便发出的是诸如《卜算子》“拣尽寒枝不肯栖，寂寞沙洲冷”这样的悲歌，依然有乐观主义的光芒在闪烁。即便被打发到南蛮瘴疠之地，身处崎岖险阻的环境，被自己的小妾嘲笑为“一肚子不合时宜”，依然纵情山水，吟诗作赋，恣意人生。即便肉体被打垮了，精神依然长存。海明威笔下那一架历经劫难空空如也的鱼骨头，多么励志。

再由此想到日日与花草与香妃耳鬓厮磨的饶春荣，历经磨难始终屹立不倒，愈战愈勇，是否早已从中得到“真经”？

今日饶春荣恰巧有事不在公司，只从微信里发来问候。我思忖着，下回有机会得当面请教一二。

素描

像候鸟一样迁徙

阳台上的三角梅开了，一朵一朵，粉嫩的浅紫色，在风中摇曳。我拿起电话，向远方的母亲报告花开的消息。

这两株爬满阳台的三角梅，是母亲四年前买来的。当时只是三两枝绿条儿，在母亲精心照料下，三角梅长势旺盛，迅速蔓延，从阳台上披垂下去，年年都开很多的花，从夏天一直开到深秋。

可惜母亲从来没有看到三角梅开花。当三角梅抽出柔软的枝条，越长越密集的时刻，暑假来临，母亲就到大哥家去了。侄儿从学校回来，母亲千里迢迢，去照料她的长孙。

三角梅怒放的时候，母亲正奔波于一个高楼鳞次栉比疯狂拔节的城市。母亲的季节四季分明，花开的时候不属于母亲。

我居住的闽西小城，气候宜人，是炎炎夏日的避暑胜地。母亲一边感叹房子方位好，冬暖夏凉，长势茂密的三角梅刚好遮着炽烈的阳光，一边描述大哥那座城市令人恐怖的酷热。但她无心留恋，我一放假，侄儿尚未归家，母亲如飞蛾扑火，义无反顾地奔赴大哥家，如同一个勇敢的战士，赶赴一个硝烟弥漫的战场。

母亲来到大哥的闽北城市，仰望大哥住的高楼，眼睛就被头顶的太阳晃得眼花。大哥住的是顶楼，十四楼。母亲有恐高症，刚来时很不习惯，走起路来深一脚浅一脚，感觉像在云端。大哥的房子在江边，倚窗而望，可以看见宛若飘带的闽江水蜿蜒而过。但母亲不敢靠近窗子，更不敢朝下看，她的腿肚子会打战。

大哥家的厨房正在太阳底下，一个不规则的小屋，从早晨开始，太阳就把它的边边角角照得透亮。母亲挥汗如雨，顶着烈日做饭。电风扇呼呼地吹，蓝天白云近在咫尺。母亲做的饭菜很丰盛，每一道菜里都有太阳的味道。

暑假一过，侄儿去上学了，天凉了，母亲坐不住了，念叨着要回闽南老家。母亲认为她已尽了职。哥嫂一再挽留，母亲再住上十天半个月，就坚决打道回府了。母亲是春天离开老家的，此时老家落满灰尘。母亲和父亲一起，动手收拾荒芜的家园。将院里的草锄了，屋里添几床棉被，再养一群鸡鸭，种几畦菜。如衔泥筑巢的燕子，母亲整日忙个不停，将空落落的老屋收拾得温暖妥帖。

一切收拾妥当，母亲搬一把椅子，坐在院子里晒太阳，想心事，一心一意等我们归来。冬天的阳光将母亲斑白的头发照得闪亮。年味越来越浓时，大哥、老姐、弟弟，还有我，拖家带口，一个个回来了，刹那间沉寂已久的院子里落满欢笑。

一家人其乐融融，品尝着母亲亲手种的菜，养的鸡鸭，酿的美酒，感受真正意义上的农家乐。春节假期一过，挥一挥手，大家作鸟兽散。母亲留下来，细细整理屋子，从一楼到三楼。然后选择一个晴朗的日子，在春寒料峭时刻，踏上征程，朝西北，往我家的方向出发。

一年四季，周而复始。我们习惯了母亲的征程，在母亲即将来临时，翘首期盼。母亲一来，我们就像脱缰的野马，将整个家交给母亲后，自由地撒欢。有时我想，母亲就像一只候鸟，随季节变迁而飞翔。然而候鸟的迁徙，冬天往南，夏天朝北，选择适合生存的气候。母亲则相反，夏天她飞向烈日，春寒料峭时，她朝更冷的北方飞翔。

母亲迁徙的方向，是爱的方向，不畏寒冬，不惧酷暑。

奔跑的母亲

“哐”的一声，一阵风过，门被带上了。正在门外倒垃圾的母亲傻了眼，大脑一片空白之后，母亲摁开电梯，从14楼下去，冲出电梯，冲向车水马龙的大街。心急如焚的母亲穿过人潮如涌的大街，沿着小路飞奔。母亲年过花甲，身材微胖，每跑一步都那样沉重。母亲跑到一个小山坡，冲进坡顶一座大厦。

气喘吁吁的母亲正想摁电梯，一个年轻的门卫拦住了。门卫狐疑地盯着母亲，一个衣衫不整，跑得上气不接下气，神色慌张的老太太，究竟想干啥？母亲张着嘴，喘着气，说不出话，像一只缺氧的鱼。门卫见状，赶紧说，别着急，慢慢说。在母亲艰难的诉说中，门卫听明白了，也悟到事情的紧急性，他果断地拨打电话，让正在楼上上班的儿子赶紧下来。

当匆匆忙忙赶来的儿子看到母亲时，心狠狠地疼了一下。母亲穿着睡衣拖鞋，神情焦灼不安，像做错事的孩子，眼巴巴地迎上来。母亲为打扰了百忙中的儿子深感不安，为自己的笨拙而羞愧。但母亲什么也顾不上，她接过儿子手中的钥匙，转身又开始奔跑。

家里，煤气灶上，正焖着一锅红烧排骨，这是儿子最爱吃的东西。

母亲年纪越来越大，越来越会犯糊涂。年轻的时候母亲是多么能干，经常一个人带着年幼的几个孩子回老家，当时没有直达的车，要辗转好几个地方，要过夜。有次母亲带着三个孩子回老家，母亲背着不到一岁的小女儿，去排长队买票。母亲让六岁的儿子看行李，顺带盯紧三岁的大女儿。儿子很乖，老老实实守着。大女儿却很皮，母亲一离开，就消失得无影无踪。等母亲买完票，发现大女儿不见了，慌了手脚，幸好有好心人将孩子送回来，用广播叫人去认领。

每次都这样有惊无险。

几十年奔波过来，都没出大差错，为啥老了，却频频出错？母亲懊悔，自责。母亲一生好强，她不允许自己这样。有一次，母亲用高压锅炖羊肉，炖着炖着，高压锅突然爆炸了，锅盖飞到天花板上，竟然不动了——它已经深深嵌进墙板里。整幢楼的人都听见“嘭”的一声巨响，然后是漫天飞舞的羊肉香。所有的人都跑出来看。母亲吓得面如土色。她以为楼爆炸了。再有一次，家里特别多事，她洗着衣服，又惦记着别的，跑出去跑回来，来来回回几趟。等到晒衣服时，她发现一大堆的东西在里面，身份证、信用卡、购物卡、火车票，还有几张崭新的百元钞票。母亲吓坏了，在电话里反反复复对我说，钱还是好好的，火车票也没烂掉，就是不知道卡能不能用?

无法用言语形容当时的心情。

今年五一，一大家人到厦门团聚，老姐在博客里写了些话，每次看了都忍不住鼻子发酸：

“早晨五点多就听见母亲在用电饭煲煮粥，之后下楼去了。近七点，母亲回来了，说是给小弟送线面去。小弟和我隔着一道铁门。因为去得太早，很是等了一阵，才有人经过开了门。回来后，又怕我们还未起床，不敢按门铃，生生地在楼下坐了好一阵才叫门。见我们都洗漱完毕，母亲炒了两个小菜后说，她要去小弟那吃，那儿菜好。我知道她是要去弄小弟那儿的早餐，大哥大嫂住小弟那里。昨晚饭后，剩了一锅的野猪肚汤，他们说今早要吃猪肚线面。

我的母亲，一个早晨，跑来跑去的，就为了让这边的两个女儿和那边的两个儿子吃好早餐。”

母亲，孕育我们生命，把我们养大，供我们读书，使我们成才，以至有了衣食无忧的今天。母亲，你老了，多么希望你能安心地坐下来，不再奔跑。

益母草的柔软时光

邂逅益母草，是初为人母时的一个冬日午后。

小城墟日，赶墟的人将整条城搅得沸沸腾腾，像一笼刚出锅的馒头。这是一条老街。赶墟的人聚集在这里，灰扑扑的街头，人潮汹涌。我漫无目的地逛着。在一个逼仄的角落，混杂于一大堆扁担锄头扫帚中，一篮码得整整齐齐，一小把一小把碧绿鲜嫩的草赫然在目。蹲在篮边的卖主是一个上了年纪的农村女人。我奋力挤到女人身边，好奇地问，这是什么草？女人瘪着没牙的嘴，说着我听不懂的方言，一连说了几遍，我依然懵懵懂懂。有个买扫帚的女子，见我一脸茫然，便热心介绍说，那是益母草，买回去洗干净，切得嫩嫩的，煮鸡蛋吃，对女人很好，尤其是产后妇女。乍听到“益母草”三个字，心不由颤了一下，立刻莫名欢喜起来。那天我买了两把益母草回去，用清水洗净，切得细细的，敲两个鸡蛋，做了一盘芬芳扑鼻的野味佳肴，并怀着一份感激，独自享用。

这就是我与益母草尘世里的初相见，一见倾心。也许是因为那时我刚好做了母亲，一个鲜嫩娇俏的小生命，令我从少女情怀总是诗，到母性的温暖与宽厚的萌动？总之，第一次见到益母草，就令我怦然，以至于以后每次见到她，不喜下厨的我，忍不住要买上一小把，亲自烹调，在益母草苦中带甘的气息里重温往事，让潮水一般的回忆润泽一颗日见粗糙的尘心。

后来隐约知道，益母草是历代医家用来治疗妇科疾病之要药，具有活血化瘀的作用。益母草煮鸡蛋，是治疗痛经的良方。难怪街上从来不乏卖益母草的女人。

对益母草的了解，止于此。说来奇怪，长在地上的益母草我居然从未见过。许多年后，电脑普及，上网搜索益母草图片，方知她是一种叶子呈手掌状，开着淡红色或淡紫色花的草。一年或二年生草本，夏季开花。生于山野荒地、田埂、草地等。全国大部分地区均有分布。在夏季生长茂盛花未全开时采摘。益母草味辛苦、凉，具有活血、祛瘀、调经、消水等功效。知道这些后我非常震惊，原来益母草也会开花，原来益母草也有自己的春天。

这以后，我对益母草多了一份敬意。益母草其实是一种母亲草。她总让我联想到我的母亲和姐姐，联想到中华大地上所有伟大坚韧的女性。

母亲是一个坚强的女性，温婉贤淑，她含辛茹苦养育了我们，几十年的风风雨雨，从没听她抱怨过，她的无私与坚韧经常震撼着我，鞭策着我，做一个善于为他人着想，善良宽容的人。我的姐姐，秉承母亲的能干与忍耐，也成为一个优秀的母亲。姐姐自小聪慧，多才多艺，满脑子浪漫情怀，渴望像三毛那样背起行囊浪迹天涯。可是她在还很年轻的时候当了母亲，此后就完全变了一个人。她为她的家、她的儿子的付出，时常令我汗颜。外甥的成长史，那几千个难忘的日日夜夜，灌注了姐姐无数的心血。敛起锋芒，藏起梦想，卸下翅膀，以母亲的姿势匍匐前行——哪一个烂漫少女不要经历这样的人生蜕变？

我所见过的益母草都是不带花儿的。我不知道她是开了凋谢，还是未曾盛开。春天的益母草特别鲜嫩，我想她的花儿应该还在梦里。秋冬时节的益母草相对老一些，在经历了一个夏季的盛放，她安然迎来油锅沸水的命运。不管开放过与否——有些梦，来不及实现，就让位给眼前的可人儿，益母草在锅里的煎熬，正是她母性情怀绽放时刻。当她消散了青翠的颜色，与褐黄的鸡蛋混为一体时，也是她一生中最柔软的时光——孩子，为了你，即便粉身碎骨，也在所不惜啊。

有一种思念，断续不成章

前几天，无意中将一把伞打开，却无论如何合不拢。嫣然笑着说，就那样放着吧，当装饰品，反正我们家那么大。米黄色的碎花小伞撑在客厅里，像盛开的一朵思念。我苦笑了一下，心里有一点点的痛。如果父亲在，他一定会在第一时间将伞拿去修。那些天我特别忙，进进出出，来去匆匆，伞固执地静立在那里，让人无法漠视它的存在。心想留意一下哪有修伞的地方，始终找不到。我终于将它放进储藏间，依然是盛开的，一朵思念。

多年来，家里需要修修补补的东西，都是父亲去张罗，我已经习惯父母候鸟一样的迁徙，随时等待他们驻足时刻，将我凌乱的小窝收拾一番。

其实，父亲在这个家留下的痕迹，何止这个。电视橱后面躺着的自行车链条锁，倚在卧室门边的门球棒，不知从哪个角落滚出来的一粒象棋，阳台上父亲载山泉水用的塑料桶。这些和父亲息息相关的东西，从父亲离开后，我就再没有动过一下。有时目光不小心落在上面，就立刻收回，怕被它们烫伤。还有楼下杂货间里的一辆自行车，一辆山地车，两年了，我没打开门看过一眼，它们该沾满尘土了吧。自行车是父亲的挚爱，从年轻小伙子到七旬老头，父亲都将自行车骑得飞快，还颇为自得，每每招来我们的嘲笑。一个不肯服输、不肯服老的人，最终被老天招了回去。想起来真是万分伤感。

再过几天，就是父亲的两周年忌日。父亲离开我们居然就要两年了。想起来不胜嘘唏。这两年是怎么过来的？自己好像也糊涂了。除了父亲刚刚离去，不能自已写下一点文字，就不敢触及“父亲”这个字眼。一是文字太悲切，无端招惹别人的眼泪，二是失去父亲的那种痛，已由最初痛彻心扉的刚烈，转为绵绵不绝的哀思，说不出，道不了，生生哽在喉咙。

一个人待着的时候，时常不由自主想起父亲。关于父亲的一切，就好像一部老电影，一遍一遍在脑海里回放。

不敢回忆父亲病危的情景，每一次想起，都是痛，令人窒息的疼痛。那是初冬季节，父亲发病之初，南方遭遇冬天第一个寒流，彻骨的冷。我穿梭在大哥家与医院之间，看到大街上那么多在寒风中安然踱步的老人，嫉妒得慌，为啥他们可以好好活着而我的父亲却在重症监护室里苟延残喘？

不愿重温失去父亲时的心情。知道父亲挨不过病魔，撒手西去，我已经没有泪了。我发信息给远方时刻关注父亲病情的好友："父亲走了，我是一个没爹的孩子了。"后来好友说，当时他没忍住，落泪了。父亲的丧事办完后，我原本以为心会平静些，没想到接下来是长达半年的梦魇。几乎每一个夜晚，我都会梦见父亲。半夜醒来，心痛得无法入眠，我一遍遍地对先生说，我难受，我好难受。先生无语，半天只会说一句，睡吧，明天还要早起。那一刻我对先生充满了仇恨，为什么就不能安慰我两句？为什么？

我想，并不是我特别热爱父亲，也不是我特别思念父亲。我的性格，我脆弱的承受力，令我无法担当失去父亲的空虚与疼痛。那段日子，一天天地挨，对先生的怨与恨，也一天天累加，动辄给他脸色。

父亲离开半年后，父亲节到了。那一天我们一家人外出，我有意在乡下逗留，拖延时间，迟迟不肯回来。等回到家，已是深夜。我们假装忘记了父亲节。我不能忍受没有父亲的父亲节，还要装出高高兴兴的样子，到公公家过节。

后来，时光流逝，悲伤渐减，生活慢慢恢复原状。只是偶尔别人问及父母，我时常有口误，说我父母如何如何，一开口才发现我用的是现在时，不由悲从心来，不再言语。更多的时候，天冷了，或者热得令人难以忍受，我会想到父亲，想的竟然是幸好父亲不在了，要不那么娇气的他，会多抱怨，多难受。我不知道这算不算不孝，我想父亲终于解脱了，人活着，原本是要受多少罪啊。

母亲在父亲离开后，曾长住在我这里。母亲偶尔提起父亲，我都不敢接她的话茬，不能说，一说就痛。在父亲离开后，我几乎不和人谈父亲。目之所及，那些细微的痛，我都收藏在心里。我不知怎么和人说，思念也好，愧疚也好，也许说一次就要痛一次吧。

某天，我从菜市场买回一些凤尾菇。嫣然一看，啊，外公最爱吃的凤尾菇。我心大恸，嫣然还是读懂了我。那一天，我莫名格外想念父亲。我在菜市场转悠，看到父亲生前最爱吃的凤尾菇，就鬼使神差买下来。

父亲的两周年忌日一天天逼近，我一天天烦躁起来。心像有石头压得喘不过气。我想，我该写点文字了。无论清晨，还是黄昏，或者静悄悄的夜晚，一次次端坐电脑前，一次次打不出只言片语。这是怎么了？那么长时间不敢说父亲写父亲，难道我的心力枯竭，再也码不出完整的思念？

不再逼迫自己。在父亲忌日前一天，平静地和先生回到家乡。时间真的很残酷，两年时间，可以抹平很多伤痕。这一次做“三年”，按民间风俗是要“换红”，贴上对联，从此可以张灯结彩办喜事。来了许多亲戚，请了八桌的客，热热闹闹的。依旧在老屋那里祭奠父亲。老屋更沧桑了，泥墙坍塌的地方，荒草萋萋。父亲生前就想出资修葺老屋，怎奈人多嘴杂，意见不一，始终没人牵头来办。父亲大约没想到，他的遗像会久久挂在这座风雨飘摇的祖屋吧。

没有人哭。纸钱燃起的火光灼得脸发烫，热浪逼得人一点点往后退。这两天，天气反常地热，最高温居然达30多度，完全不像暮秋时节。大哥将父亲戴了大半辈子的手表扔进火里，将父亲生前心爱的手机扔进火里。好了，一切化为灰烬，归于尘土。

心，很平静了。突然看透许多。人，总有一天要走到生命尽头。活着时好好珍惜吧，离去时，脚步就不至于太慌乱。

我和嫣然的故事

我时常觉得，老天一定是怜我太笨，才送一个聪明伶俐的女儿给我。

拥有一个可爱的女儿，看着她童话般成长，是许多生命历程中诗意缺席的人的念想，譬如我。将女儿当玩具般玩耍，弥补自己未曾实现的梦想，是有了嫣然后的快乐时光。

于嫣然而言，妈妈一开始就以强悍的姿态，张牙舞爪摧枯拉朽地矗立在她面前。看她不知就里，对我顶礼膜拜，我忍不住躲在无人的角落，得意大笑。她问我什么是“拿破仑”，我眼睛一转，哦，拿破仑，就是拿着破轮子玩。她似懂非懂，到班上和同学争得脸红脖子粗——我妈妈说的，我妈妈是老师难道还会错？圣诞节到了，她在鞋里发现了礼物，感到困惑，我们家并没有烟囱，圣诞老人是怎么进来的？彼时我正往嘴里扒饭，鼓着腮帮，用手胡乱指点厨房，抽油烟机啊，圣诞老人现在专门钻抽油烟机。她一脸狐疑看着我，我用力点点头，然后躲到一边，笑得喷饭。

当我躲在黑暗的角落，为阴谋得逞，露出狰狞的笑容时，嫣然仿佛从一场迷梦中醒来，不声不响长大了。某天，她回到家，羞愤交加，一字一泪控诉：“哪有小孩笨到读二年级了还会相信圣诞老人是从抽油烟机进来的？妈妈你也太可怕了！”说完扬着高贵的头颅，头也不回地离开了。

现在想来，恍惚从那时起，嫣然开始挣脱我的羁绊，逃离我的视野。小学中年段起，她变得异常活跃，什么都做，俨然一个大忙人。她当班长，写小说，写剧本，组织活动，搞聚会，玩得风生水起。很多事情都是许久以后她主动与我坦白的。那时候她像防家贼一样防着我。那时候我正为事业打拼忙得不可开交，无心管她，并且秉承“放养式”的育儿理念，让她自生自灭。回想起那一段岁月，就好像不小心睡着了的光阴，一片空白。

直到六年级上学期结束，一次偶然机会，拜访嫣然的班主任。美丽的女教师说了一句令我不寒而栗的话“嫣然再这样下去很危险”，我急急追问，却问不出所以然，老师闪烁其词的，不外乎嫣然太过活跃，太浮躁，这样发展下去很可怕。咬牙切齿地回家后，铁青着脸，严刑逼供，却惊恐地发现，当年对我崇拜有加、言听计从的乖乖女，已经长出一副桀骜不驯的翅膀来。面对她犀利冷静的目光，我大惊失色，我承认，我败下阵来了。

小学六年级下至初二下，是嫣然与我对峙期。处于青春叛逆期的嫣然，令我前所未有地头痛。那段纠结的日子，不提也罢。令人刻骨痛心的是美丽班主任的话一语成谶——嫣然瞒着我，偷偷坐同学的自行车去上学，终于有一天，她从自行车上跌落，摔断了胳膊。这次意外令家人四处奔波，愁云惨淡地过了大半年，并且令我的青丝有了第一根闪烁的白发。

因为疏懒，我错过了嫣然成长的关键时期，为此我付出了惨痛的代价。老姐嘲笑我，你以为孩子天生就该好好的？你想不劳而获？于是，一场旷日持久的拉锯战在母女之间激烈展开，在我身心俱疲、几近绝望的时候，嫣然突然开悟了，不治而愈了。

然后是一段和平的岁月，母女俩感情与日俱增。

收获的季节来得猝不及防。不知什么时候开始，我发现嫣然变得超越年龄的大气与睿智。她的知识总量已远远大过我。不知不觉，我沦落为一个“白痴”妈妈。我依赖她，凡事让她做决断。我会问，刚到期的酸奶还能不能喝？她的回答理性而充斥着我所陌生的化学元素，令我肃然起敬。在店里吃饭，她会告诉我坐哪个位置才是背风的地方。过马路的时候，她会提醒我看红绿灯。家里的数字电视我永远闹不明白，不小心弄没了，只有枯坐一晚，等她回来三下两下复原。手机后盖无法打开，要等她来打。几近色盲，有次将“灰白相间”的裙子说成“淡蓝色”，遭到她极端鄙视，她学过画画，对颜色的认定非常专业。她心灵手巧，衣服扣子丢了，我几乎没有缝过，这活儿不是母亲就是她做。有一次，我着急去上班，先是不知道新买的没有任何标志的线衣哪个正面哪个背面，请她鉴定。没等她接过衣服，又大惊小怪地发现，眼镜架松开了，让她赶紧给锁上。她手忙脚乱，气急败坏，忍无可忍，冲着我喊，妈妈你怎么像幼稚园小朋友上学，这么麻烦啊？

发展到后来，每天她一回家，我就急不可耐絮絮叨叨向她汇报。工作不顺心，生活不如意，感情有困扰，决策有迟疑。嫣然会认真地听，开导我，宽慰我，并不时提出合理化建议，常令我茅塞顿开，喜上眉梢。极其偶然的时候，嫣然会说，妈妈我上一天的课很累了，你让我先休息下行不行？

那一次，为一件很小的事情在电话里与先生大吵一场，嫣然放学后我急忙向她投诉。她静静地听了一会，说，这事是爸爸不对，我来给他打电话。她躲到房间里，我在外面隐约听她说，妈妈不过是想求证一下，你顺着她的意思说不就得了？你怎么可以将矛盾激化？听到这里我不由一愣，原来她知道心思细腻的妈妈需要一个忠实的倾听者，她愿意担当起这个角色。我怔怔地立在那里，从小时候我哄她，到现在她哄我，仿佛只一眨眼工夫。

而她自己，仿佛没有忧愁，没有困惑，像个开心果，成天乐呵呵。一直到她的同学告诉我，其实她也有烦恼的，她也会偷偷掉眼泪，只是每次哭完，她就擦干眼泪，哼着歌回家。

她喜欢唱歌。清晨她起床，洗漱，在洗手间唱歌，宛若百灵鸟。我就知道，我的幸福一天开始了。

所以，如果你是我的朋友，如果你曾听我不厌其烦不厌其详讲述我家嫣然的故事，请你原谅我，原谅一个喋喋不休的母亲。正如嫣然所言，妈妈在这个世界没有别的成绩可言，只生了一个女孩，只好拿她来显摆。她反感我在外人面前提起她，因为我会忘乎所以拼命赞美她，宛然一个超级自恋狂。其实平常的时候清醒的时候我也知道她只是个平凡的女孩，可是在一个笨拙的与她相依为命的母亲心里眼里，她，无人可比。

奶茶时光

若干年后，忆起眼下漫漫陪读时光，必定是柔软而诗意的。

譬如那日复一日的抹茶奶绿。

嫣然钟爱“一品茶”的抹茶奶绿。夜晚九时，当我左躲右闪，避开来往车辆，横穿一条街，走至团结巷的“一品茶”，当仁不让地挤到拥堵在窗口的少男少女前，大声报出我要的奶茶，总要语塞一会。我结结巴巴地，我要……抹绿奶茶。窗口里美丽女孩会飞快地瞄我一眼，说，是抹茶奶绿吧？要加什么？我说对，加珍珠，说完赶紧递上十元钱，等女孩将纸条和一元钱给我，便开始悠闲地张望，看红男绿女从身边川流不息走过。有时遇上学生，闲闲说上两句。奶茶好了，再次穿过小街，沿实验小学的路往上走，不出三分钟，到家了。推开门，嫣然早候在那里，一脸欢喜。她笑吟吟接过奶茶，有滋有味品咂起来。

有的女人，天生就是母亲妻子，举手投足，流溢着水一样的柔情，母性妻性十足。我则不然。在婚姻围城内困守了近二十载，我依然很生硬，很“自我”。或许过早为人妻母，没有足够心理准备，对女儿的降生有点手足无措，觉得女儿打乱了自己的生活，因此对女儿一直严厉有余疼爱不足。想必嫣然年幼时，看到别的母亲对孩子千娇百宠，想到自己冷血的妈妈，一定是羡慕嫉妒恨。嫣然三岁时，时常和一个叫王威的男孩玩。人家就逗她，等你长大了，嫁给王威，好不好？王威的家她是去过的，有大大的庭院，几株高大的木瓜，挂满果实。她一听就点头应了，然后转过身，认认真真地对我说：“妈妈，等我以后出嫁了，就再也不回家。”

记得当时内心有小小的震撼。何以嫣然小小年纪，这么讨厌这个家？平时看她乖巧听话，没招惹太多麻烦。我想，一定是我对她太不好，她才有逃离的念头。

年轻的时候，纠结在平庸卑微的命运里，不知不觉忽略许多。总觉得生

活不该是这样。单调、琐碎、灰色、颓靡。来自工作生活的压力太大，自身能量如此低微。毕业十年内，我一直挣扎在黑暗中，那些看不见的伤口，那些与生俱来的敏感孤独，自卑怯弱，那些不可言说的疼痛，一直缠绕着我，困扰着我，如此便造就了一个暴躁易怒，缺乏耐心与爱心的母亲与妻子。

幸好，2002年那一场惊蛰，唤醒了我。那一次，嫣然在电话里告诉我：惊蛰已过，完完全全是春天了。嫣然那时读小学二年级，她那稚气又略显老气横秋的口吻，令我又惊又喜。彼时我正在榕城读书，繁重的学业压力之下，诸多的纠葛之中，对女儿并不上心，甚至对某些同学因牵挂孩子而寝食难安表示不解。嫣然用“完完全全”四个字，彻底将我征服，我忽然意识到，女儿已经长大了，开始有自己的思想，我不能再以小孩等闲视之。2002年春天这个电话，具有划时代意义，它让我的母爱，喷薄了。

爱重成仇薄极成喜。多少年过去了，阴差阳错，我这样一个喜怒无常的妈妈，用不正确的教育方式，却培育出一个处事老练、懂得感恩的孩子，是我始料不及的。我把它归结为上苍的厚爱。

2011年9月，嫣然正式踏入高三，由此我也有了一个新的身份——高三家长。这年暑假开始，我便尽量去争取相对轻松的教学任务，目的只有一个，做一个相对优秀的家长，照顾好嫣然的生活起居。这么多年来，嫣然一直很独立，没吃过多少我做的饭菜；我一直很自由，来来往往，了无牵挂。对嫣然，则由儿时的严厉变成今日的纵容。这种纵容，在嫣然升入高三时发展到极致。嫣然说妈妈我想买衣服买鞋子，我说好啊。嫣然说妈妈我还想买书包，我说那就买啊。嫣然说我想在客厅里边吃饭边看电视，我便将饭菜端到茶几上。嫣然回来第一件事是上网听歌，再打开湖南卫视看快乐女生，要不就是“铱我说新闻”，我都由着她。嫣然要是累了困了一个晚上不读书，我也听之任之。总之，凡是嫣然要做的，我无不一一拥护。

嫣然最后说，妈妈我不想在学校晚自修我想免修，我说好。于是，一个家变得乱糟糟起来。首先得闭门谢客，给嫣然一个安静的读书环境。从不关机的我，到了夜晚不知不觉就关机了。嫣然把一个家搞得无比混乱。书房是完全腾出来给她用。她自己卧室的书桌上地板上也是一堆堆的书。不到几天，客厅茶几上也堆满书，她高兴的时候就趴在那里做作业。最终，她盯上餐厅宽敞的餐桌了，于是一大摞的书又飞上餐桌。孩子的爷爷偶来我们家，诧异极了，平时你们在哪吃饭呀？乐得我们哈哈笑。

嫣然感慨万端：从来不知道读高三是这么爽！

写到这，我不得不停下翻飞的十指——又到买奶茶的时间了。我将头顶星辉，脚踏初秋的凉风，走过逼仄的小巷，穿越喧嚣的人群，为嫣然，为我们，买来一段柔软时光。

傻 姨

我的傻姨冬瓜挑着水桶正要出门，外婆叫住了她，冬瓜，郭家又来人了，过几天就把你嫁过去了。傻姨咧开嘴无声地笑，一句话也没说，一派天真烂漫的模样。外婆长长地叹一口气，好，没事了，去忙吧。

二十五岁的傻姨，身材饱满，五官端正，脸色红润。人勤快，气力大，走起路来脚底生风。此刻她正挑着一副空水桶，荡悠悠地朝村子水井走去。傻姨穿着一件绿衫子，远远望去，宛如一棵行走的青葱小树。

按说这样的女子是不愁嫁的。外婆的目光却充满绵长的惆怅。

傻姨十岁时生了一场莫名其妙的病，这场病决定了傻姨的一生。傻姨生病时外公刚好出门，错过治疗时间。外公好歹也算勤快人，每天起早摸黑，除了种庄稼，还给人打零工，换来柴米油盐。这回外公到山下给人磨小麦，说好一个星期回来。傻姨发烧的那天是外公预定的归期，外婆从早等到晚，望眼欲穿，就是不见良人的影子。接下来两天，傻姨高烧不退，昏迷不醒，净说胡话，把外婆吓坏了。日暮时分，外婆又站在村口那棵龙眼树下，目光直愣愣地盯着通往村外的路。夜色越来越浓重，外婆终于崩溃了，跌坐在龙眼树下，放声号哭。

外婆的哭声悲怆而悠远，这哭声招来许多乡亲。农村吃饭晚，干活的人从田里回来，正端着粗瓷大碗，蹲在自家门槛前呼呼地喝稀饭。大家停下风卷残云的吞咽，端着碗循声围拢过来。从外婆断断续续的哭诉中，大家探明情况，于是纷纷出主意。有人说赶紧去请邻村的郎中，翻过山就到了。有人说不行，来不及了，赶紧找副担架来，请村里的后生直接将孩子抬过去吧。外婆停止哭泣，抹着眼泪，诚惶诚恐。在她有限的人生经验里，人是不需要看医生的，什么头痛脑热，熬一熬就会过去。可眼下，傻姨危在旦夕，她没了主意。

正七嘴八舌说个不停时，傻姨七岁的大弟南瓜，气喘吁吁地跑来，边跑边喊：母啊，阿姐醒了，她要吃稀饭。

当晚，正当外婆往退了烧的傻姨嘴里喂稀饭汤时，外公不识时务地出现了。外公耷拉着脑袋，垂头丧气地站在一边，一声不哼。外婆一看，怒火中烧，她用惯有的大嗓门嚷道，又赌输了么？又欠钱了么？我说你怎么不去死了算啊！说到后面话里已经带着软软的哭腔。外公低着头一言不发。外公什么都好，就是好赌，一旦上了赌场，就面目狰狞，完全变了个人。

这时外婆才发现，与外公一起到来的，还有一个陌生男子，正在厅里候着呢。外婆狠狠地剜了外公两眼，走到厅里，对来人说，现在家里一分钱也没有了，孩子正生病呢！男子站起来，彬彬有礼地说，是这样的啊，你家的二丫头，现在归我们东家了。外婆一听，眼珠子瞪得比铜钱还大，啥？你说啥？半天没哼声的外公悄无声息地跟了出来，闷闷地说，我将二丫头输给人家了。

犹如五雷轰顶，外婆一下子昏了过去。

外公在山下给人磨麦子，磨好麦子拿了工钱准备回家，却鬼使神差地走进赌坊，连赌三天三夜，不仅将工钱全部赔进去，还将二丫头作为赌注，输给了别人。二丫头当时只有六个月大，外公以两担麦子的价钱将她抵给赢家。这个赢家，就是外公干活的东家，一个家境殷实的大户人家。

十岁那场大病之后，尽管身高在增加，傻姨的智商却永远停在十岁小孩的水平。她成天傻乎乎的，只会咧开嘴笑。因为傻，傻姨成了玩伴们捉弄解闷的对象。他们玩的时候，往往想起来就说，冬瓜，你去干什么，支使冬瓜做一些最低贱的事。还有一些促狭鬼，让冬瓜做他们的老婆，要冬瓜低眉折腰，以此为乐。不管让做什么，冬瓜都会乐颠颠去做，毫无怨言。这样冬瓜的力气越来越大，越来越能干，挑水、砍柴、插秧、割稻子，样样都在行。

但是，冬瓜依然是大家眼里的傻子。

这一年傻姨二十五岁，儿时的玩伴一个接一个成家，只有傻姨还是一个人。方圆几十里的人，都知道傻姨是个傻子，谁也不愿意娶她。外婆只好将傻姨托付给媒人。媒人很快就回话，临镇有个成分不好的人家愿意娶她，只是地方离得远，怕是回娘家不易。外婆哪里顾得上这个，赶紧满口应承下来。然后是相亲，定日子。相亲的那天，男方来了好几个人。外婆一看对方是个清清爽爽的小伙子，非常满意。怕给看出破绽，傻姨只是出来象征性地端茶送水，就消失在房间里。男方的母亲看到傻姨大手大脚，健康壮硕，饱满得像一颗多汁的水蜜桃，欢喜得不行，立刻留下聘金，定了婚期。

傻姨在二十五岁那年秋天，风风光光地嫁掉了。傻姨的这场婚事，让许多习惯嘲笑傻姨的人嫉妒得眼红。傻姨那么傻居然还嫁得好，简直没有天理。然而，在他们艳羡的赞叹还未平息时，傻姨却携一碎花布包，悄无声息地回来了。

傻姨被婆家赶回来，这个消息像炸弹在村子里炸响。人们交头接耳，议论纷纷，比当初傻姨出嫁还兴奋。

冬瓜为啥被赶回来？

还不是因为傻呗。

当初就是骗着嫁过去的。

……

人们猜测着傻姨离婚的原因，扼腕叹息，话里带点同情，又夹杂着某种幸灾乐祸。

多年以后，我问母亲——也就是被外公赌输掉，后来又遇到抱养的人家家道败落，一样过得艰辛的二丫头，傻姨为什么被休？母亲也是一句话——因为太傻了。至于她在婆家怎么傻，傻姨不会说，别人也无从知晓。母亲重新回到这个家，缘于长大成人，当了乡村教师的大舅南瓜。南瓜不辞劳苦，将多年音讯全无的母亲找到，并且通过努力，让对亲情已经很淡漠的母亲跟亲人相认。彼时母亲已经结婚生子，人到中年。母亲有个好听的名字“淑美”。幸亏母亲不是在外婆家长大，若是，她该叫什么“瓜”呢？当然，大舅二舅都有自己的学名，只是傻姨就一直被人叫做冬瓜，不知她有没有别的名字。

傻姨回到村里，重新成为人们饭后茶余的谈资。可傻姨依然是傻姨，勤劳，快乐，劳作不息。

这样的日子大约又过十年。十年间外婆为傻姨的婚事操碎了心，托了无数个媒人，依然花开有意流水无情。外婆已年过花甲，长年重病缠身，苍老无比。

这天，外婆将傻姨叫到床前，欲言又止。傻姨的大弟南瓜、二弟西瓜相继结婚生子，狭小的祖屋风雨飘摇，已经容纳不下迅速膨胀的一大家人，傻姨的两个弟媳妇对这个傻大姑一直住娘家颇有微词，这回傻姨无论如何该嫁了。

傻姨再次出嫁，嫁给姨夫罗远良。姨夫年近四十，是个驼背。他不是一般的驼背。姨夫的背弯成一张弓，两手垂直，几乎挨着地。姨夫也不是天生就驼背的。据说有次姨夫去赶在菜园里偷吃菜的邻居家的猪，出手太狠，将猪打死了。不曾想这是一只带崽的母猪，姨夫受了惊吓，就此一病不起，卧床很久，等到他能起来时，再直不起腰来，背就成了一张弓。因此，大家叫他郑驼背。

郑驼背其实是个很聪明的人，读过书，写一手好字，拿的是高中毕业文凭。这在农村也算是文化人了。只惜背着一张弓，哪个敢嫁？

傻姨再嫁，嫁到了比娘家更山更远的地方。正值改革开放的春风吹拂，政策允许农村自由买卖。姨夫是个驼背，无法从事重体力劳动，便干起来了担货郎的行当。姨夫到山下进货，将零碎家常日用品挑进山里，摇一把铃铛，挨家挨户卖，收入倒也不错。傻姨和姨夫，贫贱夫妻，相安无事，过了一段太平日子。傻姨还为姨夫生下一女一儿，大的叫晚宝，晚来的宝贝，小的叫晚生——生晚生的时候，傻姨将近四十岁，的确是生得太晚了。

树欲静而风不止。姨夫的弟媳与驼背姨夫居然就不顾伦理道德好上了。这样，姨夫腰包里的钱就源源不断地流到弟媳手里。

2010年元月，一个阳光灿烂的日子，大哥驾驶着一辆日本丰田霸道，沿着一条窄窄的水泥路，轰隆隆地往上开，一直开进传说中大山里傻姨的家。我和母亲、大哥、老姐从车上下来，就被眼前矗立的楼群惊得目瞪口呆。母亲说，这里早就脱贫致富了，靠山吃山，靠着石材业，人人奔小康了。

然后，我生平第一次见到傻姨。七十五岁的傻姨坐在阳光里，面露微笑，神态安详，雪白的头发在阳光照射下闪闪发亮。傻姨说，你们来啦？好久不见了！我吓了一跳。傻姨认得我们？母亲说，傻姨连她也认不得，更不用说我们这些孩子了。我轻轻地叫了一声姨，便久久站着，凝视着傻姨。傻姨的脸依然饱满，这种满月脸显得富态、慈祥。傻姨的目光孩子般纯净。

仿佛在想什么，仿佛什么也不想。傻姨裸着一双脚——正是隆冬季节啊，哪怕今天阳光正明媚。傻姨的儿媳说，她习惯了，从来不穿鞋袜。我看着她那双坚硬的脚——是的，坚硬，任何别的词语，都不足以形容她的脚，唏嘘不已。

七十五年来，傻姨用她的脚，一步步走来，嘲笑她的人，欺负她的人，纷纷谢世，包括她的驼背丈夫，只有她还坚韧地活着，像屋前那些郁郁葱葱的龙眼树，沉默，坚忍，包容。姨夫临死前，面露愧色，拉着她的手哽咽着，半天才说一句，冬瓜啊，我对不起你……

从傻姨家里出来，驱车前进，南方冬天的花草树木依然苍翠，我终于从心里长长舒出一口气。

记得当时年纪小

挂完电话，再与李老师交流时，目光开始游离，不时朝门口瞟上一眼。李老师笑眯眯地看着我，我突然意识到自己的失态，赶紧收回目光，敛气定神。这时，会议室静了下来，我朝门口望去，她来了，果然和我想象中的一模一样。我坐在椅子上等她，她绕过半个会议室——宛若绕过十年光阴，终于到了。我唤着“小鹿”，期待着那一声亲切的“大哥”，却发现她美丽的大眼睛泪光闪烁，她竟然哽咽着说不出话来，我的眼睛一下子潮湿了。我推开椅子，说，抱一下吧，轻轻地拥住了她。她依然一句话都说不出来。我只好牵着她的手，擅自逃离会场，不管三所学校的领导老师都在看着我们。

这一幕发生在2010年10月8日下午5时许，我们一行人到闽北交流学习，来时不曾想会到小鹿的学校，不曾意料会有如此激动人心的一刻。离上一回毕业十年聚会相见，又快十年了，不曾想，小鹿依然还是小鹿，还是当年学校那个纯纯的、傻傻的小姑娘。

有些人，你不必见面，却永远住在你心里。小鹿就是这样的人。在近十年时间里，我们没有通过电话，甚至信息都没有，但彼此知道，永不疏离。

在小鹿空无一人的办公室里，我握着小鹿依然细腻白皙的手，轻轻问：好吗？小鹿笑着说，很好！大哥，我很好！心“轰”的一声，放下了。我知道这个“好”的含义，知道这个“好”覆盖了幸福的所有含义。因为，我也很“好”。

怎能忘记，当年那一场风花雪月的梦？更令人激动的是，一梦二十年，一个女子，能在自己年轻的梦里沉睡，甜蜜如昔，这，是不是人生最大的幸福？

天生木讷，羞于在人前袒露情怀，年岁愈大，性情愈寡淡，好久不曾这样忘形。今天之所以这样，归咎于小鹿与我实在是太相似的人。

记得1988年9月，那个落雨的午后，我们新生到文科楼开会。小鹿撑着一把蓝底白花的阳伞，款款而行。一袭漂亮裙子，两根长及腰部的辫子，辫子上展翅欲飞的蝴蝶结，加上一双澄澈的大眼睛，美得令人目瞪口呆。我竟然忘记了羞怯，一下子跑进她的伞里，两人结伴而行。后来才知，我们彼此都是对方进校门后第一个开口说话的人。

记得1992年毕业前夕，骊歌响起，校园里弥漫着透明的忧伤，一对对恋人生离死别，肝肠寸断。小鹿面临着人生一次重大抉择。作为一个优秀毕业生，学校将某个高校一个名额给了她。得到消息后，家乡那个苦恋了她四年的人连夜赶来，生怕此去一别，襟袖上空惹啼痕，从此天涯。小鹿非常矛盾，分配到高校是许多人的梦寐，让爱人牵挂担心又令其不忍。

依稀记得当时的气氛，姐妹们都很沉默，山雨欲来风满楼，大家面露忧戚，不知道小鹿何去何从。我们514宿舍是一个特殊的集体。十个女生，大多聪慧美丽，性格沉静，不喜张扬。我是宿舍的老大，她们叫我“大哥”，后来她们的先生也叫我“大哥”，这一叫就是二十多年。我们亲密团结在一起。年级活动时，十个人习惯默默围成一圈，自己玩。许多男生对我们宿舍觊觎已久，可任凭谁也打不进来，活活气煞了他们。四年相处下来，姐妹间从没有过摩擦。

一天一夜过去了，小鹿终于做出决定，和那个人回乡，厮守一生。消息传出以后，舆论哗然。有人惊叹，有人嘘唏。对于那些削尖脑袋往高校钻的人而言，真是不可思议。而我们在感慨之余，却也觉得在情理之中，大家都松了口气，开心起来。小鹿放弃了当大学老师的机会，成全了爱情，这在今天，在80后、90后们看来，有点匪夷所思吧？而当年，这样傻傻的姑娘，在我们宿舍，还真不少呢！

这事过后，很快，我们又被浓重的离别情绪所笼罩。

小鹿说，多少回梦里我们又在一起，这些年，老做着这样的梦。我说我何尝不是这样？每次都梦见离别的火车将我带走，我很着急，呼喊着姐妹的名字，叫着叫着就醒来了。说到底，我们都是重情义的女子，都是爱情至上、真情唯一的人。值得欣慰的是，我们至今不悔。而爱情也给予我们回报。小鹿今天过得很好，事业有成。我不历数她的赫赫战果了，我知道她是低调的人。小鹿的先生混得更是风生水起，事业越做越大，我也不列数他的辉煌了，他亦是低调的人。而我，在小城里，扑腾了那么多年，终于安下心来，做一个知足惜福的人了。

以文相亲

就这样开始吧。

趁蝉鸣未起，夏日清晨尚有一息凉意，趁纠结多时的思绪还没汹涌成金黄的麦浪，一波未平一波又起，撞击着人的心堤。庄稼成熟了，会有辛勤的农人挥舞着镰刀去收割，而堵在心里丝丝缕缕欲说还休欲罢不能的念想，有谁去捡拾？

写下这些字的时候，那天早晨的情形又像一个老友熟稔地推门而入，历历在目。5月14日，同往日一样，掐准时间起床洗漱，打仗一般紧张，临出门时瞅一眼微信，不由“哎呀”大叫一声。好像是黄征辉老师在群里说话，我一眼看见那个令人心惊的消息。

虽说早有预兆，但先生就这样离我们而去，还是忍不住悲伤。一个宽厚仁慈的长者，一个气质刚硬、心胸宽广的作家，一个率领我们在文学的海洋畅游的领袖。现在，他的离去令我们茫然失措，痛彻心扉。

五月中旬，正是女贞花盛开时刻，浓郁的花香令人心烦意乱。早读课，呆立在破败的走廊上，任凭伤痛与懊悔在心中翻滚。就在不久前，去龙岩办事，听说先生快不行了，又一次萌发去看望他的念头。同行文友已先后探望过，时间又紧，我不好意思耽误大家，况且人微言轻，与先生之间并无特别交集。我不过是一个低到尘埃里的文学爱好者，而先生是万众瞩目的长者师者，闽西文坛的旗手，大家爱戴的领袖。贸然前往，到底是不妥的。一念之差，就此错过最后一面，也永远错失向先生表达谢意的机会。

时常想，如我般羞怯口拙之人，在文友中大抵有多少？寂寞文学路，徒有一腔热情，不顾天赋秉性，仅凭一个执念，一条道路走到黑。快坚持不下了，旁人一句安慰的话，一个鼓励的眼神，都令人振作。这些年，有多少人也像我一样受到先生的奖掖提携而深怀感激，却没来得及道一声谢谢？总以为天长地久，总以为会有机会的，总以为！天长地久只在一刹那，良辰美景奈何天，过去了，就不再来。

初识先生，是2008年7月永定土楼申遗成功，余秋雨应邀来龙岩开讲座之际。我找先生拿入场券。记得当时先生还是闽西作协的主席。县文联主席杨永松给了我先生的电话。我“出道”很晚，彼时尚未出来混。对于先生，很是景仰，又很紧张。在闽西宾馆拨通电话后，一个身材魁梧的老人出现了，我嗫嚅着：张主席，连城文联的杨永松让我找您拿票。先生一脸严肃：你说错了！我愕然。先生朗声大笑：“你应该说，张主席，我们杨主席找您拿票！”我亦笑，窘迫之情荡然。

这件小事让我记住了先生。先生和蔼俏皮如此，充满善意。

说来惭愧，天生是个呆子，懵懵懂懂活到几十岁，感性有余理性匮乏，以至于说起先生，我无法理清他的辉煌历程，也道不全他的头衔，并且心安理得地认为，这些并不重要。只模糊知道，先生是一个很好的人，富有能量的人。极为欣赏他军人的恢宏气度。很奇怪，在我心里，先生一直是军人形象，线条刚硬，铁骨铮铮，凛然正气，虽然不乏柔肠。先生的宽容与仁爱，他对文学新人的提携，对闽西文学事业的推动等，都令人折服。先生是智者，亦是仁者。正是这些奠定了先生在闽西文坛独一无二的地位。

后来，频频参加各种活动，新鲜加好奇，一度成为活跃分子，跟先生见面的机会多了起来。有一次，先生对我说，陈碧珍，你的文笔不错。我诧异，一是这种直呼其名，大咧咧的，显得亲切，有自己人的感觉。二是先生居然也读我那少得可怜的文字？一时大为感动，亦倍受鼓舞，颇有点磨刀霍霍的感觉。

2011年夏，荣幸地成为先生亲自掌门的闽西文学院的特聘作者。

再后来，便有零散小文发在先生主编的《龙》杂志上。

印象最深的是2012年秋，到上杭金秋公寓参加闽西文学院年会暨祝贺先生创作六十五周年茶话会。先生一见到我，立即说，陈碧珍，你准备转向写小说了么？很好！很好！很是欣欣然。大约是小说比散文更有发展前景，更具生命力。我自是汗了一地。当时和人捣鼓的所谓剧本历时大半年终于面世，先生看到了，个中原因他却不知。会掺和到这个剧本来，原是逼迫高考完虚掷光阴的女儿写点东西，结果女儿写到一半高考成绩出来心也就飞了，善后事宜搞得我心力交瘁。当时我听得脸红耳热，恨不得立刻遁于无形。

剧本之事无疾而终，但由此可见先生时刻关注闽西文友的动态，关注大家的成长，并不吝赞美之词。因为先生知道，这些寂寞的写者，需要鼓励，需要温暖，好让心不在凄风苦雨中日趋冰冷。

细细想来，似乎没有对先生说过一个谢字。感激敬仰之情充盈于内，却拙于表达。不仅如此，每次看到先生被大家簇拥，争相合影，亦没有勇气凑个热闹。唯独一次，是在2012年春天龙雁笔会上，和先生走到桥边，唐宝洪说合个影吧,我一听，立刻站在先生身边。这仅有的一帧照片，也不好意思拿出来晒，至今珍藏在电脑上。

还有一件憾事。有次陪文友到龙岩找先生，他在家，于是买了水果过去。那是一个愉悦的下午。清茶闲谈，天南地北聊得很嗨。其间我盯着先生的书橱，盯着书橱上垒得高高的著作，很想请先生送一签名本给我。话到嘴边就是开不了口。因为心里惦记着，以至于常走神，看起来肯定很奇怪。现在想起来真是懊悔不迭。我也是迂，以先生宽厚的性格，怎么会吝啬一本书？我所担心的被拒绝的尴尬局面，怎么会出现在一个豁达的长者身上？这样患得患失，证明自己是多么小心翼翼而又多么小心眼啊。这事过去很久依然耿耿于怀。一再告诫自己，下次若有机会再到先生家，一定开口讨要签名本，不管给不给，要了再说。可惜，永远没有下次了。

2014年培田春耕节，是我与先生最为亲切的一次出游。那次先生携师母前来参加活动，我和县文联杨主席全程陪同。熏风暖阳，草长莺飞，小桥流水人家，大家相谈甚欢。在吴家大院吃饭时，师母谈到晚年的幸福，说起每年春节家人出国旅游的天伦之乐，说着不觉忧虑了。当时新闻每天都在播马航飞机失联的消息，就是那条航线，他们曾几度飞过。“可别把鸡蛋放在同一个篮子里哦”，师母心有余悸，我们哈哈大笑。

然而，世事无常，一向身体硬朗精神矍铄的先生，竟然倒下了。

2015年5月17日，在龙岩，在青草盂，在一个陌生冰冷的地方，在鲜花环绕松柏簇拥的追悼会上，先生安详地睡着了，依然是我所熟悉的刚毅的表情军人的风范。文友从四方赶来了。在人头攒动中，在压抑的哭泣中，在哀乐声中，我读到几个字——亲爱的爸爸安息吧，盘旋已久的泪洒落下来，像

一场蓄谋多时的暴雨倾盆。在心里，先生一直如父亲般温暖亲切啊。

先生也好，先生的高足张胜友老师也好，从这些长辈身上汲取的，何止是作文的技巧，更多的是为人的智慧。近几年跟胜友老师交往多了起来。有时听他高谈阔论，暗自窃喜，人生有这等高贵华美的良师益友，何其奢侈？因敲不出一个像样的文字苦恼时，听到闲言碎语心灰意冷时，也想过放弃。胜友老师当头一棒：你怕什么？好歹你也是老师当中会写的那个。

都说文人相轻，其实应该是文人相亲。都是寂寞道中人，同为写者，在日与夜的交错中，我们扯着彼此的衣襟一起前行。

而我，也在一天天老去，如果上苍给我足够的时间，有一天我也会变成一个老者。希望自己也能成为温暖宽厚的人。如果说此生来不及道一声谢谢，如果真能这样，这大概是对先生的最好回报。

张惟老师，安息吧。

我在月亮底下

他说，我在月亮底下，我在一条狭长逼仄的巷子里，给你电话。

我说，我走在铺满月光的小街上，天冷，风大，可是心在歌唱。

这是一次意外的电话。隆冬季节，我走在深夜的路上，他避开喧闹的人群，拨通了我的电话。酒到微醺，他滔滔不绝，说着许多我知道或不知道的事情。他是我的铁杆读者，虽然我没多少像样的文字面世。我从来没想过，那些平常的文字，会如此拨动一个年轻的心弦。是的，相对于我，他算得上风华正茂。因为喜欢一个人的文字，便用心去读，用心去找，寻出许多相关的真实来，这，怎能不叫我感动？电话里，他颇为自得地告诉我，他找到我文字里的错别字了，他为自己居然能找到我的错别字而欣喜。他更为得意地告诉我，他知道我文字里所崇拜的那个人是谁，他将“他”搜索出来了。

他说着长长的句子，我微笑着听着，几乎插不上话，无言的感动充溢心间。他于我，像朋友，像知己，更像我那少不更事的弟弟。月光皎洁，一如皎洁的襟怀。月亮在上，人在月光里，水样的月光水样的温情将人浸染，侵蚀，融化。人生在世，能邂逅如此美妙的月光，邂逅如此透明美好的时刻，多么值啊！

是的，很久以来，我一直被这样的温情感动，也一直以一颗卑微虔诚的心敬仰着别人。缘于文字，我与许多心灵相通的人结识。我那遥远的北方朋友，会对我说，下雪了，河封冻了，鱼儿你那里冷吗？我那同样遥远的南方朋友，会在不经意间，送来缕缕清香的问候。我亦会在清晨的某一刻醒来，静听窗外枝头雀儿啁啾，想起我喜欢我崇拜的那一个雍容大气的友人——她说，花红树绿，鸟语欣欣。

是的，一切一切，真美。我们在月亮底下，我们在月光的沐浴下，在文字的照耀下，忘了尘世，忘了烦恼，心变得柔软起来，轻盈起来。月光如银子泼洒下来的时候，正是我们读懂月光的幸福时光。在白天，在阳光下，我们迫于生计，步履匆匆，说着一些不得不说的话，做着一些不得不做的事，单调，乏味，机械，重复，心为物役，苦不堪言。幸好还有月光，还有月光一样的情怀，月光一样的诗情画意。

有一些人，未曾谋面，无须谋面，却在你心里占有一席之地，给你带来无限欢欣。这好像爱情，爱一个人，就是将对方放在自己心上，不离不弃，让他（她）永远居住在你的心房。

李白说，今人不见古时月，今月曾经照古人。古人今人若流水，共看明月皆如此。唯愿当歌对酒时，月光长照金樽里。

李煜说，无言独上西楼，月如钩，寂寞梧桐深院锁清秋。

范仲淹说，明月楼高休独倚，酒入愁肠化作相思泪。

谢逸说，人散后，一钩淡月天如水。

今生今世，是谁与你一同看月亮一起醉？有谁懂得诗人的眼泪？又是谁读懂了诗人的寂寞？你与谁夜阑人散后，惆怅悄悄爬上心尖？也许等你读懂了我的寂寞月光的寂寞，我便寂寞成前朝的诗人。或者当我明了你的眼泪，你已无须倩何人，唤取红巾翠袖，揾英雄泪。

月光如水水如天，月亮，明明白白在天。总有这样一个地方，总有这样一个时刻，让心逃离，逃向月光铺就的遥远，遥远的远方。

此刻，月光倾城。悄无人声。

我说，我走在月光里。你说，你跟月亮在一起。

亦师亦友吴志坤

酒席上，吴志坤笑吟吟举着一杯酒过来，我抓住时机与他耳语几句，边上的人不乐意了，大声嚷嚷，重色轻友，兄弟你这样是不行的。我忍住笑，这是哪门子色？吴志坤可是我正宗的老师呀。

说吴志坤是我老师，别人恐怕不太相信。看起来我似乎比他沧桑。男人四十一枝花，这朵花怎么也开不败。我说吴老师，你比以前年轻呢。吴志坤半为谦虚半是得意，欲拒还迎：有吗？真的吗？话语间志得意满，令我欣慰。

与三十年前相比，吴志坤的确没太大变化，倒是白皙滋润起来，更显年轻。这得益于十年温泉之乡的工作经历。案牍劳形，疲于应酬之后，他总会选择泡温泉，让温润的水涤荡身心，把自己灌溉得如雨后花木，葳蕤葱茏。

这些年，和吴志坤少有交集。我在校园默默教书，两耳不闻窗外事。而他，已在我考上大学的第一个教师节前，脱离教师行业，到县府办当秘书，再一路走来，虽谈不上飞黄腾达，却也顺风顺水，称心如意。

多年不见他了，有一回，竟然在深夜，瞥见他与爱人携手漫步街头。我有点惊讶。在多年前的小城，已婚男女手牵手的浪漫之举，实属罕见。我叹服，多年官场生涯并没有磨去他的浪漫情结，说到底，骨子里他还是个不折不扣的文人。

其实不管何时见到吴志坤，我总会想起三十年前那一段伐木场读书时光。岁月烙下的痕迹太深，一桩桩往事生动在眼前。彼时，我是一个刚上初中的女生，而他，是一个高中毕业不久，怀揣折翼的文学梦，来我们子弟学校教书的年轻人。他只比我们大几岁，却要一脸严肃站在一群嬉皮笑脸的学生面前。当年子弟学校的学生都有莫名的优越感，顽劣不堪，根本不将读书当回事。而我是一个喜读书的人，渐渐崭露头角，成为吴志坤最宠幸的学生。随着交往的深入，我们课堂上是师生，课下却是无话不说的朋友。

我印象最深的有两件事。其一，鉴于我对文学的热爱，对小说的痴狂，吴志坤倾尽所有，将自己宝贝着的书借给我看。路遥的《人生》，铁凝的《没有纽扣的红衬衫》《哦，香雪》，冯骥才的《三寸金莲》，还有不知是谁写的《清明过后是谷雨》等，许多现当代作家的作品，都是在吴志坤的借阅下读完的。这些精彩的小说，给一个苍白忧郁的少年带来多少梦幻与慰藉。无数个夜晚与黄昏，我就着昏昧的灯光与黯淡的日光读书，心火炽烈，毕剥燃烧，我甚至听到血管里汩汩流动的声音。三十年前那些日夜，因为有书，因为有书强悍地占据我的全部空间，我的生活变得异类。我时常整天整个星期陷进小说情节沉迷不起欲罢不能，缥缥缈缈不知身在何处。我本来就寡言，抱着小说，更是整日沉默不语，语言几乎失去了功能。

看到我对书的痴迷，吴志坤内心欢喜，变本加厉，私下和我约定，凡他上课，只要我想看小说尽管看，而不用听他讲课。这种纵容，这特殊待遇让我温暖感动。那一年，马尔克斯的《百年孤独》获得诺贝尔文学奖，吴志坤用极为煽情的语言，向我们描绘小说的魅力，小说带给人的震撼与享受。我们呆呆听着。对于一群生在大山里的孩子而言，那遥远的夏日午后的冰块，那些稀奇古怪匪夷所思的事情，显得多么神奇梦幻。吴志坤平时说话很慢很温和，一旦说到激动处，却金石裂帛般，一下一下割着你的神经，让人失去从容，跟着激动，跟着忘情。

多么感谢吴志坤，当年他站在三尺讲台上，用激情张扬的语调，向我们描绘了文学的神奇与美妙，为我们打开通往世界的大门。或许，就在那刻，就在吴志坤眉飞色舞喜不自禁演说的时候，我在心底悄悄埋下了文学的种子。

另外一件事，至今想起来都觉得好玩。我的作文，几乎篇篇得到吴志坤的青睐，也许我那有感觉的语言，打动了他，令他引为同类，因此有了后来的趣事。伐木场山清水秀，当年我是内宿生，吃完饭要到小溪边洗碗。有时会遇到同样来洗碗的吴志坤。我们在河边逗留，说闲话。有一次，一只大蟾蜍从草丛里跳将出来，吓了大家一跳。吴志坤趁机说，咱们回去都好好写一写这蟾蜍吧，看谁写得好。我有个形影不离的女同学叫雪云，冰雪聪明，文笔也不俗，当时她也在。吴志坤的话激起我俩斗志，回来后我们便绞尽脑汁去描摹那只蟾蜍，极力写得既生动又华丽，几乎将所有知道的形容词都用上了。后来三个人的作文放在一起鉴别，老师的水平自然比我们高，但我对自己写的文字，却印象深刻，记忆犹新。直到自己也当了老师后，才知道吴志坤当年写的，叫“下水作文”。这一次看似无心的“下水”，却让我受益终生。

当年吴志坤其实是很苦闷的，在一个闭塞的深山老林，没有更多的人交流，作家梦遥遥无期，因此他把我们这些小他几岁的孩子当成了文友，一起切磋，共同研读。他写的作品，总是第一个给我看。记得他有一首短诗《鹅卵石》，大意是原先有棱有角的石头，随波逐流，圆滑了，世俗了。他就是那块不甘心堕落的石头。以我不谙世事的心灵，读得似懂非懂，但我从此明白了，一个人要坚守自己的梦想，要执着于追求。这一切，对我的成长，都是一笔财富。我想迄今为止，我没有丢掉我的文学梦，与此有关吧？吴志坤还对我说，你的文笔好，将来一定要上中文系。读中文系的念头从此根植于我脑海中。几年后，我果然以高分考上自己梦寐以求的中文系。填报志愿的时候我没有丝毫犹豫，这辈子，不读中文系，我会遗憾的。

岁月忽忽，竟然就人到中年。近几年，源于共同爱好，和吴志坤交往多了起来。去年年底，某天我正午睡，吴志坤打来电话，告诉我他刚从市里开作协会议回来，给我捎来奖状奖品稿费等，听得出他很高兴。也许，他对自己当年的得意门生取得的一点成绩，还是颇为自豪的。

吴志坤还在和众人周旋，我端起酒，气壮山河地说，吴老师，感谢你，感谢从前。这一杯，我敬你。然后一饮而尽。

乡村盛宴

Z说，走，到庙前看花灯。

是一个春日午后。彼时我正枯坐书房，搜索枯肠，敲一堆不知所云的东西。窗外，风和日丽，小雀儿站在春天的树梢上一声长一声短地卖弄。想象着乡村的夜晚，一盏盏“纸包火”在春草香弥漫的乡间摇曳，游弋成一条绚丽的花龙。一时兴起，走就走呗，看心仪已久的花灯去。

从城里出发，一路无话，走到半程却拐下高速，正诧异，Z闲闲说，顺道看看我舅舅姨姨吧。小车在逼仄的村道上七拐八绕好一阵折腾后，在一家堆满杂物的门面前停下，这就是Z的姨姨家。Z从车后厢里拖出鞭炮，一字排开，点燃，人迅速跑开。霎时小巷里锐响轰然，硝烟弥漫，暗红色的炮屑纷纷弹起又落下，捂住耳朵，躲得老远，还逃不过一劫，衣裳沾上碎屑，耳朵震得发麻。噼里啪啦放完，Z又到不远处的老舅家，如法炮制一番。老舅住在巷子深处，独门独户，花木葱茏，芬芳清幽。坐下喝茶，屁股没坐热，餐桌已摆上热腾腾的佳肴，走，喝酒去。抬头看大厅的钟，时间是下午四点半。开了红酒，推杯换盏，你来我往，不觉酒酣耳热。过了一会，Z推开杯子，说是该到姨姨家去了，但被一番软磨硬拽，又喝了几杯，终于哈着酒气，喧哗着离开。折回姨姨家，刚出锅的红菇焖兔被端在大圆桌上，香气袅袅，女主人殷殷致意，一碗色泽温润的客家涮酒落肚，暖就从心底渗出来。没夹上几筷子，电话骤响，Z频频离席。最后一次回来说，走了，那里催得紧。我心里暗想，早着呀，太阳还没落山，花灯得在夜里游才好看。

走时，Z顺手牵羊，捎走一箱老酒。姨丈是酿酒高手。

路，明显比刚才宽敞，夕阳在车窗外晃动，惬意地伸个懒腰，开始热切期待传说中的花灯。问起游花灯的掌故，Z傲然道，你是过客，不用知之太多。

果然是过客，我们驶向花灯的村落。天色暗下来，人稠密起来，三三两两走在路上。将车停在僻静处，步行，过小桥，远远看见一座灯火辉煌的豪宅，人头攒动，走近首先看见门口堆积如山的炮屑。茫茫然跟着Z，踏进豪宅，镀铜的水晶吊灯霎时闪瞎人的眼。人满为患，有人从沙发上撤退。我讪笑着拣个空位坐下，彼此不识，呆呆坐着。周围一片嘈杂。厅里摆了几桌，院子搭起大棚，有十几桌的样子，一副副摆放齐整的碗筷，像一个个按兵不动的战士，只等将军一声令下，万马奔腾，立刻策马扬鞭，杀将出去。心里忐忑，这是人家办酒席，吾等待这里添乱？外面爆竹烈烈，花灯来了，与我们一起来的开车的张师傅起身出去看，我紧随其后，绕过一大群人，出了门，我悄声问张，这里是不是要办酒席？张说，是主人家宴请前来看花灯的亲戚朋友呀。如梦初醒，原来自己竟是不速之客啊。

暗夜中，一盏花灯迎面游来，竟然只有一盏！为首的一个年轻人撑起一盏花灯，后面跟十来个年轻小伙，敲敲打打，过桥，径往豪宅逶迤而去，刹那间，爆竹轰鸣，浓烟滚滚，长久不衰。仓皇中逃至桥头，从桥头眺望，一座碉堡式的建筑在烟花的映衬下格外绚丽妩媚，莫名欢欣油然而生。喜欢这一刻的盛世繁华，不管有多少苦难曲折，至少这一刻绽放的烟花是美的，所有丑恶和不堪都难敌此刻的灿烂，且放下一切，在这一刻忘情陶醉，恣肆欢愉，不很好么？

正乱想着，又一盏花灯昂然而来。张反复说，这里的花灯不好看。也是，这花灯跟我想象的完全不一样，想象中的是那种一盏一盏连缀起来，灯火璀璨，蔚为壮观，游龙一般在乡间此起彼伏接连不断的花灯呀。猛然想起，Z只说到庙前看花灯，我理所当然就以为到庙前芷溪，原来他用这个做幌子，勾引我的眼球。

Z来电话说开席了。游完花灯，近晚间八时，宴席开始，乡村盛宴正式拉开序幕，且迅速抵达高潮。Z酒量好，人又豪爽，在酒席上如鱼得水，欢畅无比。我和张不喝酒，坐在那里，看一拨拨人来来回回敬酒，你拍拍我的肩，我搂搂你的腰，用家乡话大声聊着，亲密得像一家人。

看这架势，没有一时半会宴席不会散场，我尾随着张，两人先后离开，到外面透气。外面的世界一样不太平，烟花爆竹总是在意料不到的时候炸开，不停划破夜空，天地间醉醺醺的，沉浸在节日的喜庆中。我们被鞭炮声

赶过来赶过去，简直疲于奔命。

夜深了，Z终于喘着粗气，迈着八字脚，蹒跚而出。正想问今天的主人姓甚名谁，岂料Z一头栽在位置上，鼾声即起，居然秒睡了。这才想起，自始至终，Z没有正眼瞄一下花灯。

人世里的初相见

火车离菏泽还有半小时车程，就接到宋长征电话：还要多久？我已在出站口，一身黑，黑衣黑裤，光头。我忍住笑，忙说快了快了，不好意思，让宋老师久等。挂了电话，心里急，越发觉得车开得慢。这个宋长征，不是说好了迟些到吗？为啥早早赶来，让一个大才子久候，多不好意思。

再次接到老万邀请，终于下定决心去山东临朐参加笔会。立刻行动起来，换课，买票。课换得很顺利，票却有点麻烦。只能乘坐龙岩到北京那趟火车，在聊城或菏泽下，再转两次车，到青州，再等主办方来接。

等一切搞妥，我却万分踌躇起来，没有独自出过远门，心里忐忑。正后悔贸然答应人家，就接到老万电话。老万得知我买的是到聊城的票，便告知可提前在菏泽下车，与宋长征同行。我一听，喜从天降，一扫愁苦郁悒，赶紧将电话号码发过去，让宋长征联系我。

至此，山东行才变得欢天喜地起来。

出发那天，上车后，便给宋长征发了信息，然后趴在窗前看风光。软卧的确很舒适。一个人待车厢里，看着一路风景，由狭窄逼仄变得开阔起来，感觉世界徐徐朝我打开一扇窗户，心情愉悦。过了一会，担心这款每天都要充电的HTC手机电池支撑不到明天，就果断关了机。傍晚吃了饭，开机，一个个信息山呼海啸蹦出来。宋长征和老万给了我许多电话，订火车票要身份证。我懊悔不迭，赶忙电话致歉。宋说已从车站回到家，不过没关系，他把钱押在售票点，预留了票。

虚惊一场。松了口气，又自责得很。就此警惕起来，再不敢随便关机。

这一晚，睡得很不踏实。老从梦中惊醒。半夜里醒来，看见一轮又大又圆的白月亮跟着火车跑，新奇得很。

早晨被亮光晃醒。一看，还不到五点。东北天亮得真早。想起以前论坛里黑龙江的朋友，总是早晨四点起来上网，当时觉得不可思议。车窗外，一大片整整齐齐的绿毯般的东西，铺天盖地，绵延到天际。那是什么？看了半天才明白，原来那是麦田。从没见过如此整齐稠密的麦子。

在菏泽出站口，远远看见一个黑衣人朝我微笑。不过我不敢确认，那人看起来就是三十来岁的样子，与我心里德高望重的老先生相去甚远。我犹犹豫豫走过去，黑衣人笑容更灿烂了，那明晃晃的光头在五月的阳光下显得特别耀眼，嘴唇上那一圈浓密的黑胡子亦更加生动。我终于知道，原来宋长征是这样一个略带匪气的小伙子。

宋二话不说，拎起我的旅行包，说，走，咱们吃饭去。

北方的天空果然不如南方澄澈。一出火车站，感觉就被灰蒙蒙的苍穹罩住了，让人喘不过气来。菏泽的火车站显得狭窄逼仄，它的前方是一片施工地带，被围墙围住。

宋长征边走边笑：这个老万，也不知道怎么想的，居然告诉我，你年龄很小，没出过门，让我带你一起走。还好昨晚先到你博客上侦察一番，原来我要叫你姐啊。

我万分惊讶，还有这事？哈！人家怀着怜香惜玉的侠骨柔情，兴冲冲来，以为会见到一个如花似玉的小妹妹。岂不扫兴？

走过一段灰扑扑的街道，来到一家门面颇大的饭店，找到位置坐下。我发现大伙都挤在店门外吃早点。北方人吃饭也够豪爽的，从没见过用这么大的锅。好像都是面食之类，大饼、馒头，都是少见的规模。因不喜面食，就点了八宝粥，宋长征也跟着点，又叫了大饼什么的。

边吃边聊。我只听说宋长征散文非常厉害，别的一无所知。我做出一副虚心求教的样子。宋却闲闲的：怎么说呢？写作千人千面，有表达的欲望，有自己习惯的表达方式，即可。然后他话题一转，其实我这个人的经历很曲折。我竖起耳朵准备聆听，他又嘿嘿一笑，按下不表。后来他又告诉我，他的光头是刚剃的，原先是留了四年的长发，都垂到腰际了。

吃了早饭，起身离开，往火车站方向走。

走到大街上，太阳一晃，灰的天空压迫下来，有失重的感觉。施施然过马路，差点给车撞上，宋长征及时唤住了我。我终于忍不住，问：天空中飘着这么多绒毛，附近是不是有养鸭场？这句话下火车伊始就想问，我没见过这么漫天飘飞的白色绒毛，呼吸都给堵住了。宋长征的回答却让我大感意外，那是杨花，或者叫杨绒。

原来如此。

“杨花榆荚无才思，惟解漫天作雪飞。”堵塞在胸腔的郁闷烟消云散，北方的天空瞬间变得诗意柔软。我又想到一个问题，一直以为“菏泽”的菏是荷花的荷，而不远处的火车站明明白白写着“菏泽”二字。以前论坛有人出过一个上联“日照连云港”，我对了一个“荷泽冷水滩”，还颇为自得，真是贻笑大方。宋长征告诉我，在山东，有许多地名独一无二，也算是一奇观。

在等待火车的漫漫时间里，我的心思全在杨花上。因为没有相识的人，除了宋长征，而宋长征是个温和的人，不会取笑人，因此我放心追逐，想握住每一朵从我眼前飘飞而逝的杨花。

飞翔的明信片

Hey，我在哈尔滨，你好吗？我在卡兹青旅给你写明信片。今天去了圣·索菲亚大教堂和中央大街。明天去太阳岛和俄罗斯风情小镇。我喜欢这里。天气很冷，梦想很温暖。

一张印有“平林漠漠烟如织”水墨画的明信片，宛若一片轻盈的羽毛，从遥远的北方，飞越大半个中国，轻轻落到我手中。没有署名。但我一下就知道是她。那个喜欢迟到，文字清澈空灵，笑起来眼睛就成了一弯斜月的女孩——罗夏霏。她曾经说，阑珊，以后我要到很多很多地方旅游，每到一个地方，我都会给你寄明信片，我会寄很多很多的明信片。

我从来没怀疑过她的话。她是一个很特别的女孩，特别纯真，特别梦幻。

教她的时候，她正读高二。第一次作文，我就被她文字的空灵和干净所折服。这么特别的文字一定来自一个特别的心灵。果然，不久我就听到许多老师在抱怨她。说她刁蛮，说她不肯用功，说她自由散漫。她会在教室里谈天说地，追逐打闹，肆无忌惮。她喜欢吃零食，无视班规校纪公然将五颜六色的零食带来教室，不管不顾。她时常不交作业，惹得老师频频皱眉头。我一一听着，微笑默认，却暗自在想：在青春恣意飞扬的年龄，为什么凡事都得中规中矩，将一颗烂漫的诗心囚禁起来？除了作文，她的成绩并不出色，却深得我的宠爱。我纵容着她的任性，她愈来愈引我为知音。睡不着的时候，她用手机给我发短信。她跟我谈她的困惑，她的梦想，她的小秘密。她流连于我的博客，不时丢下只言片语。有些话，或许羞于启齿，她就用留言的方式。我喜欢这种表达方式。岁月无踪，爱有痕。

现在我坐在叫作“大连1929”的时光咖啡吧给你写明信片。

我身边是一扇巨大的落地扇，外面是大雨，以及海浪。两只海鸥在大轮船上空不停地飞啊飞的。时间慢了不止一拍。

我在四月初的大连。

我很高兴。她上了大学，终于实现她的梦想——到任意一个地方诗意地栖息，看日出日落，看春花秋月，任时光流转。我更高兴，我能分享她的梦想，这些飞翔的明信片，带我穿越千山万水，抵达梦想停泊的地方。

阑珊：

我在大连渔人码头——猫的天空之城。昨天淋了一场大连的春雨，今天淋了一场大连的阳光。

很不错的样子。

这是一张棕色的明信片，没有图案。事实上她寄来的明信片暗色调居多，素雅，有韵味，颇得我心。在空白的背面，她丢下几个洒脱的字："伯爵奶茶￥25。四月好呀，阑珊。"还信手涂鸦，在旁边勾画一个茶杯，很写意。她叫我阑珊。这样的明信片让人一见钟情。

毛泽东说过，世界上没有无缘无故的爱，也没有无缘无故的恨。对她的纵容，始于某一个深夜。那晚，我突然接到她母亲的电话。我在她博客里看她时常写到母亲，只知道母亲特别宠溺她，母女情深令人羡慕。电话里母亲的声音很忧伤，也很焦虑。母亲独自一人带着女儿，每天早出晚归忙小店生意，无暇顾及女儿。眼看女儿成绩日渐退步心急如焚。母亲说女儿很喜欢我，希望我帮女儿一把。听完母亲的倾诉，夜晚忽然变得忧伤如水。我原以为她一定拥有最丰厚的爱才可以这样恣意妄为。原来她灿烂的笑容背后是母亲刻意的成全，因为懂得所以慈悲，因为不忍所以宽容。

我忽然有了一种冲动，我要对她，比对谁，都更好些，哪怕只是好一点点。

手上还有许多明信片。她在北京后海酒吧街，在一个中国摇滚的酒吧里听歌，看一个外国客人打鼓。她去十渡蹦极，55米，下面是水，脑袋充血，获得了“勇敢者证书”。七夕那天，她在安徽宏村写生，那是她的南方，南方，南方。她对我说“七夕快乐”。她在镇江，在南京，在她驻足过的每一个地方，寄来明信片，尺素寸心，浮生偷欢，与我同享。

而我什么也没做，我只是微笑着，看着她成长，快乐地，无忧地成长。此刻天空的颜色，是她明信片里描绘过的，四月初的大连，海水那样湛蓝。

令人尴尬的插班生

其实已经过去很多年了，岁月模糊了她的样子，但偶尔还是会想起她。

她大概是我二十年教书生涯中，最为尴尬的一个插班生。

她不是我们这里的人。那年我担任高三理科班班主任。那时还年轻，孩子们也还乖，一个泱泱大班，给我管理得虽然嘈杂但颇有声色，这一群有梦的孩子，正奋力朝梦想的彼岸划桨。某天我接到教务处通知，班里将来一个插班生。开始我并不在意，以为和以往一样，不外乎是哪个乡下中学的孩子来一中寄读。后来有人告诉我，这个插班生是随刚升迁的小舅来到我们这个小城的，她的小舅刚调到我们这里当县领导。这也没什么，需要特殊照顾的学生也不是没见过，只是我心里留意了，觉得这个插班生虽然不算我们的成绩，但不可小觑，还得多费心，免得把领导得罪了。

记得那天她是自己一个人来班上的。她低着头走进教室，仿佛不敢触及大家热情而好奇的目光。她个子挺高，一张脸圆乎乎的，看起来健硕有力，只是说话像蚊子似的，根本听不清，眼睛又老是低垂着，一副低眉顺眼的样子。因为她是中途来的，我把她安排在教室最后一张桌子，一个人坐。

还来不及做什么，第二天，就接到学校某领导的电话，她的小舅想见下班主任。于是我诚惶诚恐到了某个酒店，见到她和她的小舅，以及一群从家乡过来看望她的亲人。突然坠入到这一群陌生人当中，听他们叽叽喳喳说着家乡话，我的感觉很不舒服。她的小舅毕竟是当领导的人，看起来很有风度，又有亲和力。他把我安排跟她一块坐。大家吃着饭，套着近乎，说着多关照的话。她很少说话，只是在别人跟她说话时，低低地应着“嗯”。我努力想跟她交流，却发现很难找到话题。趁着酒酣耳热，我用手揽着她的肩，亲切地叮嘱她，对她示好。她好像没有什么反应，弄得我有点尴尬。这一餐饭总算吃完了，在酒店门口道别，我松了一口气准备走人。这时她的小舅走前来，说：陈老师你等一等。我便跟着他重新走入酒店的会客厅。

在会客厅里，她的小舅突然变得很凝重。他说，陈老师，刚才人多有些话我不方便说，现在只剩我们两个了。他抽着烟，沉吟了一会，继续说到：你可能不知道，小月（她的昵称）的母亲，我的姐姐，刚刚过世。我把她从那个乡下中学转到这里，不单是为了给她创造好的学习条件，更关键是让她换一个环境，调节一下心情，从悲伤当中走出来。我姐最疼这个最小的女儿，也最放心不下她。临终前，我姐拉着我的手，要我保证，一定要把小月培养出来。说着说着，他的眼圈慢慢红了。他说你不知道，我父母早亡，我姐当了一辈子农民，但我姐在那么困难的条件下，硬是供我上完大学，这才有我的今天，可是好日子才开始，她就——

怀揣郑重的托付，带着一颗沉甸甸的心，我离开了酒店。我有点不知所措，不知道怎么安抚她，不知道如何在最短的时间内，让基础薄弱的她，突飞猛进，以至在不久的将来，能考上理想的大学。我甚至不知道，该如何表达我的善意与关心。这个沉默的女孩，总是一副拒人千里的样子，令人无所适从。

接下来，我找机会跟科任老师谈了她的情况，请他们多关照。我这样做并不为别的。平心而论，她的不幸勾起我的悲悯情怀。一个刚失去母亲的女孩，一个人在异乡求学，心理上生活上会有多少不适啊。我特意叮嘱班里那个热情开朗的生活委员多照顾她，因为她们都是寄宿生，又在一个宿舍。

很快第一次月考到了，她的成绩差得不堪入目，我从来不知道农村中学跟重点中学差距这么大。她的大舅着了急，辗转告诉我，请我帮她找辅导老师。于是又忙碌了一阵，总算给她找到几个老师辅导。她在班里还是那样安静，从来不主动发言，也没见她问过老师问题。她的位置已经由原来最后一排，调至教室中央的一个独立桌位。这个位置很微妙，属于要么最调皮的学生，要么最特殊的学生。为了这位置我也颇费心思。我听她的小舅说起她眼睛近视，但不好公然把她调到前排去，班级这么大，谁都想坐前面，谁都眼睛不好。考虑良久，我才想到弄这样一个位置给她。只是有时看她一个人孤零零坐在那里，也不知道我这个决策是对是错。而她永远安安静静坐在那里，脸上没有更多表情，也从来不提任何要求。越是这样我心里越没底，然而，也只能如此。

为她做的一切，本是一个班主任该做的，是责任，是良心，也是义不容辞的。没想着回报，说到底，是“不求有功但求无过”。然而回报还是来了，并且很丰厚，丰厚到令我汗颜。为了这个外甥女，小舅的确很用心，是下了功夫的。首先他经常请吃饭，送礼品，美其名曰加强“家校联系”。说实话，这些你想拒绝都难。其次他给课外辅导的老师辅导费，这点令我大为吃惊。有谁真敢拿领导的钱？但他说一不二，一定得给，并且给得比别人还多。

在他的一片诚意下，老师们被感动了，格外用心去辅导她，她的成绩也日益攀升，大有起色，脸上也渐渐露出自信的神色，再不像刚来时那么惶恐。她与同学的交往似乎多了起来，那突兀在中央的桌椅也悄悄靠向一边，与某一排位置连成一体。上课偶尔也跟同学讲悄悄话，做小动作。这一切我看在眼里喜在心头。我希望这个班集体能给她温暖的感觉。然而，新的困惑来了。谁都看得出她是老师的宠儿。我以前在班上振振有词，说老师对学生应该一视同仁，这是人格上的平等。这样的谎言似乎不攻自破。我跟这届学生的关系一直很亲近，孩子们也很信赖我。现在我能敏感发现，有些孩子看我的眼神有了质疑，有了失望。我忽然失去了面对他们的勇气。

这样患得患失，这种格局一直延续到高考结束。一切似乎很圆满，她考出了能力范围内最好的成绩，最终被一所不错的大学录取。大家都松了口气。插班生的故事算是画上了句号。

在后来的日子里，常有学生跟我联系，主动向我汇报近况，但始终没有接到她的电话或信息。时间过去很久，有次我接到一个电话，貌似她的声音，我一下很激动，后来知道不是她，竟然有种隐约的失落。我才明白，原来我这么期待她的消息。我突然想到，她从来没对我说过一个“谢”字，现在想来，她好像从来就没对我说过什么话。无论我对她表达多大的真诚善意，自始至终，她都是漠然的。而我们自以为是的关心照顾，也从来没问过她愿不愿意。她是不善表达羞于表达，还是看穿一切而不屑一顾？无论如何，我还是有很强的挫败感。一个看似柔弱的少女，用她的沉默否定了我的努力，令我至今难以释怀。

不合时宜的人

做了他三年班主任，他曾无数次令我瞠目结舌。

高一刚开学，他的大舅带他来报名，郑重将其托付给我。他大舅是我们学校的老师，中层干部。作为一个还算年轻的老师，我自然不敢怠慢，对他关照有加。排座位，安排班干部，尽心尽力照顾他。令我郁闷的是，面对我的如火热情，他始终冷冷的，少年老成的面容上挂着洞察秋毫的微笑，仿佛看到你五脏六腑里去，让人极为不舒服。久而久之，心里就有点排斥他，对他冷了下来。幸好他除了态度冷淡，别的都好，安分守己，勤奋苦读，成绩名列前茅，心里多少有点安慰。

高一期末，文理分班。他的成绩很好，文理均可。在这种情况下，毫无疑问，一般人都会选择读理科，因为理科好选择专业好就业。但是出乎意料他铁了心要读文科，任凭劝说，就是九头牛也拉不回。他的父母、大舅，以及作为班主任的我，轮番轰炸，磨破了嘴皮最终没能打动他。他反反复复，只有一个理由——我喜欢。

就这样，他又在我班上——高二我分在文科班做班主任。这回我委以重任，他亦没推脱，对于班级建设献计献策，很是热心，也表现出一定才干。整个班集体在他的凝聚力下，搞得花团簇锦欣欣向荣，我亦欣欣然。期末，文科班唯一一个市优秀学生干部名额，毫无悬念地落在他身上。不过我心里有点虚，没有当众宣布，而是悄悄拿张表格叫他填。他的表现大出我的意料，先是定定地看着我，仿佛不明白似的，等我解释清楚后，他冷冷地说："我不要。"我一急，脱口道，这是多少人求都求不来的好事呀。他忽然愤怒起来："我不要！谁喜欢给谁。它太龌龊了！"我非常尴尬，站在那里，张口结舌面红耳赤，想发作，忍了又忍。那张表格最终由我擅自替他胡乱填好，交上去应付了事。

高三一年，他锋芒毕露，展示了前所未有的张狂。然而，每次我都没有理由说服他，因为他的一些作为，其实是我心里很想做，却没有勇气去面对的。许多老师对他颇有怨言，我则避重就轻，甚至暗中包庇纵容。

高中三年就这样有惊无险过去。高考成绩出来，他考得还算理想。在填报志愿时，不想又发生一次冲突，他选择了厦门大学一个生僻的专业——社会学。这一回，和过去无数次一样，没有谁能改变他的意愿。最终他如愿以偿上了厦大。

2011年夏天，这一届学生大学毕业了。当学生不断将喜讯告诉我时，我也得知他的情况。他毕业了，但找不到工作，最终只好应聘到上海一家网络公司，做网络编辑。我们为他叹息，也为他当年过于固执而遗憾。

教师节这天，我收到许多学生祝福，突然就想起他。一个女孩说，咳，这孩子，辞职到厦门准备考研。我听了心里一震。突然想起他说过的一段话：现实是令人难以忍受的，有许多黑暗与不公，但无论如何，我相信未来总是美好的。这个世界需要有人去改变，去创造，而我们年轻人，就是改变世界创造未来的最强大的力量。这些话，掷地有声，是当年他在我的课堂上说的。他还说过，一个人拥有梦想，并为之奋斗一生，是最幸福的人。

告诉我消息的女孩又说，说起来，他也算奇葩一朵。

他的名字叫奇伟。

别问我是谁

新年第一天，早晨醒来，打开手机，跳出许多缤纷的祝福。有名字的，没名字的，各占一半。这手机不知哪根神经错乱了，即便存了电话，也常常不显示姓名。我一个个认真回复，耗时一小时左右。

这种感觉很特别。许多问候我不知道来自哪里，但有一点，肯定是我的亲友或学生，是惦记我的人，这就够了。

那天，我在博客上贴出《病中碎语》，谈及腰椎问题。很快就收到来自各方面的信息，有博客回复，有发纸条的，还有电话和手机短信。他们纷纷支招，治疗方案，注意事项，等等。我看了特别感动，并且深感不安，无意中扰了别人清净，让大家为我担心。

某天晚上，嫣然自习归来，一进门就大声嚷嚷，妈妈，你知道我今天接到一个什么电话吗？一个电话有啥好大惊小怪？好奇油然而生。嫣然说，晚上班里有个同学将自己的电话递到她手里。来电话的是个男孩，一再叮嘱她要督促妈妈，不能弯腰，不能提重物，要注意腰部保暖，平时要绑个腰带，还让她多帮妈妈干活，不能让妈妈累着。嫣然问，可是你为什么不自己和她说呢？对方说，我已经跟她说了呀。嫣然再问，请问你是谁？对方断然回答，我是谁不重要，重要的是你妈妈的健康。刚好上课铃响了，嫣然就挂了电话。将电话还给同学时，嫣然再次追问，刚才是谁给她电话，同学也一脸茫然。

我听明白了，虽然不能确定究竟是谁打的电话，但一定是我的学生。这个学生辗转找到嫣然，就因为放心不下我。一个微不足道的电话，却叫我异常温暖。

这样不经意的温暖很多。记得博客贴出当晚，凌晨两点，我在浓睡中被一个信息吵醒，强撑着打开一看，立刻气得七窍生烟，睡意全无。只见上面写着："老师，你的腰椎怎么样了？千万别和我以前一样严重啊！"照样看不到名字，但大约猜测出是谁。我气呼呼地睡着了，第二天中午才回复，话里暗合指责之意。对方马上回了过来：不好意思啊老师，那时刚看到博客，没多想就给你发了信息。

手机紊乱后，刚开始很不习惯，电话来了，面对那一串陌生数字，只好硬着头皮接起来，千篇一律地说："你好！"因不知是何方神仙，拿捏不好，过分疏离的语气曾让一些人不爽。想把手机换了，却舍不得，颇有点日久生情的意味。久而久之，我习惯了。众生平等，谁都是一样的，都是值得我尊重的生命。心下坦然，再接电话时，便多了一份淡定。是的，别问我是谁。我是世界上独一无二的那一个。

由此想到，在博客泛滥的年代，发了文章，什么回复都有，溢美之词和攻击诋毁常常相伴而来。开始时我会特别在意，过度的褒扬令我汗颜，愤激之辞令我不安，而偶尔出现的不怀好意的匿名回复，则叫我寝食难安。究竟是谁和我过不去？博客上这些不和谐的声音的确令人烦恼。有人索性关闭博客评论，大概与此脱不了干系。现在不这么想了，有人喝彩，就有人砸场；有关心你爱护你的人，必然就有排斥你讨厌你的人。不单博客如此，万事皆然。这个世界是多元的。我不问你是谁。关切与鼓励，令我振奋，催我前进。批评与排斥，促我反省，有则改之无则加勉，使我臻于至善。这，不也很好吗？

与女神相遇在培田

那天，县文联杨主席问：“严歌苓要来连城，你想见她么？”

短路了半秒，立即答：“要！要要！！”

严歌苓，那么遥远的美国，那么遥远的青春记忆，她，真的要来连城？

不真实。梦一般的感觉。

那些天，一见到人就傻兮兮地问：严歌苓要来了，你知道不？

有人一听尖叫起来，有人一头雾水——严歌苓谁啊？

不管怎样，严歌苓要来了。这是真的！

那些天，走路都是飘的。

2015年10月19日傍晚，接到杨主席电话，明天陪严歌苓爬冠豸山吧。毫不犹豫答应了。最惧登山，恐高，脚力不足，从来都在名山大川前望而却步。这一回，为了心中的女神，我要舍命陪君子。其实心底里还有一个小算盘。严歌苓1958年出生，虚岁58了，登山体力肯定不支，我可趁机接近她，若是险象环生，说不定因此结下深厚情谊——这种痴心妄想，大抵是脑残粉的正常思维吧。

于是又在网上跟人家眉来眼去——明天我要陪严歌苓去登山啦，一副喜不自胜的样子。

然后，一整夜胡思乱想，紧张加期待，在严歌苓抵达连城的头天晚上，我失眠了。

一辈子没追过星。这一回，大约是疯了。是谁说的，再不疯狂就老了。而我，明明已经老了，猛然发现，原来血液里还涌动着喷薄的激情。心，还年轻着。

不知道看过她多少作品。从十几岁到几十岁，从青春年少到年华老去。长期订阅《小说月报》，里面刊发过她许多小说，每一次读了，都是爱不释手，意犹未尽。直至去年，在同事H君的推荐下，还读了她的长篇《无出路咖啡馆》《老师好美》。特别钟爱《老师好美》，一拿起就放不下，一个晚上读到天明，一气呵成酣畅淋漓。后来向学生隆重推荐，引来一片唏嘘。在今年第十六届百花文学奖获奖名单上，《老师好美》赫然在目，仅有两个长篇中的一个。

2015年10月20日隆重降临了。严歌苓下午才到。上午特别忙，但都春风得意马蹄疾。好心情持续到下午一点半，此时严歌苓一行还在永定吃午饭，然后看土楼。永定到连城一两小时车程，原计划在连城住一晚也因为小女生病临时取消，到培田后就要直奔长汀了。彼时我才得知严歌苓携夫带女，十一岁的小女儿严妍从德国柏林放秋假，一块过来。鞍马劳顿，时差尚未倒过来，他们不愿意一天换一个地方，把余下两晚都安排在长汀。

又喜滋滋地大张旗鼓，巴不得全天下都知道，我要陪严歌苓到培田啦。人说，很好啊，最好培田落点雨。

时间一分一秒过去，不安感愈来愈烈。担心不来了，担心直奔长汀了。一个接一个电话刺探消息。最后，赌气地，我说，万一他们不过来，我们就追到长汀去！

2015年10月20日下午五时，在朋口高速路出口，夕阳沉静，一个纤巧的女子，从一辆银灰色的小车里出来。那一刻，时光静止，岁月安好。微笑。握手。阳光洒下一地碎金。

幸福。晕眩。不知今夕何夕。

小车长驱直入，直抵培田。天色已晚，残阳斜照，抓紧将培田美景尽收眼底。严歌苓来闽西，是为尚在筹划的电视连续剧《客家女》。江小鱼带的队，江小鱼的大名在江湖上也是如雷贯耳，但在严歌苓面前，他也只得暂时敛了光芒。

始料未及，严歌苓走路极为轻快，简直像闪电，一眨眼就蹦到前面去了。她与我想象中的那种雍容华贵、养尊处优，完全沾不上边。伶伶俐俐的一个人。面容姣好，身材娇小，粉色的上衫套在蓝色的牛仔裤里，白色旅游鞋，干净简洁。这种低调和朴素，谁会想到她是在世界都有影响力的鼎鼎有名的作家与编辑？先前还幻想扶她一把，现在我追赶她都得气喘吁吁。导游就更惨了，她几乎不听，导游还没说两句，她就飞到前边去了。看这情形，我对杨主席说，我尽量往她身边靠，你抓准时机拍——已经答应其他“严粉”，要多拍照。

在村口，趁其他人还没赶上，我提出和严歌苓合影。拍照的时候，很想轻轻拥住她，但，不敢唐突，忍住了。拍完照，我想说几句客套话，却结结巴巴说不顺溜，杨主席一边帮腔，说我太激动了，昨晚彻夜未眠。严歌苓听了微微一笑，淡淡说了句，失眠就不好了。

短短的一小时游览，严歌苓动如脱兔，行动和思绪都让人有点反应不过来。譬如她没有对培田的建筑多发感慨，看见溪边有一红衣女子却忍不住说“真美”。她目光跳跃，很少在一个地方久驻，却在一进村就蹲下来撩逗一只长得浑圆的小狗。

而我，这个超级脑残粉，晕乎乎，陶陶然，跟在后边，开始伺机合影，后来发现徒然——她行动太快根本无法拍，就调整策略，换成拍她，跟屁虫似的追在后面，但也只能拍背影，远远的，可望而不可即的，袅娜的背影，依旧是那么美！美丽的当然不只是背影，还有我的心。回来后点开杨主席为我拍的照片，发现每一张都是灿烂的不可遏制的笑容——低到尘埃里，从尘埃里开出花来，大抵是这样的境界吧？

暮色四合，恋恋不舍离开古村，到一个乡村酒店吃晚饭。在包厢相对狭小的空间里，我空前紧张起来，几乎语无伦次了。严歌苓说，你们来敬我吧，我是来者不拒。毕竟女军官出身，豪爽奔放。酒桌上的严歌苓笑意盈盈，家常，随和。酒壮人胆，我斟满酽酽的一杯客家老酒，高高举起，豪气冲天地说，严老师，我敬你，你是我的女神，直到现在，都还是做梦的感觉。

更叫人如痴如醉的是，严歌苓居然肯帮我们签名，不是那种简单地签自己的名，而是一个个读者珍重地写上去“存念”。在列名单的过程中，因为激动，我竟然将老友的名字忘记，捏着笔半天写不出来。

夜色浓重，站在秋风中，握手，告别。严歌苓说，谢谢你们，我玩得很开心，吃得也很开心。本是客套话，听过无数次，这回我却心里一动，啊，她是真的开心么？真好！

独语

青青伐木场

一

曾经以为，我现在遭受的一切罪孽，都要追溯到我的父母。他们没有把我晚生一年，要不我就是堂堂的70后而不是令人切齿的60后；好吧，即便这样也就算了，他们还没在适龄阶段送我去上学，活生生拖了一年。如果我在法定的八虚岁就去上学，我所遭际的一切肯定不同，我的人生将发生翻天覆地的变化。归根到底，我就不会遇见现在的先生，也许就不用经历这么多欲说还休的苦恼。

当然一切都是假设，对父母的责难也只能是暗地里，敢怒不敢言。事实上，童年时代的我在家里占据的地位微乎其微到可以忽略不计。我上头有一个哥哥一个姐姐，下面有一个比我小四岁的弟弟。我是一家中最为尴尬的“老三”。还有件憾事，我差点成为家里的老幺——若那样定能承受百般恩宠。在我两岁时母亲意外怀孕，胎儿都三四个月了，母亲毅然响应国家号召“少生孩子多种树”打掉了。虽然当时我们在革命老区闽西一个著名的伐木场，我的父亲是骄傲的伐木工人，一棵棵硕大无朋圆滚滚的原始森林木头就是他们用轰隆隆的油锯锯下来运向远方。当时伐木场木材资源丰厚，伐木工人正大刀阔斧进行砍伐。记忆中是出了伐木场到县城读高中后，才听说原来的伐木场改为“采育场”，既要砍伐又要培育，也许几十年的大砍大伐之后，有关部门惊觉存货不多，赶紧补给。但我始终对采育场这个称呼感到别扭，不如原先的伐木场亲切，而大家口口相传，依然称伐木场。

言归正传。那年春节，父母从闽西的伐木场拖儿带女将我们仨小孩带回闽南老家过年，结果乡下女人纷纷怂恿，才一个男孩人丁不旺趁年轻赶紧多生几个。母亲一向从善如流，回来后不久就有了我弟弟。这也是令我万分懊丧的事，好像一块到手的香饽饽硬生生被人夺走了。别的不说，如果不是有这个“拖油瓶”弟弟，在1976年那个遥远的秋天，我就会开开心心地跟哥哥姐姐上学去。

赖在低矮窄小的床铺上，日头已经升得老高，我不想起床。岭南九月的第一天，天蓝树绿。想到哥哥姐姐以及小伙伴们正神气活现地走在上学路上，我就万分沮丧。出了门，盘山公路往上，是一条漫长的坡，陡，一直爬，爬到坡顶，在公路的内侧一个小山坳里，有一座废弃的破庙，这里就是哥哥姐姐们的学堂。我的灵魂游丝般跟随他们，想象着他们此刻的嬉闹，完全提不起精神。母亲在厨房忙碌，喊我起床吃饭，我气咻咻地说，我不会扣扣子。听见母亲咬牙切齿说着什么，然后父亲进来了。父亲一进房间，就大声吼着，吃到这么大了，连个衣服都不会穿。笨蛋！我眼泪哗地就掉下来。我不明白，父亲一辈子愚蠢，却为啥总喜欢骂人笨，在我少年时代，“笨蛋”两个字无数次回响在耳际。我今天之所以这么笨，多半被他们骂笨的。我哇哇大哭起来，在床上蹬着两只脚，我嫌父亲来得太迟，拒绝他帮我。父亲恼羞成怒，高高扬起右手，眼看一记凶险的耳光就要扇下来，母亲适时闯进来，阻止事态进一步恶化。母亲嘴里骂着父亲成事不足败事有余，什么也帮不上，手上却没消停，三下两下，满是嫌厌地把衣服给我套上了。我一直惧怕母亲，很快停止了哭泣，抽噎着跑到外面的水池边洗漱。

我深信，我从小就是最遭人讨厌的那个。排行老三，搁在中间，上不着天下不着地，又是女孩（闽南人是重男轻女思想的典型），如果不是时常闹出点声响来刷存在感，早被别人忘记。而所谓的闹，在今天看来就是作，动不动撒娇使性子，在这种穷人家里任性，实在有点匪夷所思。毛病特多，偷懒，爱哭，自私自利，身体又弱。据说三岁了还不会走路，成天猫一样被工区叔叔抱在手上，一放下来走就喊脚疼。父亲有一次不小心扭伤了脚，母亲割了一只年轻的公鸡炖汤给他补，顺手摇一勺子汤给我喝，正是分得这一杯羹，令脚疼消失无踪，我立刻能下地撒开脚丫子满世界跑了。但畏寒怕冷的毛病一辈子没改，直到现在一入秋就手脚冰冷，这是小时候营养不良落下的毛病。

这真是悲摧的一天。吃过早饭，父母出工去了，我带着弟弟百无聊赖地在工区逛荡。我们这个工区叫“大寨”，就是“农业学大寨”的“大寨”二字，包含的意味也是如此。在不远的山的那一边，还有一个叫“小寨”的工区，父母最早就在那里上班。大哥就在那里出生。只是我从未到过，从公路边走下去还要很远，都是小路，早已经荒芜了。所谓工区宿舍，就是在大山坳里挖一块平地，盖几排简易砖瓦房。我们家安置在工区最前面的房子，竖排房间，一排房子只有三四间。对面是大食堂，也是竖着一溜的房子，只不过里面都是空的，可以容纳许多人，跟我们这一排住房刚好对称。吃大锅饭时母亲可以捷足先登，很是方便。工区后面是横着盖的三排砖瓦房，依山而建，地势逐步升高，每排房子前面都有高高的台阶。

这一天我发现整个工区宿舍都空了，大人出工，小孩上学，连看门的狗，都格外懒散，趴在秋阳下睡大觉。我背着弟弟流连于横盖的三排瓦房之间，从第一排房子走到最后一排，又从最后一排走向第一排，弟弟趴在我背上不声不响，记忆中弟弟好像很乖，不哭不闹，任我摆布。在从第一排台阶走下来时，可能是脑子进水，我突然想尝试一步走完一个台阶——之前都是分两步走完的，我想我已经长大了，我可以背着弟弟像大人一样大跨步地走——我猛地迈开步子，一个踉跄，身子向前一扑，弟弟像沙袋一样飞了出去，被扔到下面台阶，那粗糙锋利的大石头砌成的台阶。只听一声钝响，好半天没动静，弟弟趴在那里像死了一样。我脑袋轰的一声，完了，闯大祸了！漫长的空白之后，终于听到弟弟发出惊天动地的哭声。接下来完全失忆了，唯一印证这件事的，是弟弟额头上永不磨灭的疤痕，提醒我曾经的岁月。我记事晚，这几乎是我最初的记忆。

第二年，在杂树生花群莺乱飞的春日，我目睹了有生以来最壮观的一次搬迁，我们工区的好多人家，一家家，一车车，浩浩荡荡搬离这里，搬到二十公里外的另一个工区——郑地工区。

从此，郑地这个词，贯穿了我整个少年时代，成了故乡的代名词。

多年后，文友提及在清童能元《连城山川考》中说山高拔者曰“地”，当年新地伐木场场部所在地为陈地，而我家所在的工区为郑地，恍然明白这个“地”是有文化渊源的。

郑地工区规模不大，有两个工班，外加一个养路段。包括家属在内，仅几十号人。工区宿舍建在一条清溪边，有食堂、礼堂、篮球场，还有医疗室，麻雀虽小五脏俱全。还是几排简易的红砖瓦房，不过已经有套间了。总体格局比大寨大气。

在郑地，我终于开启迟到的读书模式。

在大寨时，小伙伴们上的是单人校。一个老师就是一所小学。大伙上课是次要的，帮老师砍柴种菜才是正事。大哥小学二年级从老家转学来，因为这里没有二年级学生，老师索性让大哥跳了一级，直接上三年级。这种草率粗暴的做法，导致许多年后理工科大学毕业的大哥还像小学生一样捧读《新华字典》认字，而遣词造句方面，也时常要来请教我这个中文系科班出身的妹妹。

前面说了，伐木场场部设在陈地，陈地在郑地工区八公里外。场部有所子弟学校，是“戴帽子”学校，小学初中混在一起，就叫新地学校。老师要么是本场部有点文化的职员，要么是外聘的退休教师，或者高考落第的待业青年。而工区则设有一二年级的复式课堂，由场部内部抽调老师。这是很人性化的安排，一二年级的孩子年纪尚幼，要远离父母到八公里外的学校寄宿，显然生活无法自理。

在郑地工区小学堂读书时期，共有三个老师教过我。有两个是妙龄姑娘，因为我年纪比较大，书也读得好，自然更得宠。老师偶尔叫我帮忙批阅作业，或者晚上陪她们睡觉——据说时常有男青年半夜来骚扰。我一向嗜睡，偶尔也听到声音，大概因为我，起色心的男人不敢进一步冒犯。但不管是批作业还是陪睡觉，于我而言都是难受的事——生性懦弱、拘谨，从来没在老师面前放松过。

另外一个是男老师，比较严厉，印象最深的是他对我们的惩罚。有一天，不知小伙伴们触犯了啥，令他大发雷霆，放出狠话，要惩戒我们，罚我们跪玻璃。玻璃呢？自己去找，河边多的是碎玻璃。他骂完就让全体学生到教室外面站，自己转身不知溜到哪里。我们在烈日下站了一会，很快就乏了。小鬼头小勇嘀咕起来，既然老师叫我们跪玻璃，我们干吗要在这里傻站？找玻璃去呀。小余马上表示支持。这一二年级混搭的班级，最多的时候有十二个人。其中，小勇的地位是不可撼动的“大王”，小余是拥趸，绝对的跟班，唯其马首是瞻，我是女孩，又胆小，有些事不想掺和，但也不敢公然反对，何况我还有一个小我四岁的弟弟与我在同一课堂，眼睛盯着我呢，我可不能让他跟着学坏。就这样，站在这里示众的一堆人，三三两两散了，连我那年幼的弟弟也不知去向，我还是一个人站在烈日下，不过已经不用保持队形，象征性站站而已。

不知过了多久，小勇他们回来了，手里捧着明晃晃的大小不一的玻璃，一个个居然兴高采烈，仿佛凯旋的战士。他们将玻璃砸碎在教室后边的水泥地上。写到这里，记忆中那种瘆人的尖锐的玻璃炸裂声犹在耳际，小勇似乎跟玻璃有仇，一定要把它们捣碎才罢休。就在我心惊胆战地看着他们硬生生跪在那堆碎玻璃上，有的裤子已经被划拉出痕迹时，老师终于出现了，眼前这一幕大大出乎他的意料，他简直气急败坏了。儿时颇为悲壮的一幕，终于草草收场。从那以后，小勇在大家心里的分量更重，更像英雄了。

其实老师在我心里还是温和的，只是对着一群熊孩子，有点不知所措。他那时也就二十郎当，我们的三个老师都是这个年龄。对于我，他也算青眼有加。所有老师都会钟爱成绩好表现乖的学生吧？弟弟那年六虚岁，因为家里没人照顾，也给塞到教室里，由着我带。父母这一做法，严重伤害弟弟读书的热情，因为年纪小，他一年级一共读了三年，等到法定的上学年龄时，他已经对读书丧失所有热情。弟弟小小年纪便被囚禁在这个教室里，生性好动淘气的他格外不自在，总要搞出点小动作。老师时常金刚怒目大声呵斥，呵斥完了，才想起这个熊孩子还有一个安静的学习优秀的姐姐，然后将目光转向我，已经接近讨好的意味了。这令我万分羞愧。这个时候真恨不得有个地洞钻。心里那个恨啊，怎么弟弟就这么不省心呢。人家读书就安安心心地读，偏偏我还要带一个“拖油瓶”的。当然，弟弟也有让我骄傲的时候。其实他非常聪明，课堂上的问题，老师根本不指望他回答，他有时却能很快答出来。几加几多少，他将手指头藏在课桌底下偷偷比画着，老师笑了，让他大大方方拿出来算。

二年级时，我在复式班里的特殊之处，还在于有时老师先教会了我，然后再让我去教一年级的学生。这辈子最终当了老师，是不是在小学时就埋下伏笔？

关于复式班的最后记忆，定格在一个终生难忘的画面。

那一天，小勇父亲跟往常一样，在出工前探到我们教室来，朝大家做个大大的鬼脸。小勇父亲性格活泼，有爱心，喜欢跟我们这些小屁孩玩耍，大家都很喜欢他。那一天，平平常常的，就这样一个春末夏初的清晨，却永远烙在我的记忆里。

上午还没放学，噩耗传来，小勇爸爸在砍伐一棵大树时，躲闪不及，被倒下来的木头砸死了。

一个刚刚还活蹦乱跳朝我们做鬼脸的大人，转眼之间，魂飞魄散。

死亡，第一次那么突兀那么强悍地侵入我的生命。这是我第一次感受到对死亡的恐惧，而这种恐惧，弥漫在以后岁月，笼罩了我整个童年和少年时代。

小勇妈妈是一个有见识且美丽优雅的女人，丈夫惨遭横祸，因公殉职，无论如何，她也要让丈夫魂归故里。小勇是外省人，老家远在千里之外。因为条件不允许，场部无法答应，因此小勇爸爸的灵柩一直停放在工区礼堂里。礼堂连着食堂，每天我都要到食堂去拿蒸好的饭菜，哥哥姐姐在场部读书，这种活儿义不容辞落在我身上。可是我是那么恐惧，这种恐惧延续了许多年，我怎么也忘不掉大厅里那具骇人的棺木以及记忆当中永远也消散不掉的蚊香味道。僵持不下，小勇爸爸的灵柩一直停放在那里，腐烂的味道弥漫开来，灵柩四周点着很多蚊香也压不住。多年后，我经过那个空空的礼堂，不管白天还是夜晚，我都不敢朝那空无一人的地方看。那种惧怕，已经烙进生命里。

另一种恐惧在我读了高中以后依然不断困扰我。据说小勇妈妈最终拗不过场部领导，终于妥协，让丈夫落土为安。墓地择在离我们工区几里远的一个山坳里，这个山坳，是我们外出读书的必经之地。后来我到场部读书，再后来我到县城读高中，一直到去省城读大学，无数次经过传说中的那个山坳，每一次都心惊胆战。小时候听说人死后会有鬼火出没，每次经过，我都害怕那里会赫然出现一堆蓝莹莹的鬼火，都要屏住呼吸大跨步往前冲，一直冲到很远的地方，都不敢回头看。

可是小勇爸爸究竟有没有埋在那里，我真的不知道，听说而已。我也没有勇气去问任何一个人。就这么稀里糊涂长长久久地惧怕着。父亲说得对，我就是这么一个愚蠢的人。

二年级上学期结束，我和姐姐随父亲回南安老家过年，在伯父的游说下，过完年父亲将我们留在老家读书。

我的复式课堂正式结束了。

多年后，小勇，在父亲去世后改名为“大勇”的男孩，终于在四十岁那年结婚，并且很快有个男孩。而小余，在分别三十年之后，终于又在一个逼仄的县城狭路相逢。其实我们多年来一直呼吸着同一小城的清新空气，只是纵使相逢不相识，岁月早已令彼此面目全非。而我此时能记住的除了上小学的那些糗事，还念念不忘当年小余替懒惰的我洗碗，我则为不爱学习的他做数学作业。

二

一年之后，我和姐姐又回到伐木场。来和去同样突兀。外婆去世，母亲回老家奔丧，看到待在伯父家的两个女儿落落寡欢，于心不忍，毅然将我们带回。

就这样，读小学三年级的我和读初一的姐姐，一起回到伐木场场部子弟学校读书。彼时，哥哥已经到南京一所重点大学读书。我们家四个小孩，就大哥一个是纯正的好孩子，不惹事，好好学习天天向上，从来没给爸妈惹麻烦。1980年，学生考上大学，无异于古代的中状元，太传奇了，尤其是我们这种贫寒子弟家庭。大哥跟我一样，九岁入学，但小学读三年半，初高中各两年，七年半时间，居然就上了大学，当时他虚岁十七，生日又小，不满十六周。记得当时不知是哪个老师吓唬我，说我不好好读书，大哥在南京那边是看得到的，他有一种神秘武器，类似千里眼，可以监控这里的一切。我又一次蠢到相信这是真的。对大哥的仰慕之情无以复加，并且一直勤奋努力，争取做班上最好的学生。我默默发誓，甚至写在纸上——我要超过他。可直到今天，我依然无法超过大哥，也许一辈子也无法超越了。童年的誓言犹在耳边，只觉得可笑。

姐姐大我两岁，春天出生，比我早三年上学，在有姐姐监护的小学阶段，我过很挺压抑。本来就是胆小怕事的人，在她的淫威之下，完全没有人身自由。在生活上姐姐挺能照顾人，也富有牺牲精神。但她的管是三百六十五度无死角全方位的管控，令人窒息，完全不以个人意志为转移，独断专行，颇有家长作风。其实她自己才是一个不让父母省心的孩子，早在大寨，她就做过许多令母亲切齿难忘的事。比如她们班级照集体照，出于爱心，她把我和弟弟也拉进去一起照了。当时老师要求每人交一块钱，她交不出三个人的份子钱，又羞于跟父母开口，就动了邪念，将家里唯一有锁的那个抽屉撬坏。她的原意是撬开抽屉偷偷拿钱，没想到技术不过关，一撬就撬坏了，把老娘气得要命。还有一次，小伙伴们相约到离大寨不远的湖口洗温泉，当时还没有泡温泉的概念，就是相约去洗澡。那个年代家里动不动就是四五个孩子，自然是走得动的大孩子去，小的丢在家里。可是老姐又动了恻隐之心，她觉得不能把我们丢下，于是她驮着小弟牵着我，艰难地走在最后。等我们到了湖口，大家已经洗完往回走，她只好又牵着我驮着弟弟，千辛万苦走回来。

我们回到伐木场读书，是春节过后的第二学期，两年半时间里，姐姐如一个风云人物，时不时弄出点响动，经常把我惊得魂飞魄散。姐姐她们有一伙女生，性格跳脱，喜欢跟老师作对。老姐不是最调皮的，但却是这伙人中成绩最好的。仅凭这个就遭人嫉恨。具体做啥坏事我却记不清，其实无非淘气捣蛋，跟老师顶嘴，钻牛角尖。她性格的偏执在那时就初露端倪，只是我们谁也没有意识到，也没有这方面的知识。因此她被老师留课，关禁闭，是家常便饭。有一次她被关在教室里不准吃午饭，竟然敢偷偷爬窗户出来，这在我看来，简直要逆天了。

姐姐的数学很好，她有一个难听的绰号“陈铁钉”，意味像铁钉一样，喜欢钻研，对于难题，不攻克寝食难安，真正不达目的誓不罢休。也正是这种精神，促使她的数学越学越好，一直到高考，最终考上福建师大数学系。

我在姐姐的庇护之下战战兢兢地活着。我曾写过一篇散文《姐妹》，让人产生错觉，觉得我们是世界上最好的姐妹。我们之所以看起来那么好，原因固然有她作为大姐的风范，勤劳忍让，疼惜妹妹，还有一个一直没向外人透露的因素，就是我怕她，又爱又怕，不敢违背她的意志。

那两三年，我活在姐姐的光环或者阴影之下。唯一值得骄傲的是，我五年级时写的一篇作文，作为范文拿到她初三的班上去读。这件事刺激了她。

其实她的文笔很好，不亚于我，在理科生中属凤毛麟角。

我在伐木场兴风作浪的日子，是在姐姐到县城一中读书之后的事。我的黄金时代终于来了。

说起来，我在伐木场子弟学校的所作所为，比起姐姐，有过之而无不及，更“坏”了。

我的叛逆，我的反骨，在初三那年爆发。起因是，我“早恋”了。

不知不觉中，我成长为子弟学校的“学霸”。除了小孩会读书，我们家乏善可陈，一直作为可以被随意欺凌的对象。这可能要归因于父亲的懦弱和不合群。幸好有聪明的与人为善的母亲从中斡旋，我们家才不至于太难看。在小小的伐木场里，从场部到工区，无形中形成一个个等级森严的阶层，每个阶层都有一些炙手可热的人物。父亲因为性格问题，即便根正苗红，努力工作，领导有意栽培提拔，但还是烂泥扶不上墙，最终沦为一个最普通最底层的伐木工人。这导致我们这些儿女也只能是最普通的，甚至可以恣意欺负的小孩。世态炎凉，对权势的敏感，导致我本来就自卑的心理更加不健康。有时候想，我能够活到今天这个样子，真是不容易。

初三那年，平静的生活被打扰了。一个少年突然出现在我的生活里。少年的母亲是我们场部的领导。我第一次听到“纨绔子弟”这个词，就是一个老师针对少年而言的。一个优秀的学生，被这样一个不良少年接近，老师的责任感促使他们有义务提醒我，不要被坏人污染。

这个时候的我，已经不再是姐姐管束下老老实实的我，我的后面也有个小跟班弟弟，弟弟虽然不喜读书，但非常勤快，每天早上自己洗漱完都会用脸盆把热水打好端到我宿舍门口。那个时候风气特别坏，即便是自己人，也都恃强凌弱，好像不这样做就显示自己特无能，白白当了老大。弟弟不仅给我打洗脸水，还学会炒菜蒸饭什么的，这些琐事几乎都是他一个人包揽。

顺便交代一下弟弟的行踪。在我离开子弟学校到县城读书不久，弟弟再一次被老师赶回家，从此不去学校，到深圳打工。记得上大学那年，我收到弟弟夹在信封里寄来的五元钱，崭新的人民币整齐地叠在信纸里。这件事我一直记在心里，也许因为惭愧，这辈子没对弟弟好过。

事到如今，我依然无法形容当年的自己，骨子里明明自卑得要命，表现

出来却是一种桀骜不驯，如果不是学习成绩好，一好遮百丑，我就真是一个“问题少年”了。也许自卑与自尊总是孪生兄弟，不分彼此。当时我其实患了社交恐惧症，害怕跟人说话，害怕打招呼，看见老师躲得远远的，总觉得自己蠢，说什么话都不得体，做什么事都后悔，一点小事都要放在心尖上翻来覆去折腾。最为遗憾的是，在人生最关键时刻，我没有遇到好的导师，这些病态行为没有得到及时有效的纠正。

幸好我还有一个爱好，喜欢看书，读小说。在我初二时，学校来了一个新老师吴老师，他是一个文学青年，也是我文学的启蒙老师。在他的影响下，我阅读了当时最为热门的小说。记得第一节课他就跟我们说马尔克斯的《百年孤独》，我永远记得当时他眉飞色舞兴致盎然的样子。后来千里迢迢托大哥从南京买回这本书，这是我拥有的第一部名著。吴老师借给我许多书，20世纪80年代是文学的黄金时代，许多当红的小说家最新著作吴老师都有，不知他哪来的渠道。张贤亮、阿城、铁凝、王安忆……好多我喜欢的作家作品，丰富了我的思想，丰盈了我的生命。在伐木场这块贫瘠的土壤上，初三那年，我终于长成一个身高一米六腼腆怯弱的姑娘。或许因为成绩好，因为特立独行，我也变成一个有绯闻的人物。有老师爱慕，有同学暗恋，对于一个懵懵懂懂的少年而言，这一切都像琼瑶小说里的狗血情节。

小飞就是这个时候闯到伐木场来，扰了大家的清静，也扰乱了我的生活。

其实如果单单是小飞，根本不会有什么故事。我忘了交代，我当时有个死党，也即现在称作闺密的人——小雪。小雪是我同学，比我大一岁，家境好，吃得好，穿得光鲜，活得活色生香。她为人古怪精灵。她的家就在场部，我时常到她家里蹭饭。小雪很聪明，但她的聪明不在读书上，却在歪门邪道上。譬如有一次场部放电影，大家都去看，那一天不知为啥我想独自待一晚，这种孤独的时候对我很重要，我就让宿舍的人将门锁了，我一个人在里面看小说。正当我在灯昏如豆的宿舍里看得热血沸腾时，门窗窸窣作响，我的毛孔都竖起来。小雪居然从窗户外面爬了进来。她很生气，她不允许我这样的背叛，居然自己躲着看书而不是陪她看电影。霸气如此，我唯有言听计从。否则不要做朋友了。当时我是靠小雪罩着的。

小飞的到来在伐木场刮起一阵风。大家纷纷议论这个年龄和我们相当的男孩多么不成器，在城里浪荡，如今又流窜到这里，不知道又要祸害什么人。颇有点谈虎色变的感觉，再仔细品味，话头里似乎又有种掩饰不了的艳羡，真是五味杂陈，以我当时的年纪根本无法理解。

伐木场的人大抵这样，闲，很多家属没事做，带带孩子做做饭，平时没事就嚼嚼舌头，不失为一种乐趣。共同的食堂，共同的澡堂，家家户户几乎不上锁，没有什么私密空间，一点点小事传得沸沸扬扬。而这一回小飞的出现多少也引起我的好奇，毕竟是同龄人，毕竟是来自令人向往的县城。

那天，鬼使神差，在小雪的蛊惑下，我居然答应跟她一起去场部会议室看电视。那可是禁区，不经允许不得私自入内。也不知小雪怎么打通关节，人家肯放她进去。我心里害怕极了，好像小偷生怕万一给逮住。那是1984年，电视还未普及，还是很稀罕的东西。伐木场当时有“小香港”之称，经济效益好，物质条件相对不错，歌舞升平，什么娱乐时兴就引进来。正是那个时期，我们看了《血疑》《排球女将》等风靡一时的电视剧。

电视机放在场部二楼会议厅。一进门，就看见空荡荡的大厅一个男孩独自在看电视，头上的白炽灯明晃晃的。我们就纳闷，怎么不关灯呢？小雪好像就这个问题跟他交流了，小雪有一种自来熟的功夫。小飞一开口，就让我感觉他的不同，他说你们这些人才傻呢，看电视就是得开着灯，不然对眼睛不好。忘记他穿什么衣服，总体感觉不像我们伐木场的人，洋气，帅气，还有，酷。那种酷酷的表情，有点玩世不恭，又类似放荡不羁，那眼神，坏坏的，特别有穿透力，好像能一下把你看穿，看透你的小心思小秘密。其实我都没敢多看一眼，假装专心致志看电视。

第二天中午，吃过午饭，我正往宿舍走去，远远看见一个人悠悠哉哉走过来。我有点慌，小飞竟然摸到学校来，这是个坏男孩，要是别人看见我们在一起不就完了。我没听清他跟我说什么，支吾几句，慌不择路地跑了。

然而还是有人对我说话了，是正告我，就是上面说“纨绔子弟”的那个人，他让我别跟“纨绔子弟”搞在一起，不会有好事的。我又羞又气，无端受辱，又无从洗白，一时无计可施，心想还是少惹事，不理他好了。我把这件事告诉小雪，小雪的态度出乎我的意料，管它呢，人家爱怎么说就怎么说，嘴长在别人身上。然后小雪神秘地笑笑，说晚上咱们一起去庙里玩吧。我骇了一跳，晚上？得多黑啊，不怕鬼么？在一进场部的右手边往山上爬，半山腰有一个很小的庙宇，供着神灵，逢年过节大家都会去那里烧香，平时我们也常去玩耍。但从没在夜间去过。我觉得小雪真是疯了。小雪说，小飞也去。

现在想来，我当时一定也是渴望去的，不然就没有我们三人的夜间秘密行动。我觉得刺激，尤其有个陌生的又那么复杂的男孩一起，这是挡不住的诱惑。完全忘记当时的情形，只记得大家都很开心。这一次锦衣夜行，我们三个人当中肯定交流了不少，说了不少话。

秘密行动不知怎么泄露了，这一次引起轩然大波。愤怒的校长在晨会上声嘶力竭地批评我，希望大家引以为戒。奇怪的是，明明是三个人的行动，怎么变成孤男寡女了？一个年轻老师偷偷塞给我一封信，洋洋洒洒好几页纸，历数男孩的斑斑劣迹，苦口婆心规劝，并在信末尾委婉表白他已喜欢我良久，只是“我不敢想”，这是我唯一记住的四个字。校长的公然批评，老师的暧昧信件，激怒了我。盛怒之下我找到小雪。小雪说，唯一办法是找小飞商量对策，毕竟他来自城里，见多识广。那天晚自习后，懵懵懂懂的，我又跟小雪找到正悠哉地看电视的小飞，然后我做了生平很愚蠢也很后悔的一件事，我把老师的信拿给小飞看。小飞匆匆看完信，脸色变得凝重，也不肯跟我们多说，就让我们回去。我要小飞将信还给我，小飞不肯，说先放他那里，他有用。

我不知道那封信是小飞直接交给校长，还是辗转落到校长手里，等到我知道这个事后，事态已经很严重了。一些添油加醋的莫须有的罪名，一顶顶加到我头上。我悲愤交加。正在这时，校长找我谈话了，在校长办公室，校长开始还和颜悦色，可是越说越愤怒，激愤之处，竟然拍起桌子。我们宿舍就在校长办公室边上，我经常看见校长对那些不争气的学生拍桌子，没想到有一天我也会成为被拍的那个。那一刻，我感觉自己要爆炸了，我也跟着拍起桌子——我受够了，我不读这个破书，我要回家。

我是自己一个人偷偷跑回家的。

头天夜里，我留了纸条，因怕牵连小雪，我连她都没说。第二天一早，天还没亮，起床的铃声尚未响起，我就已经一个人独自走在山路上。

我不下地狱谁下地狱？

所有的罪我一个人担吧。

风萧萧兮易水寒。

感觉好悲壮。

回到郑地工区后，我很坦然，准备等待父母的责罚。

父母自然非常生气，但没有想象中天塌下来的样子，本来读不读书对他们而言无所谓。以父母的见识，他们没法预见有否读书的未来。过了几天，校长来电话。当时工区只有一部电话，是传呼，叫到父亲名字时是我去接的，我说“不在”二字就挂了。据说校长当时听出我的声音，都给气疯了。

平安无事过了一阵，就在我几乎接受辍学这个事实时，学校来电话让我回去上课。没有附带任何条件。据说有人出面处理这个事，还说学校“乱弹琴”，学生初三了，还惹出这么多“莫须有”的事情，可不耽误人家。我是个爱读书的好孩子，既然这样，那就复课吧。

小飞在我走后不久离开伐木场，此后有没有再回去我不清楚，直到我考上高中，我都没有再见过他。我到县城读高中时，小飞已经混上个司机岗位，长年在外开车，偶尔回县城还到学校找我。不知道关于我和他的谣言最终是否熄灭。他的生命定格在1987年国庆前夕，殁于车祸。

三

回归课堂后，我好像失忆了，那段岁月模糊了，再记不清发生什么。当时我整个身心都被巨大的舆论压迫着，谣言四起，到处都有眼睛，走到哪里，都被人指指点点。那些真实的或者假想的敌人裹挟着我，使我艰于呼吸视听。苍白的青春遇上慌乱的岁月，处于飓风中心的我，注定有仄仄平平的路要走。

恰在此时，伐木场发生了一件惊心动魄的大事件。大家的注意力迅速转移，这件事带来的余震，足以将我这个“坏女孩”的绯闻淡忘。

那是个隆冬季节，某个清晨，一个女人睡眼蒙眬走进位于场部大楼右侧的一个公厕，没过几秒，一声尖叫从厕所传出来，然后女人跌跌撞撞地从厕所台阶上冲下来。

早起的人听都见女人的叫声，见鬼了么？这么恐怖！

据说，女人看见女厕赫然躺着一个婴儿，初生的婴儿。

这件事，大人们专门避开小孩鬼鬼祟祟地谈论，私密而热烈，越传越玄乎。一时狂风巨浪，人心惶惶，整个伐木场好像遭遇某种灾难。这件事关乎大家的清白，关乎场部的风气。

终于隐约知道事情始末。一对恋人偷尝禁果，女孩意外怀孕，漫长的十月怀胎，不知是怎么捂过来的。在遥远的1984年冬季临盆那晚，女孩悄悄跑到女厕，将孩子生下来，并且溺死。

伐木场处在深山老林，医疗条件简陋，只有一个卫生室，里面有个“赤脚医生”，当时所有工区都有“赤脚医生”。记得在郑地工区，我们儿个小孩最开心的事，就是找那个美丽的女医生要润喉片吃。

这绝对是一个耸人听闻的故事。究竟是哪个女孩做了这么残忍的事，事实上我没弄清楚。真相究竟如何亦不清楚。孤独苦涩的少年沉湎在自己的悲伤中不能自拔。一切都是闪烁其词。自顾不暇哪还有心思去管别人的闲事。尤其后来得知的一件事，令我伤心异常，那是人生第一次遭遇友谊的滑铁卢。

关于我和小飞的传言，小雪有着不可推卸的责任。

重新回去上课后，某天小雪得意扬扬地告诉我，她做了个试验，想看看伐木场的人对于我和小飞的关系如何看待（她怎么可以这么无聊）。她曾经冒名写了一封信，又故意请别人转交给我，说是小飞托她转给我的。当时小飞已经在母亲的怒斥之下，滚回城里，而我在家里日日受父母责骂。善良懦弱的父母在出了这样败坏家门的丑事后，除了痛骂自己的孩子，没想到为我讨回名誉损失。话说回来，听小雪说信是小飞写的，周围的人一时来了兴趣，立马要求拆开来看，小雪见状立刻撤退，说那可不行，私拆信件犯法。其实，信封里就是几张空白的信纸，叠得厚厚的，情深义重的样子。小雪兴致勃勃告诉我这件事，我心里很烦闷，却不好指责她，换句话说，从小到大，我从来没有指责过她，不是她没有错，而是我根本不敢。对于她，我习惯唯唯诺诺，于我，她则软硬兼施，给你一棒子然后再给你一颗糖，这是她惯用的伎俩。多年后有情商这个说法，小雪就是传说中情商极高的人。正是这封信，令我跟小飞的事情传得沸沸扬扬，如火如荼。

其实我对伐木场从来没有留下什么好印象，除了这一场身心俱疲的伤害之外，更多的是小王国的仗势欺人，恃强凌弱。我曾经那么痛恨它，巴不得早早逃离，离得越远越好。然而，在后来的岁月，尤其年纪越大思乡情怀越浓，每每梦回故乡，我就记起郑地屋后的那一片旷野，记起那棵独立在风中的老树。这些年，我一次次回到伐木场，一次次目睹它越来越沧桑越来越衰败的面目，内心一次次涌起忧伤的潮水。伐木场，我的青春岁月，将永远烙进我的生命里。

厕所事件之后，学校的氛围变得诡异起来。校长在晨会上除了要大家好好学习遵守纪律，更有言辞含混的要女孩自重之类的话语。熄灯之后，女生宿舍还在窃窃私语，猛然间会听到外面有清晰的咳嗽声。那是校长特有的威严的信号。对于校长在女生宿舍外偷听这种事，当时姐姐她们特别反感。不知道为啥，我总觉得校长是外强中干，整天板着面孔，不过是个纸老虎。他密切监视着我们，唯恐我们犯上作乱。上了高中之后，学习契诃夫的《装在套子里的人》这篇课文时，我眼前总晃动校长的模样，那种诚惶诚恐战战兢兢，如出一辙。

这一群乱糟糟的熊孩子的确够老师们操心。尤其是我们初三班，临近毕业，何去何从，异常混乱。当时伐木场迎来黄金岁月，效益特别好。一辆辆卡车开进伐木场，一棵棵圆滚滚的木头源源不断流向远方。采购员都是提着大袋现金到场里，伐木工人将木头装到车上，报酬丰硕，且都是拿现金。那阵子只要一听到有人招呼“装车了”，呼啦一下，空荡荡的工区就会冒出好多整装待发的伐木工人。碰到这样的风气，学生无心读书，成绩一塌糊涂，只想早早出来工作。初中三年，我们班几乎没有一年完整学过英语，面对这些顽劣不堪的学生，老师来一个气走一个，以致中间曾经出现很长的空档期。等我升到高一，第一堂英语课，鬼使神差，英语老师点名叫我起来读“美国”这个单词，我僵在那里生生张不开口，遭来老师一顿夹枪带棒的讥讽，他怎么也没想到，一个高中生连个简单的英语单词都不会读。英语老师说话语速极快，疾风暴雨的，直到看见我的眼泪唰唰地往下掉，他才怔住了，愣了一会，和颜悦色请我坐下。

中考填志愿表时，大家同时也填招工表。我没有填报高中，只填中专，同时填好某个造纸厂的招工表。当时想法是如果中专上不了，我就去造纸厂当工人。结果出乎意料，我既没有被中专录取，也没去纸厂造纸，最终还是我曾经怨念很深的校长托人找了关系，让分数远远高于本校录取线的我，进入县二中就读。当时我以超过第二名五十多分的成绩，稳居全校第一，其实也就是一个班四五十人。这个分数，本来可以上县林业部门分配到的唯一一个指标——三明林校。当时母亲接到场部电话，县林业局主管招生人员打来电话，通知我去体检。正是这个电话，让场部的人再一次对我燃起热情。我中考时姐姐正好高考。当时姐姐的大学录取通知书才到，隔天我又眼看能考上中专捧上铁饭碗，按照母亲的说法，整个场部都摇动起来。一个善良的妇女是这么对母亲说的：夭寿啊！怎么这么会谈恋爱还这么会读书！她说闽南语，夭寿是惊叹词。母亲回来复述给我听，语气当中满是欣慰。这是继“恋爱事件”之后，母亲唯一为我感到骄傲的事。去不去体检母亲颇为犹豫，听说入围两个人录取一个，她担心白跑一趟，劳民伤财。对方说，你傻不傻，人家有的学校七八个才录取一个，两个就录一个，命中率百分之五十。正是这话让母亲下定决心带我到城里体检。最终我还是落榜了，当时情况很复杂，且按下不表。

毕业前夕，学校又发生一个轰动事件。当时伐木场有著名的“五朵金花”，即五个美貌如花的妙龄女子，其中一朵在我们学校代课。这个美丽的女子居然爱上当地一个风流俊朗的代课老师。这一下掀起轩然大波，伐木场子弟有着莫名其妙的优越感，工人阶级看不起农民老大哥，这在当时倒也正常。譬如多年后，当伐木场已经不复存在，在这一片废墟上，唯有寥寥几人待在这里，其一是郭地行政村的书记，我的伐木场同学小松，他在这里驻守，利用荒废的工区宿舍开起农家乐。他曾一次次回忆起我和小雪当年欺负他的情形。当时我们上课喜欢偷看小说，小松坐在我们前排，我们就要求他做掩护，让他坐直坐好不许晃动，再将书竖起来，架在他后背，巧妙躲过老师的眼睛。我们嘲笑他为何如此听话，小松气呼呼地说，当时你们工人子弟好神气，我们农民只好受委屈。

原本两个年轻好看的人相爱，是一件很美好的事情。我当时非常羡慕他们，因为两个人都长得好，真是一对璧人，走在一起就是一道摇曳的风景。可在大家眼里，这真是一朵鲜花插在牛粪上。女孩众多的爱慕者，更是义愤填膺，妒火中烧，一时民怨沸腾。伐木场在最为鼎盛时期，职工连同家属，一共七百多人。其中年轻小伙子特别多。女孩家人亦横加干涉。一怒之下，两人双双辞职，下海创业去了。男孩感恩于女孩冲破世俗偏见下嫁于他，发誓要让女孩一辈子幸福。后来他真的发达了，过得比许许多多的工人子弟好得多。直到现在，女孩已经年过五十，依然做着全职太太，每天打打麻将喝喝茶，过着优渥的生活。这算是伐木场的一段爱情传奇吧。

毕业了，离开伐木场到城里读书，十六岁的少年心里都是恨意。作为一个特殊的没有领到录取通知书的我，是在县二中开学一周后由母亲帮我挑着大小行李前去报到的，而给我这个读书机会的校长——我曾经跟他有过长达一年的对抗，还因此不认真读他执教的政治课，考试故意没考好，想让他难堪。升到初三时，我的成绩稳居第一，单科成绩也几乎没有考过第二——从此我再也没有见过，甚至连一声感谢都不曾有过。

真是年少轻狂。

四

我的人生履历简单，乏善可陈。1985年9月到县二中读书，三年之后，1988年7月考上福建师范大学，9月离开小城到福州读书，四年之后，1992年7月分配回县城一中教书，直至今天。

1993年春天，结婚前夕，我从小城回到郑地，那是我对郑地的家的最后一次记忆。此后没有再回去，不久后，父母相继退休告老返乡，回到南安老家，郑地的家就此荒芜。

在郑地的最后一天，我记得很清楚，那天我出门。因为婚嫁双方都是出门在外的人，不讲究时辰。夫家早早从县城出发，为赶上中午的婚宴——往返需耗费几个小时。一大早大家都起来忙碌，我则一向嗜睡如命，是典型的起床困难症。我在睡梦中被姐姐叫醒。姐姐冲进房间大呼小叫，快起床快起床，接新娘的车已经来了。多少年过去，我依然清晰记得姐姐当时惊慌和兴奋的模样。在我钻进小车之前，大哥抓拍了一张照片，一个身着红套裙的女子——这是我留在郑地的最后的青春。

2009年春天，阔别十六载，我和父母、大哥重返郑地。

从“零公里”开始我的心就狂跳不已。“零公里”是立在路边一块刻有公里数的石碑，刚好是零公里，它处于通往郑地工区与新地场部的分叉口，已被我们叫成一个著名地标。这一条水泥路已经坑坑洼洼，颠簸得厉害，记忆中宽敞的公路竟然如此狭小破败。两旁青山依旧，山花烂漫，仿佛又回到少年时期，一群小孩往返于郑地与新地之间，一路采花，杜鹃、山茶，还有不知名的野花，在公路上摇曳着长长的花枝。山道弯弯，记不清哪里是曾令我惊魂的小勇父亲的长眠之处。河水枯竭，河道长期被挖沙石，显得千疮百孔，石头堆得到处都是，再没有清澈的小溪供鱼儿畅游。

进入工区前要经过的那座石桥，更加破败不堪，荒草萋萋，通往工区的小路已经被荒烟蔓草覆盖，车轮深陷泥沼无法通行。我站在路边，看着面目全非的工区，有泫然欲泪的感觉。那些厚厚的枯叶朽木下面，沉睡着多少令人不忍碰触的少年时光。

球场还在，礼堂还在，食堂还在，洗澡房还在，处在第三排的老家却已不见踪影，取而代之的是一些菜地，郑地唯独留下一户姓李的人家。留下是无奈的选择，老家没有房子，只好寄居在这片几乎是废墟的土地上。

故乡沦陷了，何以寄托我的乡愁。

2009年春天郑地之行，一家人伤感得不行。而父亲，也是在这一年秋天走的。

此后，我又不辞劳苦先后回了两次郑地。最末一次是2015年夏天，跟小余一块，据说这里很快就要卖给人家做电站。如果那样，我的少年岁月，我的故乡，就再没有凭吊和缅怀的地方。

这些年，离郑地工区八公里之远的新地场部，我倒是去得更勤，尤其得知同学小松住在场部闲置的房屋，正着手开农家乐之后。

有一首歌《老同学》，第一句就叩动我的心弦：

子弟校的校舍

已经拆了
刻在树上的名字
风干了
训过我的老师
您在哪
抄我作业的兄弟
他也老了
我的老同学 你过得好吗
岁月如刀 刀刀伤人啊
我的老同学 我想念你呀
抛开一切 让我们醉吧

第一次回到新地伐木场，见到破败的教学楼，吃惊加难过，感觉生命当中的一部分，被活生生撕走了。我在这所“戴帽子”的子弟学校读了整整六年书，有笑有泪，那些残存的布告栏上，曾经贴满我的习作，也张贴过我荣获全县中小学生作文竞赛获奖的喜报。对于一所乡下不像样的小学校，这是多大的荣誉。我还记得校长当时贴喜报时笑眯眯的样子。那些教室，曾经洒满青春肆无忌惮的欢笑，现在堆积着厚厚的牛粪——空置不用的校舍，正好给附近的农民做牛棚。

那一回赶到新地，正是黄昏时候，学校、食堂、宿舍，大家带我匆匆走了一遍，就开始到小松寄居的二楼畅饮。跟小松厮混在一起的还有一个大腹便便的邓总，邓总跟小松刚好形成鲜明的对比。小松个子瘦小，说话声音不大，慢条斯理，据说曾经做过九年的文书。邓总也是本地人，退伍军人，长期在外做生意，这些年回来开发赖源溶洞，以及做一些我并不清楚的事情。他烧得一手好菜，每次来这里，都是邓总亲自下厨。

就在大家酒酣耳热之际，我离开喧腾的酒席，坐在露台上，望着灯火阑珊的场部，那些被夜色勾勒出来的深深浅浅的轮廓，清晰地映射着往日时光。诸多陈年旧事，一一涌现，我陷入岁月长河，一时无语。

2016年3月的一天，阳光灿烂，草长莺飞，我又一次进山。

这一次，不是在梦里，也不是在暮色四合中，我真真切切回到了场部。我终于清清楚楚看见那一栋老旧的场部大楼，三层，白色石板，绿色门窗，办公楼前挂着红色招牌。我第一次知道伐木场的全称是“新地国有林业采育场”。登上破旧的二楼，右拐，穿过走廊，最里头那间就是曾经的会议室，和小飞第一次惊慌的见面，就发生在门窗紧锁的里面。趴在窗户边朝内看，空荡荡的会议厅只有围成一圈的桌椅，早无人问津，一片荒凉。记忆中富丽堂皇宽敞气派的模样，竟然是眼前这个样子，我怀疑记忆是否出了问题。

我又登上三楼，绕过空荡荡的一间间屋子，从三楼左边最后一个房间看出去，可以看见那个公厕。我从三楼下来，仿佛要验证什么，朝公厕走去。公厕坐落在一条小溪边，我们曾经在溪里玩耍过。现在看那就是一条小水沟。走到公厕前，要先经过一棵苍老的古树，再上一个小小的台阶，在荒烟蔓草之间，公厕看起来形迹可疑。我想走上去瞧瞧，却心生畏惧。三十多年前那一幕不知不觉浮现眼前，仿佛厕所里还躺着一个呱呱坠地的婴儿，又仿佛草丛里埋伏着大青蛇，随时准备咬人。回到伐木场，对蛇的恐惧空前高涨，最终我放弃了无聊的探寻。我甚至怀疑，关于溺婴的故事完全出自臆想，也许根本就不曾发生过。

有时候我想，记忆会不会出了问题？真的发生过这些乱糟糟的事么？曾经很想问问其他人，转念一想，有又如何？没有又如何？既然记忆根深蒂固，我何必去纠正？就当青春岁月，我做了一场荒唐的梦，长长的不愿意醒来的迷梦。

一桥如诗

一开始，我以为一不小心，误入《诗经》里。

一座古老的石桥，花朵般，徐徐绽放，通向烟波浩渺的远方。白色的桥面，约三四米宽，由五至八条大石板粗枝大叶地铺架，原始古朴。石板与石板之间，甚至漏着大的空隙。看惯雕梁画栋笔法繁复艳丽，这种粗线条的写意，仿佛旷野的风，让人舒畅从容。安心地把脚踩上去，用脚底心丈量一座古桥的温度。两边的护栏，低矮，不足半人高，由规格大小一致的石条串联起来。长条形石条从方形的石头腹部横穿而过，看起来像一串巨型糖葫芦。

桥下那片水域，在夹岸绿树的倒映下，水不复是水。是谁不经意，将一碗浓汤倾入其中？水的颜色，因树影而渐变，鹅黄、嫩绿、深青、墨蓝。浓稠的、绵密的、酽酽的。令人无端想念俄罗斯的浓菜汤，只不过那汤是五彩斑斓的，热烈喧腾的，与这里的水情味迥异。水的沉静碧绿又令我想起朱自清的《绿》，一样静若处子，终日含眸。水波不兴的下面，或许心事暗涌？

让我挪不开眼的，是那些水草，那些散落在水里岸边、无边无际的丰茂华美的芦苇。起先是扶疏的几株，伶伶俐俐，错落有致，摇曳生姿。继而成群结队，从岸边蔓延而来，一路浩浩汤汤，直扑桥底，将船型桥墩底座密密缠绕，来个抵死缠绵。那些伶仃的芦苇，也变得壮硕，开出沉沉的芦花。它们拥在一起，微风过处，窸窸窣窣，仿佛窃窃私语，是在密谋赶赴春天的盛宴？这意象，那么熟稔，前世见过？

桥的左边，一舟如月，适时闯进视野。这是一弯新月，浅浅搁在岸边。一半是陆地一半是海水，这是刚抵达？抑或正要起航？留恋处，兰舟催发，这种缠绵凄艳只在书中意会，不曾想，一只尘封已久的小舟，将我载入烂漫的臆想。终于，远处那只细脚伶仃、临水照花的白鹭，鲁莽地将我拐进《诗经》的意境。我确信，我是穿越千年栖息在远古的经典了。

夕阳西下，人影散乱，闲闲走在桥上，心却被饱满丰饶的诗意怂恿着，

鼓胀着，简直手足无措。

与我一同穿越的，还有桥上络绎不绝的行人，操着不同口音，来自不同地方。有汗流浃背的中年人，赤着脚，走得呼哧呼哧；有结伴而行的青年男女，优哉游哉，谈不尽的风花雪月；亦有携妇将雏其乐融融的一家人；最后是“执子之手，与子偕老”的情侣，将生硬的石板踩得柔软飞扬。

我独自一人，且行且拍，目光漂移不定。突然镜头赫然出现一个画面：杂花生树的岸边，隐匿着两个背影。将距离拉近，便看见女孩蓬松的金黄的头发，和男孩坚实的后背。他们背对着桥，也许目光散漫，看夕阳怎么掉进草丛里。“蒹葭苍苍，白露为霜。所谓伊人，在水一方”，古诗里的伊人，终于从水的那方走出来。相思断肠的情人，现在是朝朝暮暮，相依相偎。

而我，依然独自走着，走在一座通往神秘远方的石桥上。

时间回到昨天。小车一进入南安水头，我的目光就游离起来，我在寻觅一座桥。小车驶到安平开发区时，有人告诉我，那就是安平桥。小车一闪而过，我只来得及看见一个模糊的桥头，心下激动，不由喊了起来：啊，放我下来，我要从这里走回家。车上的人未置一词，想必都觉得我有点疯狂。从桥头到桥尾，足足有五里路。桥的这头是南安，桥的那头就是晋江了。可是，我真的很想走一遭，一步一步，从头走到尾。

回到晋江安海，因与一座桥失之交臂，有点郁郁不乐。今天下午，经我一再央求，先生终于答应开车将我送至安海桥头，再到水头桥头等我。摆脱了羁绊，远离了喧嚣，当我一个人静静走近那座桥，不期然掉进一个梦境，一个美丽的陷阱。

也许你已明白，这是一座跨海大桥，一座长达五里、耗时十四年建造、连接两个县两个闽南小镇的千年古桥。当我知道它的时候，我已走过长长短短的人生之路。但我还是被震撼住。安平桥，安平桥，读起来令人口齿留香，内心妥帖。那时候它离我很遥远。我心里想，我一定要去看它，一定。

这是我第二次造访这座桥。四年前那回，我们千里迢迢跑来找它，在一条拥堵的小街上寻寻觅觅，终于在人潮汹涌的地方，看到那个写有“金汤永固”的桥头。高大的底座由灰白的石块砌成，方形的带有铁门的门洞上面，是两层红砖的门楼，上面一层还留有三个方形小孔。门楼最上端，是两头往上翘的弧形飞檐。桥头前面，有两只惟妙惟肖的石狮镇守。在这座沧桑的古桥前驻足片刻，还没来得及涌起太多感慨，就有人急吼吼地要进去。踏上石桥，别有洞天，行人寥落，水枯石瘦，十月的天空充塞着秋的萧瑟，我们好像跌入另一个世界。冷风来袭，有人受不了，嚷着要回，言，走多远都是一样，没啥看头。我心想，怎么可能？世界上没有一处重复的风景。我还是配合地跟着离开。与古桥的初相见，便留下遗憾的一笔。

今非昔比，现在它一马平川，处在一片空旷的土地上，周围建筑都拆迁完毕，只有新翻的湿润的红土，散发出泥土的芳香。因此我们远远就看见了它。

这一回，我是来圆梦的。我一定要从桥的这头走到那头。我要把自己想象成宋朝的一名回娘家的南安女子，满心欢喜地走石桥上，水在荡漾，心亦荡漾。书上说，宋时安海海外通商很繁荣，那么跟我一起走在这条“天下无桥长此桥”的桥上，一定有各色各样的人吧？这样的旅途该不会乏味？走在桥上，碧波万顷，千帆竞发，又该何等诗意活泼？

其实，很多年以前，我并不知道有这样一座桥的存在。那时候，我正忙着和先生约会、吵架，然后和好。同是闽南人，乡音亲切；同为青春叛逆的少年，我们走到了一起。我常听先生说起老家，说那个临海小镇。奇怪的是，不曾听他提及那座桥。那座冥冥之中，和我们有些许瓜葛的千年古桥。

多年后，当我踏上这座桥的时候，我有一种相见恨晚的感觉。有人开玩笑说，那是为我和先生而建造的恋爱桥。一头是晋江安海，一头是南安水头，我们可以走到桥中央相会。这当然是玩笑。生活平淡得没有任何故事的我，依然为这个浪漫的玩笑而怦然。若有前世，也许我真是一名淳朴敦厚的闽南村妇，相夫教子，任劳任怨，时常手提肩负，往返于桥与桥之间。要不如何解释我这浓重的故乡情结？

那只低回已久的白鹭终于起飞了，生动了整个画面。

花开就一次成熟

我倚门而立，目光散漫，思绪遄飞。

这是一栋年代久远的砖木结构四层小楼。彼时，我在二楼一间教室后面。教室很大，前后各有一块黑板，左右是一字排开的窗户，各有四扇，几乎将墙面占满。宽大的老式木质窗棂，抹着苍绿的油漆。有的窗扇坏了，斜搭着，欲坠未坠，像一个悬而未决的谜。四面墙裙也是苍绿色，深浅不一，偶尔裸露斑驳的底色。唯有两块黑板光泽如初。讲台前，监考员甲，一个面容消瘦神情冷峻的中年男子，坐在那里，目光如炬，扫视眼皮底下的考生。我在教室后面，时站时坐，不停变化姿势。四排课桌，二十五名考生依次而坐，正埋首做题，傲然地将后脊梁对着我。是的，我是监考员乙。教室很安静，只听见刷刷刷的写字声。波澜不惊的下面却暗流汹涌。又是一年高考时，这些孩子正挥笔疾书，写着前途未卜的未来。静谧中能嗅到紧张的味道，像一枚饱满的水蜜桃，外表光鲜，一掐却水花四溅，淋淋又漓漓。

阴天。风从窗口袭来，宛若旧光阴拂面。旧日气息像一块绵软顺溜的丝绸，将人缠绕得又熨帖，又苍凉。

从左边窗户看出去，是一排密不透风的女贞树。树身很高。瘦骨伶仃的树干撑起繁枝细节，一枝一节缀满簇簇小花，鲜妍如锦。闭上眼，满树密密匝匝的女贞花的模样就在眼前晃动。这栋旧楼就懒懒地躺在女贞树的浓荫下酣眠。我热爱校园这片风景。我熟悉校园的女贞，就好像熟悉我的女儿。我眷恋她们，就好像眷恋着女儿。女贞花其实一点不张扬，一小串一小簇，淡淡的，粉粉的。淡黄的颜色喧豗成一片海，又湮没在一树流泻的绿意中。花开季节，校园就流动着小蛇一样无孔不入的香气。在树下经过，被浓重的花香裹挟，忍不住驻足凝望。这时倘若与女儿同行，女儿就会挣脱我的手，羞恼地低声问，妈妈你看完了没？要不我先走了！一个年过不惑的女子对着一棵树发呆，这叫十八岁的女儿情何以堪？等我恋恋不舍收回目光，女儿挎着双肩包的背影已然隐没在小树林那端。

我不怪女儿，因为她不懂得女贞花的“花语”，更不理解女贞之于我的意义。当校园的女贞开出一树粉嘟嘟的米色细花，宛如赶赴一场盛会，当女贞馥郁的芬芳弥漫在校园的每一个角落，我就知道，高考的号角即将奏响，孩子们就将收拾行囊，奔赴他们的梦想，像一树树繁花流云飞散。

透过女贞树，依稀看见过道对面绿树掩映下的半截楼房。这里的树更加繁茂，驳杂不一，浓荫匝地。除了女贞，还有翠竹、香樟、木芙蓉、天竺桂，重重叠叠，错落有致，跌宕起伏。出于某种原因，这栋四层老楼只拆了一半。断壁颓垣里，有我二十五年前挥汗如雨战战兢兢答题的高考战场，有女儿高三备战的瘦弱身影，亦有一个个鲜活面容留给我的青春记忆。

四楼最东端教室，即这栋楼被拦腰截断的地方，曾是我执教的2007届高三一班教室，当时因班级“人多势众”自诩为“泱泱大班”。这一届孩子在我生命里烙下深刻的印记。作为班主任，我曾与他们朝夕相处，披荆斩棘，共同奋战，一路前行。

犹记得，五月的女贞已经开得轰轰烈烈，孩子们正忙着写毕业留言，校园里穿梭而过的背影，仿佛带上伤感的味道。《东篱》文社“高三专号”告别版也出炉了，拿在手上，三年光阴轻轻从手指间流过。夜晚，站在四楼走廊上。朝里看，是正在埋头自习的孩子们；朝外看，是与我齐高的一大片郁郁葱葱的女贞树。树那么高，那么近，伸出手，就能摘到鲜嫩的叶片，犹如幸福触手可及。我喜欢那样的时刻，喜欢在那样的时刻，静静地，漫无边际地怀想。那些日子身心俱疲。无数材料要交，许多躁动的心灵要安抚，每天都有若干孩子生病请假，机械地发送着短信“好的，注意休息”，心情苦不堪言。终于熬到高考的钟声敲响，目送他们进场，忐忑不安地等待。头天上午考完语文，孩子们一个个笑着走出来，那颗悬着的心才放下。岂料下午数学考试结束，一个个苦着脸出来。平时成绩忽上忽下、数学是致命伤的薇，将准考证交至我手上后，突然号啕大哭起来。

事实上，高考那年我也哭过。语文出乎意料的难，我一路磕磕碰碰心惊胆战地做下来。做到后来，一边看手表，一边在心里狂喊“来不及了，来不及了”。然而，催魂的钟声依然准时响起，将试卷定格在空白上，脑海也霎时变成空白。我头重脚轻，两眼漆黑，茫茫然地随着人流往外涌。1988年7月7日，正午时分，阳光像针一样倾盆而下，刺得我手脚冰凉，隐忍已久的泪水终于决堤，我站在太阳底下，任凭泪水肆虐汹涌。

在板凳上坐久了，腰椎抗议了，隐隐酸疼。站起来，伸着懒腰。忽然想起什么，下意识朝教室左前方的监控摄像头瞟了一眼。或许此刻监控室里的人正在嘲笑姿态百出的监考员甲和乙。还是正襟危坐吧。目光朝右，教室走廊这边，没有稠密的树林笼罩，显得格外开阔。楼外有一排夹竹桃，夹竹桃过去是一个小草坪，再过去，是学校的围墙，边上种着几棵香樟，还有一棵令我心心念念的乌桕。此刻我监考的楼也是高三教学楼。最初跟上毕业班，就在这栋楼里。那时年轻，颇有一些文艺青年的毛病。冬天来了，喜欢一个人站在走廊上，凝望楼前那棵高大沉默的乌桕，盯着乌桕旁逸斜出的那一枝出神。那光秃秃的枝丫直指苍天，仿佛一声喑哑的呐喊。熬过一季冷冬，春天降临了。我的视线又被近在咫尺的夹竹桃牵扯。仿佛一夜之间，教学楼前的夹竹桃争先恐后地探出花苞，沉寂了一个冬天的心事亦开始翻飞。看到夹竹桃，就会想起学生秋枫，一个嗜诗如命、阴郁颓唐的少年。对秋枫而言，写诗是一种自我救赎。一个患有心理疾病孤苦无依的孩子，不被世人理解，受尽冷眼与嘲讽，唯有以诗为舟，以笔为楫，在黑夜里泅渡青春忧伤的河流。或许，是2001年那场高考解救了他。高考之后，他远走高飞。这将意味着，他或许可以告别苦闷与压抑、痛苦与彷徨、黑色与颓废，从此走向新生。

谁说不可以？若干年后，往事重提，忆起当年数学考试，出落得美丽大气的薇很淡定。谁的青春没有荒唐过？为高考“下一场雨”，是人生难得的一种体验。

是谁说过，没有经历过高考的人生是不完整的人生？经历高考火与冰的锤炼，或许就会脱胎换骨，人生就臻于成熟。

时间漫长得像钟表停止摆动。我盯着孩子们伏案疾书的后背，目光空洞，神游八仞。突然，左边窗户一个男孩举手示意，惊醒了我，我疾步走过。原来他想上厕所。我笑着摇头，忍忍吧。男孩耸了耸肩。棱角分明的脸，有点酷，有点桀骜不驯。

窗外，一树繁花。恍惚中许多生动的面孔在花海里翩跹。花的开放不是为了相聚而是别离。盛宴必散，骊歌响起。年复一年，一茬茬孩子，宛若纷纷扬扬的女贞，夏天一过，就纷然飘落，像时光里的浮尘，不知飘向何方。

想要怒放的生命

困于学校这个象牙塔，不知城春草木深。终有一天，从繁杂的俗务中逃离，奔赴远方一场会议，看到惊天动地铺天盖地的绿，才惊觉春潮汹涌。

春天就这样来了。

春天就这样猝不及防地来了。

葱绿的颜色，暗香浮动般流淌，从盛唐的诗句里，一直铺染开来。仿佛泼墨酣畅的画家，率性地，将最鲜嫩的色彩涂抹。心呵，那蛰伏已久的心，蠢蠢欲动了。

这是我独自出门，遇到的令人惊艳的春天。惊鸿一瞥的灿烂。这是春天，这是我久违的、熟视无睹、视而不见的春啊。在浓烈的绿里迷失，目光渐渐变得迷离。须臾之间，明朗朗的天陡变，山尖荡起雾岚，行进着的大巴，像一尾悄无声息的鱼，游弋在苍茫的海上。

坐在靠窗位置上，将目光盯牢在沿途的景物上，深深吸一口气，想将某种东西吸纳进去，又想吐出什么。那么贪婪，又那么矛盾重重。内心有一种硬硬的东西，如雨后春笋，破土拔节。呵，春天的窗户向我哗然敞开，突然热血翻滚，不能自已。信手抓一片纸，写下龙飞凤舞的几个字：彤云、雾霭、山峦、生之欢歌。这记载着喷涌激情的小纸片后来弄丢了，那不期而至的生命涌动，却清晰无比。

春天的木棉开出迫不及待的第一朵红花。我想要怒放的生命。即使斩断藤蔓，也斩断不了对春天的爱恋。

长长的旅途里，我一言不发，内心似万马奔腾，无比辽阔。

路过一座城市时，心有所动，想起城里未曾谋面的朋友。我是作者，他是编辑。交往不多，却被他的冲天豪气所折服。一个有着阳光般气息的人，总会照亮周边世界。那回他将我的稿子署上真名。他说，看你的笔名，感觉你有些忧郁，这样的笔名用久了，不忧郁也忧郁了，阳光点好，希望你天天快乐！这虽是一件很小的事，却让我感动。阑珊人，阑珊人，多么文艺的名字，多么顾影自怜！十年前我的学生为我申请了这个ID，我不知道他缘何钟情于此，只记得当时他说这个名字很“媚雅”。我因为学生的喜欢而喜欢，渐渐将自己囚禁在灯火阑珊处，黯淡了很多年。如今，我不再以“本性难移”来搪塞自己。是的，生命的本质是欢乐，我要让自己快乐起来。心怀感恩，我给这位可敬的编辑发了个信息：“出差，路过你的城市，向你致敬！”

真正的春天是囚禁不住的。就好像真正的爱情，不管暗藏多久，总会勃发。红叶题诗的美丽传说足以证明。春天不应只驻足于旖旎的诗章里。三月烟花，桃红柳绿，再匆忙的脚步，再快节奏的生活，也该留有一颗春意葱茏的心。想起每日下楼，都忍不住于楼梯拐角处停留片刻，踮起脚尖，朝被切割成方形的窗户往外看。对面幼儿园里有一棵伟岸的观赏桃，花色俗艳，花团锦簇，宛若多年前的乡下妹子，逢年过节，穿红着绿，喜气洋洋。每次匆忙中瞅一眼桃花，内心有种隐秘的快乐，那感觉像在偷窥——春天是如此令人心旷神怡！

现在想来，行色匆匆的我，之所以流连于一团俗气的花色，只因为喜欢。那是一种信号，桃花是春天的标签。那不管不顾肆意绽放的花朵，那是蓬勃的春，是一种囚得了身、囚不了心，凌驾于万物之上的气度。我喜欢那凡俗的热闹与喜庆，花儿再俗艳，也是花啊。就像爱情再庸俗，也是爱情的一种。

坐上开往春天的大巴，心，突然绽放。在经历了漫漫长冬，历经人生一些不可言说的伤之后，不想沉湎，无须沉湎，生命的姿态应写满欢乐与昂扬。

想要怒放的生命。

给我怒放的生命吧。

人在雨天

蹉跎了两日。沉溺在风里、雨里、书里，千回百转的怅惘里。

风，是一头怒狮，不分方向，咆哮着，嘶吼着，发出惨绝人寰的声音。楼下那株瘦高的玉兰，给刮得东摇西晃，细长的腰肢不堪重负，眼看就要折了。天黑欲塌。豪雨如注，疯狂地从天而降。雨急似箭，万箭齐发，射在地上，溅起水柱无数，混合着夏日泥土浑浊的气息。电似火龙，从天边滚过，咻咻地吐着火信子，扯破黑的天幕。顷刻间，雷声于头顶炸响，裂帛般锐利。风声、雨声、雷电声，耳膜被铺天盖地的声响充斥着、轰鸣着、裹挟着。

待在家里，宛若端坐飓风暴雨的中心，周遭千军万马，触目惊心，触手可及。有形，有声，有色，有味。推开阳台的门，凉风倏地撞个满怀。触目皆水，淋淋又漓漓。三角梅，爬在半墙上，巍巍然，凛凛然，无忧又无惧，葳蕤生姿。近的楼，远的天，全被雨柱吞噬，灰扑扑一片。

雨天给懒人一个借口。在惊心动魄的雨声里，慵懒得像春日里白胖的虫子。或者像任性小孩，恣肆放纵。任它天摇地动，山呼海啸，我自岿然。懒洋洋点击网页，流连在别人的故事里，看各种八卦，有一句没一句闲聊。风雨愈烈，愈觉得自在惬意。在网海里畅游，陡然遭遇一个旧帖子，赫然被转帖，惊得汗流。那等文字，缠缠绵绵，绵绵密密，果真出自我之手？那样心情，多情、细腻、善感，月光倾城一般坦然皎洁，几时有过？岁月流转，不过一两年间，就面目皆非？

不忍卒读。下网捧卷，于滔滔雨声，于书中，觅得一种安静。读一本特别的书——《千水之外》，沉湎在遥远的风景里。那些字句，细细品，慢慢嚼，入眼，入心，入魂。作者丁未说，有多少人，在喧嚣中孤独。有多少人，在孤独中喧嚣。不知自己属于哪种。阅毕，掩卷深思，丝丝绝望竟漫上心头。穷尽一生，亦无法抵达书中境界。文字的，精神的。那水，真的远在千里。

弃卷冥想，心有千千结，需一点点来解。似乎很久没有关注灵魂。也似乎相信了某人的话——远离文字，珍爱生命。貌似自甘堕落了。现实越来越丰满，心灵却愈来愈荒疏。每日浑浑噩噩，过着身不由己的日子，仿佛一尾缺氧的鱼，苟延残喘。一直相信写字是一种自我救赎，借以安放颠沛流离的心灵。可为什么，写着写着，困惑越来越多，快乐越来越少？写作陷入瓶颈，没有充沛才情却又无法割舍，这种两难，想必许多写字的人都有过。不想作茧自缚，也曾竭力挣脱。林语堂写《苏东坡传》，说苏最懂得享受人生之美。人生有诸多美好，他哪一种都不舍得落下，都要饱尝。为官做宰匡时济世是一种美，吟诗作赋红袖添香是一种美，纵情山水放浪形骸亦是一种美。当然，苏东坡是令人万分倾倒而又望尘莫及的高士。

那么，就出去走走吧，看看外面的风景，让心不再拘囿于狭小逼仄的空间。于是这几年跑了好些地方。有些地名是熟稔的，臆想中的风景令人惊羡，也笃信今生有缘会晤。殊不知，往往在令人难以意料的情况下邂逅。譬如婺源，相思了那么多年。那黄灿灿的、美到令人忧伤的油菜花，已成梦寐。无数次梦想在某一个春暖花开时节，欣欣然赴一个劈面惊艳的约会。岂料在一个没有油菜花开的、热浪汹涌的盛夏，与之尴尬遭遇。

人生，有诸多不确定因素。意料之外，往往令人目瞪口呆，措手不及。由此看来，写字的初衷，与后来的不虞，亦不足为怪。

中年的冬

若说秋天是一片忧郁的黄叶，从枝头优雅地坠落，那么冬天就是一股凛冽的风，从人的骨头缝里刺啦啦刮过。

记忆中没有哪一个冬像今年这么冷。

小时候也冷过。那时的冬天才像冬天，梅花欢喜漫天雪，滴水成冰，手脚冻得通红。雪天上学，穿着笨重的棉衣棉裤，笼着小火笼，深一脚浅一脚，蹒跚地走过雪后初霁的大地，积雪在脚底下欢快地吱吱叫。课堂上，老师的声音因雪而温柔，偶尔有来自火笼的"噼啪"声，炸响教室的沉寂，是谁的黄豆在火炭中"涅槃"？豆香清冽地弥漫，任是严肃的老师，也忍不住扑哧笑出声来。

下课了，好玩的还在后头呢。传统的"挤油"游戏，让一群冻僵了的孩子，嘴里喷出腾腾的热气。背靠在学校的红砖墙上，以某个孩子为中心，双方朝中间使劲挤压过去，欢呼声，呐喊声，惊动了枝上的雀，它们侧耳谛听了一会，仿佛听不明白，落寞地朝天空扑棱棱飞去。有恶作剧的孩子，到陌头田间，寻来玲珑剔透的冰块，冷不丁地，往你的脖颈里塞，惹得你鬼哭狼嚎大呼小叫起来。

记忆中的少年冬天，那么冷，又那么美好。

到城里读高中后，冬天依然冷冽，却渐渐失去它的美好韵味。因为畏冷，越来越讨厌冬天，越来越害怕冬天，少年时期关于冬日的那一点亮色，终于被日复一日的寒冷与漫长湮没了。

冬天的炉火，温暖的被窝，一本又一本好看的书，秉烛夜读，无人相伴亦美妙，这些跳跃的意象构成了遥远的回忆。人到中年，俗务缠身，生命被冬日里草尖上的霜花层层覆盖，愈来愈凝滞，愈来愈沉重。冬天漫长得像一块灰扑扑的抹布，终日擦洗油渍麻花的碗筷，永远没个完。

初冬以来，不断传来消息，一些熟悉的老人纷纷谢世。每每听到消息，心都一阵悸痛——冬天真是个寒冷的季节啊，让人熬不过去。有一位老人，去年我还写到她，一个人貌似悠游自在地过。不料今年查出尿毒症，几度病危，家里儿女为生计所迫，疲于奔命。不久前听说她疯了，极端不配合治疗。只有知情人才明了，她是不想活了，不愿意成为子女的负担。果然就这样凄然离世。以前听人家说冬天是死亡率最高的季节，不明白个中缘由。冰冷的冬天，凭借一点点黯淡的生命之火，怎生挨得过？

讨厌冬天。冬天几乎就是刺骨的冷，奇痒难耐冻疮，臃肿笨重的衣服的代名词。讨厌冬天，讨厌那湿冷冷灰扑扑的天空，讨厌那侵入骨髓冻得骨骼咯咯响的冷风。可是任凭你怎么憎恶，四季循环周而复始，冬天一如既往如约而来。

讨厌冬天，讨厌这怎么甩也甩不掉的料峭寒冬，譬如讨厌生命里无法摆脱的苦和痛，疾病与死亡。

原来我已人到中年。原来中年的冬自是比别的时节冷。

也许只有人到中年，才明白有些东西是你命中注定逃脱不掉的。少年不谙世事的烂漫纯真，青年如野草一样恣意疯长的蓬勃生机，使年轻的心战胜诸多苦难，忽略众多不适意。韶华易逝，黯淡中年，能有什么呢？我看着一个中年朋友QQ上的签名不禁苦笑：“人到中年，是一道美丽的分水岭，一头挑着过去，一头挑着未来。”过去固然美丽，未来一览无余，生老病死，怨憎聚，伤离别，求不得，所有人生该经历的苦，将纷至沓来。

今天是进入严冬以来难得的一个晴天，我坐在阳光底下，感受着微弱的光芒，将冬日的前生后世默默想个遍，终至无语。

锦上添花

仿佛一夜之间，锦上添花突然冒出一个个粉嫩的花苞。不到几日，竟然一朵一朵竞相绽放。我又惊又喜，赶紧拿起电话，向远方的母亲报告花开的消息。

这盆锦上添花，几年前母亲抱回时，正开得姹紫嫣红，热闹非凡。然而一季花开之后，它就沉寂下去，再没有开过，以致我都忘了它的名，忘了它曾鲜妍过。母亲也郁闷，几次嘀咕，买来的时候开得多好啊，怎么就不再开呢？不久之后，不但不开花，连叶子也枯黄了，蔫头耷脑的，招人嫌，便弃之阳台，任其自生自灭。今年秋天，它越发长得难看，叶片东倒西歪，杂乱无章，枯败的叶子点缀其间，惨不忍睹。几次我都想将它连根拔起，好歹那青瓷花盆还可以派上用场。

没想到，它在南方罕见的严冬里，竟然勃发了。在下过雪的晴天里，那柔嫩而饱满的花苞，像赶赴一场隆重的宴席，“啪”的一声，迫不及待开出第一朵深红的花来。

平心而论，锦上添花花儿并不出众，可这一刻的开放，却叫人感奋——那些没有期待的喜悦，总是来得格外汹涌。

最初的惊喜过后，突然感到隐秘的不安——花儿凭什么开放，在寂寞了多年，无人问津了这么久？怀揣着忐忑，再去看花，就觉得花开得诡异，甚至带有一丝妖气。

忽然之间，我回到多年前那个心事重重的小孩。那时我九岁，我和姐姐待在老家读书，寄居在伯父家。在物资匮乏的年代，在农村里，要吃上一顿有肉有菜的饱饭，已经很奢侈。老家时兴客人来了要“煮点心”，善良的、没心没肺的伯母，总会在客人的点心之外，多煮一份留给我们。当时农村有一流行说法，走路要是左脚碰到东西就有祸事，右脚碰到则有喜事。于是每天放学，我走在路上，有意无意的，总爱用右脚去碰路面，右脚因此经常碰到东西，譬如石子之类。一旦碰着了，心便突突突地跳个不停——今天又有客人来了罢？我仿佛闻到了那喷香的“线面蛋”，按捺着快要蹦出来的心，飞也似的跑回家。当然，多数时是失望，偶尔也有巧合的惊喜。

在老家读书的时间并不长，不到一年。当初之所以留下，是伯父力劝。伯父其实是有私心的，我们留下，父亲寄给老家的日用钱就更多，而真正花到我们身上的，何其少。用石头来占卜福祸，成为儿时一件快乐而隐秘的游戏。从那以后，我就异常相信自己的直觉，而事态发展也往往逃不出我的预料。

枯寂的花突然开放，不知道意味着什么。《红楼梦》怡红院中那死而复活的海棠，被众人疑为花妖。锦上添花的突然绽放，竟叫我忧虑。我并不是唯心主义者，只是越来越怕，越来越敬畏天命。

自从父亲去世后，我的不安全感与日俱增。每一天平安的度过都令我心怀感恩。上个月，我的伯父，我一向畏惧的伯父，在中风卧床近一年后，终于溘然辞世。我不知道他临死前有没有征兆，在我的理解里，他是突然去世的，因为有人忧虑重重，他似乎很顽强，不知道还要拖累大家多久，何时才是尽头。知道消息后，我们如释重负，那种卸下负担的轻松感超越失去亲人的悲痛。我一边轻松着，一边为此感到悲哀。

伯父年轻的时候当生产队队长，有点小权力，终日威严着，瘦削的脸上从来不见一丝笑影。寄居在伯父家的一年里，我非常惧怕他，印象里他说一不二，家里大大小小的事他一个人说了算。父亲比伯父小几岁，父亲很早就没了父亲，都说长兄如父，父亲一直敬畏着伯父，对伯父言听计从。那时候我们想，连父亲都害怕的人一定很威风。小时候的惧怕一直延续到成年。偶尔回老家，与伯父说话总是战战兢兢。然而，岁月流转，伯父日见衰老了。衰老了的伯父开始虚弱起来，不再像过去那样强硬。到了后期，老年人毛病多，伯父竟然颇遭人嫌。这一切我一一看在心里，惊叹再强大的人也敌不过岁月这把刀。等到伯父终于轰然倒下，成为一个整日要吃要喝、大小便失禁、需要专人看护的痴呆老人，他已经成为一个累赘。

那些病中的日子不堪回首。清明时回家扫墓，我已不忍心走到对门去看望伯父。他已经成为一个形容枯槁的人。我只听他们描述，便觉得心里阵阵疼痛。伯父发病初期每天有许多人到他家坐，人来人往，络绎不绝。这意味着这家将有人不久于世。我奇怪这种令人难受的风俗，大家眼睁睁地看着伯父，就等着他油枯灯灭。终于，他走了，一个人活到七十八岁，算高寿吗？

九岁的时候，我从没设想过伯父的晚年，谁曾想到他的晚境如此凄凉？我以为他会威风一世。一个二十多岁的女孩说，如果未来只剩下一眼望到老的乏味，明天何以为继？女孩何其年轻，她哪里知道，长长的生命里潜伏着多少惊涛骇浪，凶险不测。一个人能平安终老，该是多么庆幸的事。人生无常，世事难料，有多少花开就有多少花落。脆弱的我，总是喜聚不喜散，总想看到花开的惊喜，避开花落的悲伤。

锦上花开，原本喜悦的事，却给我带来一地缭乱。这一年里，因为家庭变故，我变得格外小心，愈加诚惶诚恐。总是害怕。即便一朵新开出的花，也叫我心惊，叫我胡思乱想。唐代诗人白居易，在一个春光明媚的日子里，呼朋引伴，去寻觅春天的诗意。美景怡人，兴之所至，繁弦急管，相约一醉，不料在花团锦簇的春光里，蓦然想起去年同游人，今日已经作古，伤感油然而生，“年年只是人空老，处处何曾花不开”。是的，年年只是人空老，哪怕四周喧嚣如故，人生的苍凉始终是独自的，呼朋唤友也不能抵御它的凛冽，偏偏身外还有那姹紫嫣红的明媚世界。而花却年年依旧，即使岁岁会枯，却又年年再荣。

其实，老去的岂止是人，花若有情花亦老。今年的这一朵开，于明年的那朵，毕竟老了一岁。有些感慨，无须说得明白，只是眉眼一见，已各自明了。

木偶远去

这一定不是真的。我不可能在明晃晃的烈日下，遇见这么多浓妆重彩的木偶。

野草在脚下蔓延，芳香弥漫。太阳在头顶上烘烤，吱吱作响。七月。盛夏。人头攒动。在临时搭起的棚子下，这些等待盛装出场的木偶，艳丽而鬼魅。

我呆呆看着，一言不发。不真实。我怎么会在这样陌生的地方，遭遇童年时代的木偶？

印象中的木偶，多像夜的幽灵，只出没于黑暗中。

那是遥远的年代。小时候家在伐木场。每一回县城木偶戏剧团来演出，对穷乡僻壤的孩子而言，都是一次盛大节日。演出地点设在距离伐木场好几里地的村部。太阳还未下山，人就躁动不安了。三五成群，呼朋唤友，在田间小径上逶迤而行。最终抵达村部礼堂。一进门，人声鼎沸，简陋的小礼堂早已坐满来看木偶戏的人，大家兴高采烈，此呼彼应。我们没有凳子，只能踮起脚尖，在人缝里游走。或者跑到后台偷窥那些等待演出的华装木偶，惊羡不已。红的、绿的、黄的、金的、粉的，满目耀眼。穿着锦缎的木偶，化着艳丽的浓妆，或妩媚，或妖冶，或威严，或慈祥，或诙谐，恍惚间，所有的木偶都朝你转过身来，让人措手不及。彼时我还没上学，心却被虚荣膨胀着，我对木偶身上那些华贵的服装，羡慕得无以复加。在一袭华美的衣袍前，小小心灵充满敬畏和自卑。随着咚咚咚的锣鼓声，一个个木偶粉墨登场了。我呆呆地看着，心里暗想，要是自己也有这样的锦衣，多么好。让人惊羡的，还不止这个。那些木偶怎么那样神奇？举手投足，跃马扬鞭，生动逼真，惟妙惟肖。略感遗憾的是，它们表情是僵死的，让人亲近不得。

三五个月，就会有场木偶表演。乡村木偶，就这样不时侵入我的生活，给我强烈的震撼。

小学二年级时，因某种原因，回到老家，寄居伯父家。在闽南那里，木偶戏俗称“布袋戏”。夜里，咚咚咚的锣鼓声传来，然后是咿咿呀呀我听不懂的音乐，我就很兴奋，知道又有哪个地方演布袋戏了。只是寄人篱下，没有人会带我去看。农村睡觉早，那个时候往往早已上床歇息。我会倚着声音，忍住渴望，浮想联翩，渐入梦乡。梦里依稀有木偶的影子，有炫目的华装丽服。

那时候，我的班主任是一个高贵的、很有味道的女人。她的孙女，一个千娇百媚的小姑娘，也在我们班上，因着这层关系，享尽呵护与宠溺。小姑娘家境殷实，远在海外的父母，时常会寄一些漂亮衣裙回来，班主任则将她打扮成小公主。在她身上，我终于见到了我一直梦想的，绣着精致图案、缀满蕾丝花边、有着硕大蓬松裙摆的白色纱裙。这一袭华丽的裙子，无数次潜入我的梦寐，什么时候我也能拥有这样美丽的裙装？因为学习成绩好，我曾被班主任邀请到家里玩，见识了她们富丽堂皇的家。可是，在飞扬跋扈的小姑娘的气场中，我始终忸怩着，不吭一声。因为我素朴得近乎寒碜的衣服，较其华装丽服，显得捉襟见肘。后来再邀请，我便借故不去了。

很快，二年级随着时光流转，匆匆逃遁。班主任不再教我了。而小姑娘的裙子却成了童年时代我最渴望的东西。这隐秘的梦想，一直不曾对人说过。在那样的艰苦的年代，这个愿望奢侈得叫人可耻。

夜间偶尔还能听到咿咿呀呀的声音，但有人告诉我，那未必是演木偶戏，也有可能是家里死了人请来哭丧的。我听了万分惊悚，果真这样？此后一到晚上听见唱戏声，我就惊恐不定，又不敢问家人，究竟是演布袋戏还是死了人。只一味将自己埋进被窝里，将耳朵堵上，可任凭怎么杜绝，那咿呀绵软的声音依然灌进来，灌进来，直到疲惫睡去。

童年的夜，变得难挨。再没有华装木偶来温暖我的梦。

后来，重回父母身边，到县城读高中，曾在小城街头邂逅过木偶表演，不如乡间热烈隆重。人们三三两两地来，驻足看了一会，脸上带着“不过如此”的微笑，悄然离去。而我，学习任务在身，没有太多闲心，对着华丽的木偶，只留下惊鸿一瞥的感叹，匆匆折进书店或者商铺，购买需要的书籍物品，便离去。

上了大学后，对美丽衣裳的热爱空前高涨。和同伴在福州台江逛街，首要任务是买衣服。买什么？不等我开口，同伴就会说：买长裙，有大大裙摆的，缀满蕾丝花边的。一语未了，两人相视一笑。这个“花边情结”纠结了很多年，却始终没有买下一条童年时代遇见的那种裙子。到了这个年纪，删繁就简，不适合穿花样繁复、拖沓累赘的曳地长裙了。

再后来，瞧见缤纷花哨的衣裙，连眼角的余光都不给它。

回到锣鼓喧天的木偶演出现场，我依然在发怔。我呆呆地望着眼前的木偶，它们也呆呆地看着我。不明白这一次与木偶邂逅，会如此撼动我的心，唤起我久远的回忆。其实，剥去木偶的华服，它们只是一堆没有生命的木头，命运操控在别人手里。而我，在那么长的时间里，醉心于追逐一种虚假的繁华。穷，自卑，不甘，迫不及待地想用一身锦绣来掩盖生命的创口，多么可怕。

喧哗依然，燥热依然，童年时代的木偶，终于远去。

独自看戏

架不住母亲殷殷的目光，终于山一程水一程，千里迢迢跑回老家，赶赴佛的盛宴。

“佛生日”，又曰“普度”，在闽南一带异常隆重热闹。为佛庆生，除了家家户户连祭祀三天，还要连演几天“大戏”。所谓大戏，即盛行于闽南乡村的高甲戏。作为闽南人，我与高甲戏未曾谋面，委实说不过去。儿时在老家短暂的读书时光，夜晚依稀听到咿咿呀呀的唱戏声，当时以为是木偶戏，其实有可能就是高甲戏，当时尚小，尽管心向往之，也不曾呼朋唤友去鉴赏一番。归根到底，自己既胆小又无趣。

高甲戏为闽南地方戏，是中国地方小剧种戏曲艺术的杰出代表。高甲戏音乐以“泉腔”弦管为主，兼收傀儡戏、梨园戏和民间小调，既有清婉缠绵的音韵，又有激昂刚健的腔调，活泼、粗犷。

夜幕降临，远远传来鸟铳的钝响。好戏登场了。我们一行人赶紧草草收拾出门，临出门却颇为踌躇。我望着自己的奇怪打扮，T恤长裙外加一双拖鞋，南方的孟冬天气燥热得不像冬天，懒得穿皮鞋了，反正晚上没人看，也没几个认识的。想起书上看到的旧时代的小姐太太，出戏盛装出场，旗袍绣花鞋，兀自好笑。这哪跟哪？不过乡下人看戏而已，还真心把自己当太太小姐么。

在哪里演戏？一个简陋的戏台搭在陈家祠堂边。诧异于以往来过多次竟熟视无睹，不知晓它的存在。夜晚走大路，沿着汽车呼啸的国道，感受着飞扬的尘土，几分钟后就抵达目的地。陈家祠堂红烛高照，香火正浓，不时有人进出。戏已经开幕，戏台前零零落落地坐着观众，妇女儿童老叟为主，几张长条板凳，台上的《绣楼配》正热热闹闹，纯正的闽南话听起来特别亲切。就是传说中的高甲戏。我兴奋起来，扑到最前面，拿起手机拍个不停。

瞧了一会热闹，大哥乏了，决定去探访老友，嫂子和另外一个朋友也跟着去，留下我和侄女二人，侄女从小在外地，竟也是第一次看高甲戏。我问，你看得住么？她答，看得住。那么就继续。侄女喜欢拍照，水平差强人意，我让其多拍一些，好盗图上微信。

不过几十分钟，看戏的人明显少了。也是，三天两头就有演，乡下人不稀罕。原先我站在戏台左侧拍，怕遮挡住大伙的视线，也不敢过于放肆，公然跑到戏台正前方拍，后来发现无论演员或者观众，对于我的新鲜好奇都不介意，胆子就慢慢壮了起来，由于位置正，拍起来的效果越来越好。渐入佳境。有一瞬间，我拍完照，想让到一边去，瞅见左侧平展展的一块水泥地，正想把脚踩过去，再细看，骇了一跳，差点吓出一身冷汗，原来那是波澜不惊的一池水。真是老眼昏花了，幸好没闹出笑话或者人命。猛然想起祠堂前的这池水，印象最深的是当年种满满的高笋，池水澄澈，高笋清甜，这大抵是对高笋的伊始记忆。童年的那幅画面哗然展现，由此衍生出去，是不远处的那口古井，永远是清泠泠的水。小时候跟堂姐到这里打过水。神思渺渺，一下荡到几十年前，而眼前的舞榭歌台，莺莺暖响，亦飘到很远的地方。

发了一会呆，想起尚留在场的小侄女，过去再问乏了吗，果然乏了，十几岁的小姑娘，耐不住这种起起落落的人生，这种一眼看不到头的冗长。于是她也走了，剩下我一个人心无旁骛地看，反而更加恣肆。

在板凳上坐着看了一会，依旧回到戏台前，驻足，聆听，感受唱腔的婉转唱词的美妙，以及穿插在戏里的插科打诨，这种土得掉渣的说笑，正是吸引观众的地方之一。故事很曲折，也很老套，戏剧性的结尾，符合受众的心理，真正的皆大欢喜了。

有时戏外之戏更见精彩。老早就见到一个男孩混在戏台左侧里跳来窜去，以为他是专门捣蛋的，演到半场，他居然接过一个老者手里的鼓槌，擂得天摇地动，完全不亚于专业的鼓手，把我们惊得目瞪口呆。原先他只是偶尔敲打一下，后来老者索性将鼓槌交给小孩，自己则背对着观众，专心致志地玩手机，也许是在刷微信。小孩的非凡表现同样吸引了三两男子，在锣鼓消停的时刻，他们招手示意，将他从舞台上抱下来，看稀奇动物一般逗他玩。他七岁，刚上一年级，戏台上的女一号是她的母亲，他的父亲是鼓乐手，一个身材消瘦不苟言笑的男子，正闲闲地与几个鼓乐手围坐一起。小孩像泥猴一样被他们抛上抛下，欢乐得不行。戏演到高潮时，我注意到令人难忘的一幕，女一号在台上纵声放歌，声情并茂。妇唱夫随，她的先生凝视戏台中央的妻子，亦开口唱和，表情看起来非常陶醉，简直动人之至。这时候台下只有寥落的十几个观众，他们并不因此而松懈，反而自我享受。这种境界令人咋舌。我知道乡村艺人生活的艰辛，凄风苦雨，从事着最卑微的职业，或者为了谋生，或者缘于热爱，总之都不容易。人生本无趣，能自得其乐，能在无趣中活出有趣，令人肃然起敬。

好戏接近尾声，已经打出“祝观众晚安”的字幕，大家纷纷离去，演员还在台上唱着。我习惯看电影要看到字幕出现，看戏也一样，希望看到故事的收梢。突然一声震响在耳边炸开，吓得我一声尖叫，蹦得老远。鸟铳再次打响，就在我脚边，宣告好戏落幕。缓缓神，我在几米之外站立，突然听见有人用闽南话说，等她走了再放，原来脚边有一坨炮仗，我刚才惊魂未定的样子他们肯定看在眼里。我赶紧撤离，跑到更远处。爆竹撕裂了夜的宁静，朵朵烟花在夜空灿然绽放，转瞬即逝。这寂寞的烟花，有谁在欣赏呢?

意犹未尽往回走，突然想起小时候常走附近一条路，古井、芭蕉、龙眼树，这会一个人走在静悄悄的月色下，别有一番情趣。岂料刚一折进小路，狗吠声突起，吓得我赶紧原路折回。母亲奇怪我怎么一个人回来，我说他们早走了，都没几个人看。母亲淡淡说有什么关系，本来就是演给菩萨看的。一个晚上我忙于照相，捕捉台词，竟然抽不出空进祠堂去看望陈大将军，也就是今晚的主宾。我们自以为是贵客，岂料佛在那里享受他的生日，普天之下都在为他庆生。

一出戏看下来，五味杂陈。很多时候我们只是独自一个人，独自悲伤，独自欢喜。

寂寞花开

从阳台上往下看，可以看见小区杂乱而又蓬勃的花圃，几株高大的棕榈，一身尘土地立在花圃中，其间是各色菜畦，油菜，青葱，淡蓝色的薄如蝉翼的豌豆花，牵牵绊绊的地瓜藤。当然，这些都可以忽略。每次站在三楼上朝花圃眺望、发呆，首先侵入我的眼帘的，一定是那棵玉兰，那拔地而起、硕大无朋、尘满面鬓如霜、乱蓬蓬的我家的玉兰树。

再没有比它更丑的树吧？

薄暮冥冥，从书房探身出来，盯着近在咫尺的树，半是怜惜半是遗憾。一棵疏于打理的玉兰，由着性子恣意生长，就长成如今这副模样，所有枝丫既不是规规矩矩一律朝上，也没有旁逸斜出的一两枝，所有分支各自为政撑起一片绿荫，大伞下面是小伞，重重叠叠，杂乱无章。一棵欠揍的树，就如一颗荒芜的心。让人欢喜不是恨不是。

十年前，母亲将家里盆栽的一株奄奄一息的玉兰，移植到小区花圃。抱着侥幸的心，或许它能活过来。母亲每天浇水、松土，像辛勤的蜜蜂，围着它团团转。它果然不负众望，颤巍巍活过来了。

有一天母亲说，玉兰长虫了，得驱驱虫。我嘴上敷衍着，心里却想，是死是活，看它的造化。

又一天，拎着包包去上课，拉开包，一股幽香飘逸而出，包里赫然躺着两朵玉兰花。跑到阳台上看，原来玉兰开花了，一朵两朵，躲在绿叶当中。花是母亲放进去的。她说，香。我发现母亲的耳边也别着一朵玉兰，惊奇得很。母亲向来是朴素的，这种花花草草的事，还是第一次。从那以后，打开包包，经常会嗅到玉兰的清香。母亲每天都在阳台上观察玉兰，只要开花，她都会跑下去摘下来。

好长一段时间闻不到玉兰的香味了，问其故，母亲说，玉兰长高了，摘不到花。语气里有一丝惆怅。那一年冬天特别冷，玉兰给冻得瑟瑟发抖，叶子也日渐枯黄。母亲念叨着，不知玉兰会不会冻死。终于有一天，它完全枯萎了。我们都以为它必死无疑，很是郁郁。春天到了，玉兰居然转绿，又颤巍巍活过来，简直像奇迹。

几年过去，玉兰树越长越高。我时常在阳台上朝下眺望。朋友来我家，我会略带骄傲地告诉他们，花圃里长着一棵我家的树。朋友说，等女儿长大了，追她的男孩大约会在玉兰树下弹琴唱歌吧。我忽然就很向往。女儿长大了是什么样呢？

岁月流转，世事变迁，母亲早已不待在我这里。女儿已亭亭。玉兰树遭风吹日晒，雨淋虫啮，枯瘦如柴，但始终，屹立在花圃，且愈来愈高，愈见茂密。

十年之后，我从纷纷扰扰的尘世中挣脱，终于有闲情站在阳台上欣赏那棵玉兰。这时候它已经长得很高，几乎与三楼比肩，不用俯瞰，就能与之平视。

我忽略它的存在很久了。最终它长成那样。那样丑陋，那样别扭。但它依然在长。

一株不死的玉兰。

又一个春天到来。春寒料峭时，被虫啮得斑斑点点的叶片当中，又抽出细长的瘦骨伶仃的花苞，几片洁白的花瓣在绿叶中闪烁。有谁知道玉兰花又开了呢？我告诉远在上海的女儿，玉兰花又开了，可直到如今依然没有一个人在树下唱歌。

向 下

客厅光线渐暗，手里的书终于字迹漫漶，恋恋不舍地从惊悚迷离的故事里抬头，惊觉暮色已像一块黑布，劈头盖脸罩了下来。原先铺满黄绿相间的落地窗帘的秋阳收回暖融融的手脚，只剩下一个冰冷的背影。恍然回到尘世。一个漫长的下午，在不知不觉中被消磨殆尽。

残茶已冷，书卷尚温。推门出去，阳台上残阳衰草一派没落。一棵榕树盘踞在窄窄的花盆里，沾满厚重的尘土的树叶开始枯黄。失水的叶片蜷缩着，低垂着。周围在大兴土木，居所就成了工地，日日尘土侵扰，几乎要被埋没，不胜烦恼。几株三角梅恹恹地爬在窗棂上，紫红与深红的花簇，因开得太久，显得灰白而委顿。另有一盆芦荟，密密叠叠，杂乱地生长着，宛若伸出无数个胖胖的手指头。一只只手指由圆润过渡为瘦削，颜色也由青绿变成淡黄，像一滴墨汁洇在宣纸上，颜色渐淡，长短不一的叶边儿都是烧焦的颜色。芦荟是母亲从朋友院子挖来的，犹记得她喜滋滋捧来的样子，说是给我美容。当初很小的几株，已经蔓延成一大盆，我却始终没用过——这个年龄，美不美不重要了，或者说没有闲心想美不美的事。我至今不明白为啥种它。也许是母亲当初兴高采烈的样子让我感动。母亲一个六七十岁的老人，依然会为一点小事高兴。这让人欣慰，又催我自愧。其他一些杂草丛生的花钵，长着一些卑贱的植物。夏威夷竹，发财树，长不好也死不了，就那么不死不活地长着。唯一的护理是我每日不论富贵贫贱的一捧水。没有除草没有驱虫没有松土没有任何别的照料，就那么清水一捧。能活下来就是你的命。所以，茉莉死掉了，兰花死掉了，澳洲杉死掉了，还有别的一些什么花统统死掉了。搬来这里住已经整十二年，种过太多的花，很多已经忘记了。唯有它们没有死。

对了，还有一丛仙人掌，有着奇怪的造型，种在长着两只耳朵的青花瓷里。有一年，它的根须已经完全腐烂，奄奄一息，我把它搁一边，等它寿终正寝。不料在很久以后，也许是第二年，它居然又颤巍巍地站起来。它是怎么活过来的？仙人掌原来蹲踞于花盆中央，现在退缩到一边，另一边死掉了，消失得无影无踪。化作春泥更护花。我看它只有半边觉得别扭，也曾撒下别的种子，比如落地生根。但落地生根一旦扎根落户就长势凶猛，气势汹汹地将仙人掌压到一边去，且纷纷扬扬开起花，粉末似的掉了一地——我不时会把仙人掌搬进屋。我讨厌那种嚣张，索性一股脑扯掉。许多年过去，当年小仙人掌，已经长得山高水长层峦叠翠，煞是喜人。

太阳缓缓地从天边掉下去，掉下去。向下。一个词从脑海蹦出，紧接着一股貌似悲怆的东西喷薄而出。此情此景，多么富有象征意味。人也好，花也罢，暮秋时间，如果活到了江河日下，日复一日地向下、向下的时候，该如何是好？

譬如此刻的我。

还在夏日热浪喧腾的时候，我曾设想，如果让我放下手头的闲杂琐事，人生何等快意。读书品茗，游山玩水，偃仰啸歌——这些我孜孜以求的人间乐事在诱惑着我。终于有一天，我如愿以偿，卸下重负，却远没有想象中的轻松惬意，而是怅然若失。我怀疑自己是否叶公好龙。当初急急甩下重荷，是因为体力不支精神欠佳，是厌倦了凡俗人生的鸡零狗碎。本以为摆脱了一切就能现世安稳，岁月静好。岂料在清静中各种不适反而乘虚而入，脆弱在瞬间就席卷了我。而终日无所事事的罪恶感逼迫着我，令我辗转难眠。我在时间的废墟中颓然度日，时间的尘土几乎把我湮没。感觉自己就是废人一个。忙碌充实疲惫消失了，生命也就飘浮起来，无足轻重起来。那种向上，朝气，蓬勃，活力，远离了我。就像一棵树到了秋天，枝枝叶叶朝下，只等一场秋霜，便纷然委地。

等一场秋霜来临。心却始终不甘的，不甘就此将此生交付出去，交给一场凋零。就如那些花草，纵然残败，也要苟延残喘。

人到中年，本该删繁就简，过得清素。如果身体、家庭、事业每况愈下，该如何调整这种失落？一个人如果精神失去依托，是不是就如我惶惶不可终日？古今中外，那么多文人雅士，高官贵族，他们从炙手可热、赫赫不可一世的显贵辉煌跌入衰败颓靡，心境又如何？我看到的只是逆境中激流勇

退，怡情山水，逍遥自在，不曾见到被逆境压垮的人。也许压垮了，就不能青史留名了吧。

即便不甘，该来的还是会来。霜降以后，立冬之前，暮秋季节凋敝的气息弥漫在阳台上残花衰草间。

烟　火

愈来愈宅，愈来愈懒散。

陈旧的老屋弥散着凋敝的气息。十五载的老屋，闭上眼，可以想象风雨飘摇的样子。如今却欣然于这种破败，这种日落西山的味道。仿佛发小，日日耳鬓厮磨，时日愈久，感情弥真。

屋顶的雨渍，墙角的黑斑，窗棂的点点锈迹，岁月的磨蚀，令屋子呈现出老态的慈祥，写满岁月的沧桑。十五年的光阴，也把一个心高气傲的我磨得心平气和。不断妥协，足够包容，以致眼前不堪的一切都可以接纳。不但接纳了，似乎还心生欢喜。喜欢旧的东西，恋旧，是说明懂得珍惜了么？譬如女儿的那些旧时衣裳，挑挑拣拣，想扔复作罢，仿佛这一丢，就把女儿的过去丢没了。连带女儿年幼无知年少轻狂涂抹在墙上门厅的话语，也一并存留。以这种形式来纪念时光的无情。

家有兰草，搬回来时或绿意葱茏，或蓓蕾怒放，不久便日趋衰败，只剩叶再不开花，但还是很感激它们没有遗弃我。这些花都是友人所赠，这些赠花人，每一个人的故事都可以写成一本厚厚的书，也曾萌发要写写他们的念头，终究一一放弃。那些养花人的风采，岂是我轻薄的字眼可以书写？他们在不经意间吐露的那些话，却在我心里种下根。绿萝是家里的另一道风景，只有卑贱的花草才养得活，一如自己卑贱的人生。爱上绿萝后，绿萝以星火燎原之势，迅速蔓延，批垂而来。而一株招财树的出现，终于圆了我的人在草木中的愿望。招财树长疯了，见水就长，覆盖了沙发，我在树下支一盏灯，闲事斜卧沙发，美其名曰“树下读书”。竹林七贤放浪形骸风骨，纵然东施效颦，亦自得其乐。

沙发正对面是一幅扇形书法，书曰“浮生半日闲”。赠字的乃才华横溢的帅哥，心灵的朋友。他曾殷殷致意，希望我有杨绛先生的气质情怀。他不恰如其分的譬喻令我羞赧，亦感动于他的真心。沙发上方是一位闺蜜的油画，当时几乎是豪取巧夺，绿意葱茏的画面上朵朵白色的百合，幽雅脱俗，静美之至，一如闺蜜本人，空谷幽兰，兀自绽放。看书间隙，偶一抬头，便看见它们静幽幽地怒放，内心愈发宁静。

午后的时光是静谧的。茶香氤氲，拉开黄绿相间的窗帘，日光哗的一下挤进来，木地板上到处是斑驳的影子，在花草丛中有一缸热带鱼不知疲倦日月游弋。刚把鱼缸捧回家时，鱼缸里有许多色彩绚烂的热带鱼，犹以金黄色和“青花瓷”为最佳，不久色泽鲜艳美丽的鱼儿渐渐消失，只留下灰不溜秋的十几条，在几丛水草间穿梭。莫非应了红颜薄命的古语？太过美丽的东西总是不长久。每一尾鱼都有一个海阔天空的梦想，而逼仄的空间注定它们今生今世于此无缘。正如这简陋的住宅似乎只配卑贱的生命存活。经历了这么多，越来越宿命，一切都是上天注定。我们能做的就是放弃抗争，缴枪投械，任凭命运招了安。

客厅连着阳台。阳台上堆放着些种了许多年的植物，三角梅居多，在冬日里一片萧瑟。站在阳台眺望，目光所及，是格局一致的楼房。蓝天在上，要将头仰得高，才能望见一抹澄澈如洗的天空。

小区俗称美食城，很老了，设施乏善可陈，甚至称得上脏乱差，楼下开着的大抵是小餐馆，成日烟熏火燎，当初看中它与实验小学近在咫尺，方便女儿上学，并且如我这样不食人间烟火的笨人，适合居住在此以免饿死。这一住就十五年。多年光阴把一个心事重重的女子变成庸常粗糙的中年妇女。若不是还有那么一点不死的文学情怀，我应该过得知足且悠闲。

中学时代读琼瑶小说，读到因害怕油烟味而远庖厨的仙气十足的女子，心生向往，以致落下病根，格外排斥下厨。嫁为人妇后常为一日三餐发愁，每每叹息，要是发明一种仙丹，每天吃一粒不用做饭就好了。饥一餐饱一餐浑浑噩噩混了二十多年，临老了，却发现做饭也是一种乐趣。对于一到吃饭时间整个小区弥漫着的烟火味，不再深恶痛绝，一个人在家，寂然中竟读出家常和温暖，还有那么一丁点喜悦。

林语堂说过，理想大学的学堂外观之最重要部分就是一座颓圮古朴苔痕半壁匾额字迹潦倒不可复认的大门，大概周围还得要有古木森然，这样最令人忘却尘世俗务，以便忘情读书。如此看来，此等老屋恰是读书好地方。居家大部分时间都在读书，读闲书，读了即忘，忘了再读。长长的午后，读书乏了，就伸伸懒腰发发呆，鱼缸氧气棒搅动汩汩水声，竟给人一种错觉，有小桥流水的安谧邈远。层层绿意熏染出平和与静谧，屋内阒无声息，心思邈远如云。岁月静好。想起那句经典的话，生活不但有眼前的苟且，还有诗和远方。这四堵墙下贫陋交加之家，便是庇护我给我远方与梦的地方。

人生不过如此

一

穿过狭长逼仄五味杂陈的走廊，走至306房门前，推开门，或者不用推——更多时候房门大敞，里面一览无余。他病恹恹地躺在那里，一副痛不欲生的模样。原本高大威武的身躯，已消融成风中抖索的枯枝败叶。风一吹，怕就散架了。偶尔颤巍巍举起手，手臂上的皮就一层层垂挂下来——什么叫骨瘦如柴？他瘦得只剩一层皮。深陷的眼窝，突兀而起的颧骨，凌乱的灰白相间的头发。与这些极不相称的是那双眼睛，会突然喷射出熊熊烈焰。痛苦，仇恨，逼问，猛烈到令人不敢直视。一个对生无限眷念，对死无限恐惧的人，一个一辈子谨小慎微战战兢兢，用最大的热情养生保命的人，命运弄人，不期然，即将走向生命终点。他不甘心。

“躺在这里难受死了，死又死不掉！……”他突然大声嚷嚷。

“会好的，会好的，要有耐心。”

开始还躲闪着这灼人的喷射，用一些温婉的违心的软言好语劝慰，日复一日，对苍白无力的话厌倦了，也麻木了，而那双日渐黯淡下去的眼睛，一天比一天小，终日眯缝着，仿佛耗尽力气，再也无法灼射。

有天，他突然睁开眼直瞪瞪看着我，神秘兮兮地问：“你听说了么？”

“什么？”我一愣神，不明白。

“你妈妈有没有告诉你，我走后丧事要怎么办？”

吓了一跳，我赶紧说“你别胡思乱想，会好的”，然后迅速掉转头，不再看那病态的灼热的目光。

那些日子我陷入困顿。他的病是一劫，更大的劫难于他生病之前已宿命般爆发。一波未平一波又起，灾难接踵而来，我身心俱疲。2014年中秋前，我终于没了力气。不再日日穿过那个味道古怪的县城医院病房走廊，走到他病床前，象征性地问候。一切都是徒然。我有更重要的事要做，人死了也就死了，而还活着的人，不能被病人拖死。对于一个被医生宣告死亡，从市医院转院回来，只是出于不忍继续在县医院里苟延残喘的人，即便有再多热情，也磨蚀殆尽了。

熬了两天，终不放心，再次走进那个弥漫着死亡气息的龌龊的小房间。

看得出他对我的到来，有一丝欣喜。其实他的吃喝拉撒，都由婆婆照顾，我们根本帮不上忙。可怜的婆婆，蜷缩在医院的躺椅上睡了一个多月，他走后，婆婆很长时间睡觉无法将腿伸直，加上之前他在市医院住院治疗的时间，她这大半年，都是在医院的凄风苦雨中度过的。

那丝欣喜很快就灰败下去。他回归仇恨与苦痛。婆婆给他喂水喝，他照例夸张地皱起眉头，让水在喉管里停顿许久，才异常艰难地将水咽下。肝硬化晚期，两次胃底静脉大出血，恶心呕吐，他已经吃不下任何东西。这于他又是一个梗。他是如此热爱美食。记忆中的一个个美味把一只只馋虫勾引出来，可是当我们依照他的旨意将一道道食物端上来，他无一例外地吞咽不下，或者一吃就立刻狂吐起来。吃饭于他是一种折磨，于我们亦然。他夸大的痛苦样令人心疼，又让人不胜其烦，也许，是我们没有足够的同情心。

“放弃治疗算了，这样拖下去，会拖垮大家的——我走了，你妈妈怎么办……”

他又开始哼哼，声音在喘息与呻吟之间。是表达歉意，抑或他的通情达理？彼时，在我们看来，他不过是“作”，作给我们看。他贪恋着生，他就在死亡边缘挣扎，会顾忌别人死活么？我突然大声呵斥：

“你躺在那里什么也不用管安心养病就行，有什么可烦的？该烦的是我们这些大活人……”

我及时打住了。而他，只是诧异地看了我一眼，欲言又止，终于什么也没说，将眼睑拉下。

最后那些日子，他的昏迷症时有发作。严重的时候他不让查房的医生离开，逼着人家开《死亡证明书》，否则要将其告上法庭。我问，你要死亡证明书干吗？他答，有死亡证明书就可以死了。听多了，有次我居然恶毒地说，你弄错了，你把顺序弄颠倒了。我只差没说“你要先死了人家才会给你开证明”。我也有些疯掉了，那些日子经历的磨难令人发疯，令我的心坚硬如铁。我也早就“生不如死”了。他貌似昏迷实则心明如镜。他就是想折磨大家。他借这种疯狂的举动来折磨我们，包括一直以来他不停地折磨守夜的人，譬如刚刚伺候好才躺下想歇会，他又会闹着要喝水，明明才喝过水。他睡不着觉，就不停地折磨别人。也许折磨别人会减轻他心理上的痛苦。他生病半年来做得最多的一件事，就是不停地告诉别人，他不舍得死他很痛苦。

医生让婆婆签了字。生命进入倒计时，他连翻身都格外吃力，几乎滴水不沾了。这一天我跟往日一样到医院去看他，婆婆不在床边，没有人替我跟他招呼一下，我远远站在一边，突然很害怕靠近他，他漠然看了我一眼，分明认出我来，却没有说话的欲望——之前反反复复交代的事，重复几百遍，都让人耳朵生茧了，或许也没力气了。他努力翻了一下身，将脸转到一边。他想喝水，我犹豫着没有马上过去。在他翻身瞬间，我看到被子下面他那只穿着纸尿裤的下身，看到枯枝般的腿上一层层垂塌下来的皮，感到一阵毛骨悚然。他是一个多么爱面子的人，生病开始，除了婆婆，不让任何人护理，包括他亲生儿子。可是到了后来，他已经无力遮掩，无法体面了。在偶尔帮忙看护的时候，我一次次回忆起他从前穿戴齐整头戴一顶灰色礼帽笑眯眯地到我家来的情景。我伤心地想，他再也不能起来了，再也不可能笑眯眯地头戴一顶礼帽到我家溜达，顺便帮我修理家里的电器什么的。看着垂死挣扎的他，我真想不明白，生真这么值得留恋？生命如此没有质量，还要苦苦挣扎活下去。换了我，也会这样么？

在我犹豫着要给他倒水时，婆婆冲进来，手脚麻利地倒了水，顺利地喂下去，并示意我可以回去了。我一言不发离开了。

这是第一次婆婆没有对他说，某某来看你了——某某是他曾经很器重的大儿媳，也是我第一次离开时没说我走了你好好休息哦。这天夜里，我乱梦如云，梦见他走了，半夜悚然惊醒，吓出一身冷汗。第二天一早，还在睡梦中，就被告知，他走了。他走了。那一瞬间，我竟没有悲伤，而是松了一口气——他终于解脱了。

然后悲伤才慢慢涌上来。

一个反反复复交代后事唠叨不已的人，真的走了，却在睡梦中一言不发，安详，平和。他，真的割舍了？

二

鲁迅在《祝福》中写道："旧历的年底毕竟最像年底，村镇上不必说，就在天空中也显出将到新年的气象来。灰白色的沉重的晚云中间时时发出闪光，接着一声钝响，是送灶的爆竹；近处燃放的可就更强烈了，震耳的大音还没有息，空气里已经散满了幽微的火药香。"

此刻，我宛若一粒浮尘，飘荡于烟花爆竹制造出来的幽微的火药香里。时间是2015年大年初一，今日雨水。从昨晚开始，爆竹声就没停歇过，时而稠密，时而疏落。夜晚下了雨，街上只有寥落的行人。地面反射着街灯的冷光，清简，意兴阑珊。在灰蒙蒙的水墨写意中，小城的祝福声辽远而空旷。

这样的祝福声，有些人，永远听不见了。"春天散步，夏天看海，秋天数落叶，冬天飘雪……我向来不喜欢去做选择，因为选择总是有得有失，只是我不知道什么该舍什么该留。"这些话被写在电脑上，时光定格在2014年8月13日。写这些话的女孩在那一天与世长辞。这天原本是我去看望她的日子，上午八时许，未及出发，就传来噩耗。那一刻，我跌坐在书房的椅子上，久久不能动弹，打开的电脑页面上，她正笑容明媚地立于我的QQ好友上。就是那时，我将她的签名复制下来，作为一个只有我自己知道的念想。作为她的刻板的语文老师，我一直以为，"冬天飘雪"与前面的内容不搭，缺失了人的主体性，几次想提醒，转念一想，何必那么计较？不过一种心情罢了。现在她已像冬雪消融了。记忆却固执地停留在2014年一个春日迟迟的午后。那一次我去看她，我们漫步在她家乡田野上，山风淡淡，树木葱茏，蓝色的鸢尾花开满田埂。彼时她正谈着一场旷日持久而不被看好的恋爱，我正遭受着家庭变故带来的疼痛。我以一个饱经沧桑伤痕累累的过来人的身份，与她推心置腹语重心长——只要彼此珍惜共同努力，一定能在贫瘠土壤上开出爱的烈焰来。

光阴无情，只给她短暂的生命，短得来不及开始她的幸福。她说她不愿意选择，事实上她根本没有选择的机会。无情的病魔吞噬掉她年轻的生命。这令人哀伤。她在Q上纪录最多的是忙碌之后的欢愉，没有抱怨，只有不停劝勉自己，要努力要拼搏。作为一个刚毕业两年的年轻的部门负责人，她有强烈的急迫感责任心。生病大半年，她只字不提。阳光，热情，朝气，向上。就是这样一个美好的人，老天把她收了回去。

2015年元月某日，一条留言从QQ上蹦出："二月中我要去看潭渊。"是白鹰，是久未联系未曾谋面的网络文友。我的心立刻摇晃起来，像喝醉的人站立不稳。他说得轻巧。是谁说过，世间的所有相遇，都是久别重逢？潭渊，白鹰，我，我们从未见面，却熟稔得像一家人。这种感觉很难用文字描述，也许是缘于我们在画林共同奋斗过，缘于由文字带来的心灵上的相通？2004年夏，我曾打算到北方旅游，顺道看望潭渊，也拿到了潭渊的小灵通号码。结果行程一再改变，潭渊烦了，问，你到底要去哪？那一次，我们只抵达北京，离哈尔滨很遥远，最终没能见上一面。白鹰跟我一样是南方人，却有着浓重的北方情结，他无数次跟潭渊提及要去哈尔滨，这个小我们一轮多的年轻人，也没能赶上见到潭渊一面。潭渊在2008年秋天，给自己的生命画上一个忧伤的句号。而当年跳来跳去桀骜不驯的那只鹰，终于成长为一名貌似老成持重的小有名气的语文老师。白鹰做了我们做不到的事情，为潭渊的女儿操心出力，在冰天雪地的季节去看望北方以北的朋友，了却一桩夙愿。

多年不曾提及潭渊，他是我内心的一个隐痛。2003年9月，他在我的视野里彩虹一般出现，直至2008年秋天（也是9月吧），一个鲜活的生命戛然而止，我走过生命中最荒唐最狂乱时光。作为大哥般的人物，作为我的倾听者我的精神牧师，目光犀利擅长条分缕析的不乏理性光芒的潭渊，明察我的困顿，洞悉我的内心世界，在他面前我是透明人。无法遮羞无处躲藏。在论坛上并肩作战的日子，我们互相陪伴一起走过长长的岁月。我们知道他有心脏病，知道他病得很重，是后来的事。到了后期，论坛凋落，博客崛起，大家七零八落，纷纷离散，消息渐杳。终于有一天，在意识到他没有更新空间里的小说许久了，打开一看，网页上满是悼念他的文字，才悚然惊觉，他已离去多时。此后的事不想回忆，据他QQ上朋友所言得此大致轮廓——他性格的多重，生的迷惘死的恐惧，则完全是另外一个人，跟我记忆当中的潭渊毫不相干。

我回白鹰：一晃多年，替我问候他吧。仿佛不曾离开过，我们在落英缤纷的水之湄，久别重逢。

年复一年，时光疾驰而过，悲伤也好欢乐也罢。才记得街边梧桐阔大的叶片铺满细碎的阳光，转瞬变成风中飘零的黄叶，落下又旋起。走在通往学校的小路，不悲不喜，无忧无惧。人生之路已走到中后期，还有多少光阴可以任我挥霍？岁月无常，明明才鲜花着锦烈火烹油，转瞬就风狂雨疾落红无数。这一条上班必经之路反反复复地走，走了二十多年，看了二十多年花花草草。还有多少年可以走？还有多少春色如许供我消遣？泡桐高大壮阔，桂花总是香气逼人，鞭炮花泼墨般飞泻。还有那些无名小花，春天时总是蠢蠢欲动，爬满地面。华枝春满，天心月圆。经历人生种种不堪之后，当空气中流动着细若游丝又无孔不入的花香，隆重宣告一个季节的出场，内心依然会有悸动，会有一丝惊喜战栗般闪过。生命的悲伤抵不过一次路遇的花香。自然界的美无坚不摧，会消融任何难以逾越的苦与痛。尽管那些苦与痛，深潜心底，石沉大海，无声无息。

三

客厅的报春兰幽幽绽放，墨绿的叶，褐红的茎，淡黄的娇憨可人的花蕾。又是一年春来时。季节的更迭不再令人喜悦。没有什么是抓得住的。白驹过隙，岁月倥偬，小城浓重的年味给人的是绵长的惆怅。

坐在书房渐渐黯淡的日光中，此情此景，仿佛回到十多年前，那个十指翻飞鱼儿一般游弋在网海里的春日午后。时隔多年，我日渐衰老的双手已经打不出像样的句子，那些行云流水般美妙诗意的心情早就不知去处，心粗粝得起了老茧。那个被称为长不大的天真到可耻的女子不复存在，生活给了我一个响亮的耳光，“啪”的一声之后，我从云端里栽下来，从此接了地气。

其实，我羞于承认，回想起来，在网络横冲直撞无病呻吟的那些年，是我一生中难得的幸福时光。从过去到现在，我都是一个心比天高命比纸薄的人——不是所有的红颜都有资格说薄命呀。或许缘于这种不甘，我开始了笨拙的叙述，成为网络上无数个叙述者之一，成为最底层最草根的写作者。那些写给自己的苍白矫情的文字，那种纯属私人的写作，在层层淤泥中挖一个孔苟延残喘的感觉，无数个夜静如水时酣畅淋漓的倾诉，至今已经模糊，但我始终相信，在我寄居的偏远的南方小城，在这个令人窒息的穷乡僻壤，我

就是靠着这些，度过最初的精神荒漠期。

当年作茧自缚的困惑与迷惘，早如青烟消散无踪。轻飘飘的东西总是容易逝去，留下来的只是沉重，只有沉重，重到难以承载。十几年过去了，存在感依然是我苦苦追寻的命题。看顾长卫导演的电影《孔雀》，张静初饰演的姐姐骑着自行车拉着降落伞在闹市里穿梭的那段令人震动。我以为那是姐姐梦想破灭后最后一次挣扎，最绝望，也最激烈。迎风鼓胀的降落伞是姐姐一生梦想唯一的一次绽放，是暗夜里绽开的墨色花朵。疯狂之后就是妥协，就是卑微地活着。不是所有的人都可以选择决然壮烈的告别。我们迟早都会被生活招了安。生活总阴差阳错，生活就是把你的梦想击破的过程。

然而，梦似乎没有彻底破裂。我彷徨在梦与现实边缘。生存还是毁灭，忧郁王子日夜都在思忖，都在煎熬。我无法坐视不管，无法做一个饱食终日无所事事的人，无法任岁月在我的额头荒芜，无法接受一个一眼看得到尽头的死水微澜的人生。如果不是家庭变故，我依然在虚无中沉溺，在沉溺中忧伤，在忧伤中徘徊，并且无限放大个人的不幸。最亲密的姐姐曾经是我最坚决的反对者。最初，她无所不用其极，用最大的嘲讽，最刻薄的言辞，试图阻止我对文字的沉湎，以及码那些风花雪月无病呻吟的东西。在她看来，那些东西狗屁不是。她不忍心眼睁睁看我将自己放逐到一场无休无止的流浪中。作为一个勤勉的严谨的笃信实践出真知的理科生，因为我，她甚至有种偏见，以为文科生都是白痴。在她严厉的监管之下我战战兢兢，可仍执迷不悟。很长时间之后，我才渐渐得到她的认可。我怀疑这个认可其实更多是无奈，就像对于一个病入膏肓的人，拿他（她）没辙。

姐姐终于撒手不管了。她没有力气管了。现在她真正成了一个“病入膏肓”的人了。写到这个词手不由自主颤抖了，心里莫名剧痛。2002年夏，姐姐学校组织体检，她给检出一种不可逆转的疾病，晴天霹雳，从此我们家就处于愁云惨淡中。姐姐的病犹如一根刺扎在每一个人的心上，稍一动弹便疼痛不已。有时三五好友正纵情欢乐，我会陡然收住笑容。来自良心的谴责令我无地自容——姐姐病得那么重，我还笑得出来，我还是人么？

长达十几年的与疾病长跑，姐姐身心俱疲，我们爱莫能助。2014年元月3日，在漫长的等待之后，姐姐终于等到肾源，做了移植，我们长吁一口气，以为好日子就要到来。殊不知，这才是噩梦的开始。手术成功了，每一步都战战兢兢地走过，眼看大功告成，岂料事情急转直下，姐姐每况愈下，情绪越来越焦躁，直至完全失控，将自己逼进暗无天日的地狱中。长期的药物维持，身体各个器官均遭严重损害，即便医生也已无能为力，只能日日夜夜忍受那种身体上的痛，以及来自心灵的更大的疼痛。出院以后，姐姐把自己关在屋子里，那些漫漫白昼与长夜，如何挨过？

林语堂说，一个人彻悟的程度，恰等于他所受痛苦的深度。先生的一念之差，致使我们家陷入困顿，我挽狂澜于既倒，苦苦支撑着风雨飘摇的家。家庭变故暂时让我的精神困惑退居二线，姐姐的病雪上加霜，彻底让我从浪漫主义路线回归于残酷的现实。没有姐姐的吐槽，我本可信马由缰肆无忌惮。姐姐再也不会看我写的东西，极其衰弱的体力不再允许她接电话或者看电视，更遑论看我写的东西。

事实上，有两年时间我几乎只字不动。我在崩溃的边缘挣扎无暇考虑写字的事，我甚至憎恨文字，是它们加害于我，令我走上一条不归路。如果不是过于沉湎，在悲剧降临之前我不至于如此后知后觉，我原本有能量去阻止家庭变故的。我警告自己——珍爱生命，远离文字。

如今姐姐已陷入疯狂，她每时每刻都在暗示我们，她的生命即将走到尽头。她不可自拔，整天想的就是她走后她心爱的儿子怎么办。虽然我知道她是一个彻头彻尾的悲观主义者，可我是那么恐惧。我知道，总有一天这会成为现实，我多么惧怕这一天的到来，又多么无力，这不可抗拒的命运。

我终于摆脱饱食终日虚度年华的罪恶感，从此像一只辛勤的蚂蚁，进进出出忙忙碌碌，谨小慎微，卑躬屈膝，为五斗米折腰。我不知道，我是更喜欢现在的自己，还是过去的我？或者说，我从来就没有喜欢接纳过“正在进行时”的“我”？我网络上的朋友，已故的潭渊，正当盛年的白鹰，他们会想到飞鱼也有今天么？会更喜欢哪个飞鱼？

从1985年到现在，从高中到大学，再到大学毕业归来，从年少轻狂到雾霭沉沉的中年，三十年过去，我蛰居的这个小城没有太大变化。街道还是街道，人来人往，依然操着我听不太懂的方言，也没有几栋拔地而起的摩天大楼，小客机从屋顶上轰然飞过，仍是发出令人烦躁的巨响。一座小城，格局早已形成，即便骨骼饱满血肉鲜明，注定也只能是一座小城。不同的是，我似乎不像过去那么嫌弃她，好像一辈子只能拥有糟糠之妻，再嫌厌也只能敝帚自珍。而一辈子有时就是一转眼的时间罢了。

四

一年过去了，陆陆续续写上这些字，都已经忘记在何种情况下写的，一味难受，一味词不达意，憋着一股恶气写，不敢指望能写好，只要能写下去，只要能恢复书写的能力，不管写成怎样，都是赢了。我没有想过它们会是怎样。出于一种本能，出于生的需求，再不写，我就要窒息。多年前我也曾说过这样的话，写字是我对生的一种抗争，不甘平庸，不愿堕落，从层层淤泥中挖一个小孔，苟延残喘。现在想来，我断断续续写了这么一堆字，究竟怎么就能证明自己不平庸不堕落？唯一说得通的就是，写，给我一个情感通道，一个出口，让淤塞于心狂乱不堪的情绪得以释放，这是一个心智不全的畸零人唯一可以做到的事，或者换句话说，因为写字，我才不至于疯掉。

没有打开电脑之前，我就知道这是残篇。有一个我无法触及的名字一直压在心里，我误以为，我没有写到她，我的老姐。当时我一直延迟着没有写完，因为不忍写到老姐。这些文字从去年冬天写到今年春天。也许在哪个惆怅的午后，我从昏睡中醒来，坐在电脑前，内心的驱使令我一鼓作气，将原本要浓墨重彩书写的老姐的那章，潦草轻飘地带过，我肯定是受不了，从去年一月开始，从老姐手术开始，我们就生活在愁云惨淡中，生活在绝望的深渊中。

两个月了，无数次想着打开文档，想把老姐这一笔补充完整，陷于瘫痪与崩溃状态的我，无数次地逃离。有一种痛只有你自己知道。无法分担，无法释怀。两个月了，老姐的突然离去日日夜夜折磨着我。那么沉重的秘密，那么不可原谅的自责与懊悔，我在煎熬中度过。只有求助时间，让时间减缓疼痛，让时间稀释悔恨。

我以为，老姐的离开我有着不可推卸的责任。我以为，原本我可以留住她，我没有尽到自己的力气。在一个个被失眠摧残的夜晚，悔恨像无数只蚂蚁爬满全身，一刻不停歇地啃啮我，直啃得形销骨立，直啃进骨头缝骨髓间。在这些不眠之夜，我一次次问自己，为什么要让老姐放心离去？老姐那么担心她的宝贝儿子，为什么要一次次向她保证，儿子会没事的，不要焦虑。为什么要跟她讲法国电影《爱》？为什么要告诉她，有一种人宁可有尊严地死也不要像动物一般苟活？这些是不是给她某种暗示？为什么要跟她打赌，她一定能活过今年？我的这些所谓的安慰，现在看来愚蠢之极。

公公病危前种种不堪的迹象，令我揪心。一直担心老姐，总有一天也会走到形容枯槁的那一步。暑假那些日子，我陪伴在她身边，看着她艰难地吃药、喝水，看着她颤巍巍地做这做那，心情异常难受。那时候她的尿量很少，体重却一直在减，曾经饱满有力的小腿肌肉日益萎缩。脸还是肿，却比过去瘦了许多，这都不是好征兆。换药无果，换医生无门，在那些炎热的日子，跟着她东奔西跑了几回，开始心里还喜滋滋的，至少她可以出门，而不是终日锁在屋里不见天日。终于她跑不动了，最后一趟福州之行，令所有期待化为泡影。雪上加霜的是，连日劳累，她感冒了。这最后一趟就医令她彻底看透，看一次医生就严重一次，进一回医院就早死一天。她已经绝望了，并且打定主意，拒绝再次住院。

从来没有想过，想象中的那些不会出现。从未曾料到，姐姐会以这种方式离开。

看我痛不欲生，有人安慰，一切都是命，她逃不过这个劫。

真的是命定的么？

噩梦一般的记忆。

灼痛依然。

无法言表。

今天是公公一周年忌日，姐姐离世也两个月整。同为29日。十个月之内，我相继失去两位至亲的人。

我发现，依然无法完成，这，注定要成为一个残篇。

生活还在继续，我们依然活着，活得疼痛，活得疲惫，活得忍辱负重生不如死。

可是，还活着。

就得继续。

人在草木中

慵懒的夏日，于阳台上百无聊赖无所事事，猛然间发现脚下一盆兰花居然萌出一支新芽，惊喜不已。再细看，两支、三支、四支、五支，一共有五盆的兰花冒出坚强的新芽。其中一个花盆“三年看盆”只剩下一抔黑土，竟然羞怯地从土里冒出一个芽来，简直叫人不敢相信自己的眼睛。它们看起来生机勃勃，初来乍到，就有一副凌厉气势，所向披靡，无所畏惧。这些七零八落的兰花，因为奄奄一息，早已成为旧爱，被打入冷宫，堆在阳台一隅，只是浇花的时候因为怜悯施舍一点雨露，没想到它们竟然气势汹汹卷土重来。

这个世界，许多人就像我种的这些花草，低到尘土里，然而从土里开出花来。

我住的房子很老了。脱落的墙灰，破裂的木地板，形迹可疑的窗台，陈旧破败的气息恣肆弥漫。然而，因为这些花草，因为盘踞于家中的两棵树，我自得其乐不知老之将至。

有一段时间，我逢人便说，到我家看树吧我家有两棵大树呢。对方往往会一愣，末了忍不住哂笑。看树？树谁没见过？何况种在家里，能有多好看。没关系，虽然我脾气不好，这个时候却表现出足够的修养。在这件事上，我很洒脱，一贯自卑的小姿态在这里消失殆尽，我依然乐滋滋逢人便邀。犹如请人家赴一场豪门盛宴。

鲁迅说，在我的后园，可以看见墙外有两株树，一株是枣树，还有一株也是枣树。我要做一个拙劣的模仿，在我家的客厅里，有两棵树，一棵是招财树，另一棵也是招财树。招财树是一个恶俗的名字，其实它们有一个好听的学名叫瓜栗，瓜栗原产墨西哥至哥斯达黎加地区。木棉科，瓜栗属。喜高温多湿和阳光充足，不耐寒，怕强光直射，较耐阴，有一定耐旱能力，土壤以肥沃、疏松的壤土为好，耐修剪，冬季温度不低于10℃。我家的客厅条件刚好吻合它们的习性。这两棵树先后移居我家，如今长达三年之久，树叶也由原先稀疏平常到现在枝繁叶茂，直冲屋顶。种这两棵树的时候，正值人生的低谷期，颓废至极的我，日日躺在树下看书，老是想起鲁迅后园外面的枣树，想起鲁迅在大革命失败后有段时间很消沉日日在杨树下抄碑文消磨时光，叫做“吊死鬼”的冰冷的虫子怎么掉进脖子，这样想着我便觉得自己的颓靡有了悲壮的意味。其实一个是家国情怀，一个家长里短，相差几个光年，怎能相提并论。真的唐突先生了。

腰椎颈椎不好的我，每天回家躺在树边的沙发上看书，成了我居家样子。有时看书累了，抬头看看绿意盎然的树，看看黄绿间隔的窗帘外面的蓝天，无边的自在惬意就像潮水一样漫过来，直接将我湮没。暮色降临，客厅的光线黯淡下来，随手拧开专门为看书设置的小台灯，一灯昏黄照在书上，温馨熨帖，书里的故事便有了怀旧的味道。若恰逢夜雨敲窗，凉风拂面，树叶窸窸窣窣，那才叫一个美。有时正看得入迷，噗的一声，一枝完整的枝干扑地而来。这是一种奇怪的树，不是一片一片落叶掉落，经常一整枝掉下来，把人给惊吓了。更喜人的是，有一天，家里居然飞进两只小麻雀，在枝头雀跃不已。后来小雀儿大概把这里当成家，每天都要飞进飞出，有好几只，叽叽喳喳，叽叽喳喳，吵个不停，这个时候我总是屏息静坐，生怕惊扰了他们。为此我还在窗台边放了两小碟米粒，一碟大米，一碟小米，小雀儿应该也是挑食的吧？

有一天夜里醒来，月光匝地，水波四溢，我被眼前美景震慑了，蹑手蹑脚走到窗前，想看一看李白笔下的明月光。不想突然一阵哗啦啦的笑声惊得我一时魂魄四散。再细听，原来是树叶哗啦啦地响。哎，原来树们是不用睡觉的，也许它们刚刚在开会，讨论到什么好玩的事，朗声大笑起来。或许它们瞧见我这个鬼鬼祟祟半夜不睡觉的人，想吓唬我一下。

如果这样，那还了得！我又窘又怒，与它们朝夕相处耳鬓厮磨，竟然还养不熟。

母亲来了，看见我这两棵奇怪的已经蔓延至三分之一客厅的树，无比嫌弃。她皱着眉说，哪有客厅种树的，光线不好，夏天到了，招蚊虫……我不等母亲说完，就放下脸来。别的事情可以，唯独这个，不行。母亲知趣地闭了嘴。她在我家里住了大半个月，有时忍不住，又叨叨几句，我充耳不闻。苏轼曰，宁可食无肉，不可居无竹。是的，我就要附庸风雅一回。况且这个旧迹斑斑的老房子，如果不是这些草木精灵，怎么抚慰得了惆怅的心？房子到处都是绿植，以绿萝为主，爬得到处都是。随便清水一养，便纵横捭阖攻城略地去了。

母亲走了，我开始要自己洗衣做饭。我看到阳台上洗衣池里多了一块洗衣板，这个洗衣板是母亲估摸着我家的洗衣池，从外地带来的，型号偏小，因此又捡了一块砖头垫在一边，勉强横亘于水池中央。原先家里的洗衣板已经被我拿来架在阳台的拐角上，上面摆放两盆花，三角梅。那盆从老家带来的三角梅长得异常繁茂，把原先横在三角位置的那块木板压垮了，我灵机一动，将水池里那块厚实的洗衣板垫上救急。这一垫就是几年。阳台边还立着一块厚实的长条木板，不知母亲从哪里捡来的，母亲说，这块洗衣板也撑不了多久了。这几年我把这种废物利用的技巧发挥到极致。锅铲用来松土，精致的青花瓷汤盆用来种金钱草，烤箱的黝黑的烤盆衬住菱形的花盆正好可以放在三脚架上……每一次的发明创造都令我开心不已。我是个愚钝的人，日子过得磕磕碰碰，骨子里厌恶俗务，而人却是俗人，吃喝拉撒，一样落不了。

也罢，就这样日日蹉跎，沉湎，沉沦，深陷花草之中不可自拔，将自己囚在亲手砌起的围城里。

乱弹

薄　艳

当关于桃花的谣言如春水泛滥，在小城蔓延，撩拨得人蠢蠢欲动时，我们终于邂逅了一片小桃林。

劈面惊艳。这是彼时我所能想到的词。正午的阳光洒下金粉，所有桃花停止喧哗，扬起脸，笑意生动，接住来自几个陌生女子的膜拜。

目光在桃林间流转，花瓣薄如蝉翼，枝干扶疏可入画。桃树下蔓草丛生，淡白与粉红的花瓣，零落成泥，点缀其间。花开堪折直须折，伸手去折离自己最近、花朵最为繁复的一枝。花枝被人一摇，一簇簇桃花，宛若栖在枝头的粉蝶，受了惊吓，一只只飞走了，一时落红无数。枝条却不离不弃，嗤啦一声，扯下一大截红褐色的树皮，才算了断。将桃花拿到鼻子底下嗅了嗅。极淡的清香。边上有人一问一答：

知道桃花为啥不香？

不知。

因为她开得太艳。

哦。

拈花不语，沉吟良久。端详眼前的桃花，想到两个字：薄，艳。如此单薄的身子，怎承受得起那份浓艳与热烈？在赏读桃花的风流婉转时，有谁怜其单薄与伶俜？

说起桃花，就绕不开爱情，桃花的花语是爱情的俘虏。“桃之夭夭，灼灼其华。之子于归，宜其室家”，在桃花盛开的时候，将“俘虏”娶回家。这是最丰盛的桃花，也是最完美的爱情。更多的桃花则写满爱的忧伤。崔护的桃花诗，千回百转，怅然若失：“去年今日此门中，人面桃花相映红。人面不知何处去，桃花依旧笑春风。”不过一载时光，那惊鸿一瞥桃花般的女子，竟渺渺不知所终。桃花终究过于单薄，无法承载哪怕一年的思量。

对于桃李的薄艳，想必林黛玉深谙其味。花谢花飞，红消香殒，有谁

堪怜？一个才惊四座、貌若天仙、傲骨铮铮的少女，在贾府过着寄人篱下的生活。以她不染纤尘的诗心，怎躲得过世俗的风刀霜剑鸡零狗碎？在险象环生暗流汹涌的环境里，遇上与她一样痴的情种贾宝玉，她该如何捍卫自己的爱情？她憎恨那自芳菲的柳丝榆荚，凭借自身优势，善于藏拙，不管桃红李白，不顾他人死活。一曲《葬花吟》如泣如诉，将苦命少女的命运和个性融合在一起，酣畅淋漓，勾人眼泪。葬花葬人，花落人亡。《葬花吟》实际上也是隐示林黛玉命运的诗谶。她如一朵薄艳的桃花，于早春季节悄然绽放，狂风骤雨袭来，转眼从世间消失。这是一朵花的命运，也是一个女子的命运。连贾母都叹，黛玉身子骨太弱，不适合做孙媳。其实《葬花吟》不单是黛玉一个人的诗谶，也是大观园群芳共同的诗谶。她们才情横溢，俏丽芬芳，尽管各自遭遇不尽相同，却无一例外以悲伤来句读，她们都是在“薄命司”注册的人物。一个“薄”字看得心惊。所谓“千红一哭”“万艳同悲”，过于艳丽的东西，到底是无福消受的。

桃花的薄艳，常随悲壮而来。一朵轻柔的花，却力透纸背，惊天动地。“舞低杨柳楼心月，歌罢桃花扇底风”，李香君，秦淮八艳之一，一个诗书琴画歌舞样样精通的角儿，一个在暖暖软软的香风中，熏出一身硬骨头的奇女子，一个将爱情、人格与民族气节看得重于泰山的女中豪杰。她的传奇人生，她与明复社四公子之一风流倜傥的侯方域的爱情故事，说起来可谓家喻户晓。据说李香君身边时时带着一把绢扇，扇面是洁白的素绢，上面桃花灼灼，故称之为“桃花扇”。说起桃花扇，还有一个荡气回肠的故事。当年翩翩少年侯方域流连于秦淮楼馆，说诗论词、狎妓玩乐时，与李香君一见倾心。当侯方域终于抱得美人归，二人两情缱绻你侬我侬之时，世事无常，侯方域的仇家奸诈小人阮大铖重新得势，为避免遭迫害，侯方域仓皇出逃，丢下李香君一人。阮大铖趁机陷害李香君，在阮的怂恿之下，弘光皇朝的大红人田仰大张旗鼓前来迎娶李香君做妾。在此种情况下，李香君以死拒婚，血染桃花扇，壮怀激烈。至此，桃花扇的含义昭然若揭，原来这扇面上的桃花，并非染料所画，而是以李香君的鲜血写就，凝结着她对爱情的渴望与忠贞，以及威武不屈的刚烈性格。

桃花扇的故事说完了，关于桃花的传说也到了尾声。一个男人在爱情面前落荒而逃，总让人有些鄙视。关于李香君为爱而战结局，有几种版本，出家也罢，为妾也罢，没有见到侯方域最后一面也罢，无论如何，一朵鲜妍的桃花，终于湮没在时光的尘土里。

翻开历史书卷，美艳如斯，薄命如斯，岂是一时半会说得完？

花　凋

我的花凋，与张爱玲一点关系都没有。

学校花圃几株三角梅,不知从哪一年起，缠缠绕绕浩浩荡荡，扑到办公楼的窗棂，一路向上，向上，一直蔓延到三楼。春末夏初，花朵灼灼，洋洋得意地举起片片燃烧的旗帜。

路过这里，忍不住要慢下脚步，在疯长的三角梅前驻足谛听，耳畔分明是喧腾的声浪——我要生长！我要开花！

办公楼一楼是文印站。宽大的窗户被三角梅密密实实地遮盖着，从里面看出来，绿意幽然。候在那里等材料，透过光线幽微的窗口凝视三角梅，恍惚时光倒流，回到唐朝。小小的文印站宛若深闺女子，隔着春天与岁月，宫花寂寞红。人不觉愣怔一下。错愕之后，幽怨总归幽怨，还是明艳艳热辣辣地喜欢这一片景观。因惊羡这一片花海，连带着羡慕在窗口下工作的打字员。每天在如诗如画的绿藤萝下敲击键盘，说不定每一个字都灵性十足，染上诗意。

有谁料到，这一片诗情，在某一个早晨，被毫无征兆地、粗暴地截断了。望着那一大片纠结于地的藤蔓，心痛不已，我失口喊道：为什么要砍三角梅？声音被寂静吞没。花匠一言不发，眼神空洞，挥着利刀，嚓嚓嚓嚓，手脚麻利地收拾着残枝败叶，再用拖车将它们一车车拖走。花圃很快就被整理得一尘不染。我呆在那里，眼睁睁看着曾经欢笑喧哗的三角梅已成幻象，只剩下一个个碗口粗的树墩，蹲踞在那里，像退潮后沙滩上苟延残喘的鱼。

将三角梅砍断，或许是植物的生存规律，可这样腰斩我已经看了无数年的美景，终究令我伤感。打一个不妥的譬喻，就如好端端的，要将未名湖请出燕园，一样令我不解。我们学校因为扩建，已几乎将所有的树斩尽杀绝。这一片伴随我多年、给我无限诗意与温柔幻想的三角梅，竟也逃不过此劫？

季羡林先生说：“我是一个没有出息的人，经常为一些小动物、小花草惹起万斛闲愁。”他会为一些小猫小狗小花小草流泪叹气。当年燕园那一棵古藤的灭亡，在季老心灵引起的悸动，是旁人难以理解的。我自以为读懂了他，读懂一位老人对于一棵藤的敬意。花鸟虫鱼也是生命，尽管这些生命多么卑微不堪一提。

据说有一个人为了捍卫一棵树的生命，长年累月居住在树上，不让人将其砍倒。因为这一举动，我对这位平凡的人肃然起敬了。

春寒料峭，最难将息。三角梅刚挨过严冬，元气尚未恢复，等不及盛放，就被砍得只剩一个个光秃秃的树墩。要等多久，它们才能迎来波澜壮阔的花海？而受过伤的生命，还能完好如初？

写到这里，我想其实我的花凋还是与张爱玲有关。张爱玲的《花凋》写一个女孩子的青春与爱的凋谢。生命的悲凉不仅来自不能逃脱的疾病、死亡，更来自于亲人的冷漠、自私。张爱玲用手中那支犀利的笔，剖析了人生的诸多疼痛悲哀，展示了作家的人性批判深度和生命荒凉感受。然而，她的生命又何尝不是一种凋谢？她在最富盛年最具才情的时候，却移植在没有营养的异国他乡。虽然生命没有完结，可是艺术才情已消失殆尽。那才是真正意义上的萎谢。与她同命运的，还有许许多多才华卓著的大作家大艺术家们，真叫人扼腕叹息。咳，不说也罢。

水 问

古代有个叫许由的人，心性高洁，厌恶官场。尧想把帝位让给他，他不肯，连夜逃走，隐居不出。尧又派人去请他，说不接受帝位也行，就出来当个“九州长”吧。许由听了这话，立刻跑到颍水边，掬水洗耳。许由的朋友巢父也隐居在这里，正牵着一条小牛来饮水，看见许由拼命洗耳朵，好生奇怪，便问许由干什么。许由就把事情告诉他，并且说，我听了这样不干不净的话，怎能不赶快洗洗我清白的耳朵呢！巢父听了，不仅不表示赞许，反而冷笑一声，责怪许由在外面招摇，造成名声，完全是自找的。还洗什么耳朵，别弄脏清溪玷污他家小牛的嘴！说着，巢父牵起小牛，径自走向水流的上游去了。

听完这个故事不由大乐。许由洗耳的这个举动，未免有些做作，按如今说法，就是作。不管故事是真是假，可以肯定的是，当年的颍水是澄澈的。要不许由也犯不着大老远从箕山跑下来洗耳朵，以标榜自己的清白。其实古代的河水基本是澄澈的，这个《诗经》可以佐证。《诗经》很多描写水的诗句，都彰显水之清澈无瑕。譬如《伐檀》“坎坎伐檀兮，置之河之干兮，河水清且涟猗”，直接告诉你，河水是清澈的，并且波光潋滟。还有《蒹葭》“蒹葭苍苍，白露为霜。所谓伊人，在水一方”，这条河流一定也是干净的。著名学者、西北师大教授赵逵夫说：“这首诗描述了牛郎隔着河追寻织女的情形，伊人指织女。”他还说，在西周时期，甘肃东南地区的植被条件非常好，河流纵横。西汉水是这一带的主要河流，《蒹葭》这首诗中的水，应该是西汉水的上源。试想如果河水浑浊不堪，伊人再美，一想到这条河，牛郎恐怕美感顿失，再没心思追寻。再有《关雎》，“关关雎鸠，在河之洲。窈窕淑女，君子好逑”，这河想必也是清澈见底，两个人在臭烘烘的水边是擦不出爱的火花的。

苏轼笔下的赤壁水是清洁的，“乱石穿空，惊涛拍岸，卷起千堆雪”，如雪晶莹剔透。辛弃疾笔下的清江水是清洁的，“郁孤台下清江水，中间多少离人泪”，那是离乱之人晶莹剔透的泪珠。白居易笔下的春江水是清洁的，“日出江花红胜火，春来江水绿如蓝”，春天的江水绿得发蓝，又是那么清澈纯洁，宛若不染尘世的初心。

以上所有联想，缘于一个名叫“芷溪”的村落。此刻，我正在村庄那条著名的小溪边彷徨，对着冬日连天衰草一片污浊而惋叹。芷溪，因溪流两岸长满芷草而得名。岸芷汀兰，郁郁青青。曾几何时，人们还在迷恋着这样的神话，而芷溪却在不知不觉中丢失她的美好。河床变浅了，河水浑浊了，垃圾到处都是。沧海桑田，世事变迁，曾经活力四射、繁华富庶的黄金时期，宛如一个不堪回首的旧梦。一条河流的枯涸，一段文明的凋落，又何止是长满白色芷草的一条小溪。

突然又想起屈原，屈原第二次被流放，史书这样记载：“屈原至于江滨，披发行吟泽畔。”可以想象屈原当时一个人披头散发，像疯子一样在汨罗江畔徘徊，口中念念有词。他说“安能以皓皓之白，而蒙世俗之尘埃乎”，屈原说完这句话，就怀抱一块石头，自沉汨罗江。形色憔悴，形容枯槁的屈原太爱干净，他是一个具有精神洁癖的人，宁肯葬身鱼腹，也拒绝藏污纳垢。如果当时汨罗江是浑浊的，我想屈原是万不肯自沉的。而今，如果有像屈原一样爱干净、不愿意与世俗同流合污的人，到哪里去寻一条清洁的江河自尽呢?

这到底令我惦记起古书里的河流了。

忘 我

《红楼梦》里贾宝玉的确有些痴。他看见燕子就跟燕子说话，看见河里鱼儿游动就和鱼儿交流，他体贴女儿们，自己被淋成水鸡儿，却一点感觉也没有，只关心那淋雨的姑娘，提醒人家赶快去躲雨。他对自然、对生命、对青春少女都是疼惜，是呵护，一心装着别人，竟到了“忘我”地步——他懂得天地万物当中任何生命都是宝贵的，唯独忘了他自己。

其实，即便是今天，能具有这样情怀的人并不多。在个性自由、崇尚自我的年代里，更多的人是“我”在当头，我喜欢！我愿意！

自我膨胀，个性张扬发展到极致，便是一种畸形的病态的自恋狂。左看右看，横看竖看，什么都不顺眼，都不美好，唯独自己最完美。全世界的人都围着你，地球也绕着你转。举手投足之间，顾盼生辉，自以为所向披靡，引无数英雄竞折腰。一回头，却发现观众纷纷走掉。哎，世界上不会有无缘无故的爱，亦不会有无缘无故的恨，天上更不会无缘无故掉馅饼，这等好事，砸不到你头上。

讨个没趣，哀叹愤愤不平之余，便开始腹诽。长此以往，日积月累，积郁了一肚子怨气，说起话来宛若怨妇，日日思君不见君，浩浩汤汤的长江水，也比不上你的怨恨多。这个时候，你不是痛定思痛，坐下来，对着自己的心，找准自己的位置——反而一味怨天尤人。

不自知的人往往容易迷失自己。因为不自知，越想把握住自己，就越容易丧失自己。越贪婪，就越永无餍足。被欲望与愤懑充斥着，恶性循环，生命粗劣不堪，生有何欢？

这个时候你似乎无可救药。幸好还有一个人会来救你。在你心为物驭，不堪重负时，你该涅槃了，凤凰涅槃，浴火重生。何谓涅槃？活着的人通过禅定方法不断地跨越过去的记忆，一直倒退至胎儿期记忆，这样一生的情感经历得以显现，从中明白自己的发展轨迹，进而果断地抛弃所有记忆即所有的情感——当然主要是引起痛苦恐惧的负面情感，进入虚空记忆。在虚空记忆的状态中，一切价值观没有了，被生存欲念搞得疲惫不堪的痛苦记忆没有了，一直以为我就是那痛苦的等式中的我即“旧我”消失了，而意外地发现我目前正处在一个全新的身心体验中，一个和胎儿期以后的生命截然不同的体验中。此刻没有可称之为有的一切。我活着，可以以虚空记忆的方式活着。这样便在活着的方式中，而不是以死亡的形式，找到了真正解脱的门径。

这个涅槃很好玩，仿佛电脑键盘上的退格键，一个字一个字往后退，一直退到文档的起始位置，退到无路可退时，所有记忆，刹那清空，纷纷扰扰的俗世转瞬成空，真是落了片白茫茫大地真干净。折腾来复折腾去，人生不过是场大寂寞，到头来了无痕迹。早知一切皆成空，努力吃饭，安静行走，多好。

有两个和尚比试道行，相约彼此入定之后把各自的心隐藏起来，让对方去找，谁先找到就算谁的道行深。其中一个和尚想方设法把自己的心藏得很隐蔽，但无论是藏入苍茫云海，还是深山大泽，都很快被对方找到，而自己却无论如何也找不到对方的心。事后对方说，你老是想着如何把自己的心藏起来，所以你的思想很快就能被我发现。而我入定之后什么也不想，自己也不知道我的心在何处，你又怎么能找得到。

这就是佛教的“忘我”，我等凡夫俗子，不妨一学？纵然不能深得其髓，偶尔也可以像宝玉痴傻一回，和花花草草、小虫小鱼说说话谈谈心，释放一下内存。如果愿意，你甚至可以撑一把伞，站在落雨的街头，假装自己是一朵蘑菇。

书 殇

他来的时候,我毫不设防。

他给我送样书，一套高三复习丛书。他是书商。我从一大堆作业当中抬起头，希望尽快结束谈话。这是他第三次找我。第一次我在外地开会，他到学校扑了个空。第二次，他在学校逛荡了一下午，打了无数个电话，彼时我正酒后酣睡，手机处于静音状态。当傍晚打通我电话时，他探听我家位置，希望亲自将书送过来。这绝对不允许，我还没傻到那个地步，轻易将家的地址告诉一个陌生人，尤其一个陌生的书商。于是我与他约定晚上学校见。

七点整，他如约而至。一个长相极其普通的中年人，操一口方言浓重的普通话。在他连珠炮式的话语中，我勉强听懂三点：其一他与我是本家；其二他们的书是好书，至于如何的好则完全没听懂；再者他是某某出版社的，即便我们订书没找他，找其他书商也一样，因为所有的书出自他们那里。

我打断他滔滔不绝的推介，我说你说的话我一点也听不懂，并且我们从来没订过这种版本的复习资料。这些书我会好好看，如果真的好，我会推荐。我的语气客气而冷漠，我不希望他抱有幻想。这些日子遭到书商的电话轰炸，不胜其烦，我已经拿到好几种版本的书，心里也有大致意向。粗粗翻了下他的样书，我想我肯定不会推荐。虽然，推荐而已，高三复习资料的订购是一项大工程，向来是学校公开招标。

他知趣地告辞，临走前，突然变戏法似的从手提包里拽出一本书来，说，这本书送给你。我有点惊讶，样书不都在我这里，难道是另外一本？懒得和他多说，我随口说好。他站着不走，意犹未了的样子。于是我忍不住问，这本书不是这些书里的吗？他说不是。然后他凑前来，压低声音，有些神秘地说，这里面有一千元，让你们吃个饭。我一听头都大了，赶紧说不行，那绝对是不行的，你拿回去。我一把抓起书，要塞还给他，可是他已经撒开双腿，像兔子一样跑开了。学生就在隔壁教室自习，我不好大声叫嚷。

我低声叫道，你回来，你不拿走我也会上交的。他一声不吭，只顾埋头猛跑。看着他像个孩子一样，仓皇失措地逃离，眼看就要消失在楼梯那里，我忽然有大祸临头的感觉。以他那百米冲刺的速度，恐怕只有刘翔追得上。意想不到的是，因为地形不熟，慌不择路，他居然错过最近的楼梯口。一个人就像无头苍蝇，在环形的教学楼里几乎撞了一圈，才找到离他最远的那个出口。这样我心安定下来，他逃不掉了。我迅速地从离我最近的那个楼梯口冲下去，在他就快离开教学楼的时候，大声地喝住他。他蒙了，也许讶然于我怎么突然冒出来了，居然停住了。我将书递给他，意志坚定地说，不行的，这个绝对是不行的。他叹了一口气，将钱从书中抽走，然后将书还给我。那一刻我甚至有点心软，差点就要说那我就帮你推荐吧，但话到嘴边依然是那句——如果好，我会推荐的。

重新回到休息室，我发现自己跑出一身汗，也许是吓出来的。

想起最近有个书商，从前在他那里买过书，事后几次想给我点好处，我特反感，连面都不跟他见。现在他又想做这笔生意，几次来电话，说尽好话，话语里颇有后悔当初没有将“好处”落实到位的味道。其实他的书不坏，如果不是鄙视其为人，我完全可以考虑再次推荐，虽然，说到底，今年会不会叫我们这些人推荐还是个未知数。

生存的竞争如此残酷，书商们无孔不入，连像我这样最底层的教师，都不放过。在商业化的社会里，一切以金钱为重，连最纯洁的书也被玷污了。我仿佛看见书们张着一双双忧伤的眼睛望着我。

千年蝉鸣

如果有一种声音令你心旌摇曳刻骨相思，那一定有某种玄机在里头。

譬如那年夏天我在太平僚听到的蝉鸣。

雨后初霁。在盘山公路上绕了无数个弯后，小车在一个地势开阔的山头停下。从车里探出身来，立刻被一种惊天动地摧肝裂胆的嘶鸣惊呆了。蝉，无数的蝉，铺天盖地的蝉，蛰伏在森林每一根树梢每一茎草丛每一个角落，正拼尽力量，不管不顾，扯开喉咙，大声嘶吼。长一声短一声，短一声长一声，此起彼伏，滔滔不绝，绵延不断。万籁俱寂，唯有蝉声，犹如惊涛拍岸，席卷而来，不可遏止，又如万马奔腾，浩浩荡荡，直冲云霄。我呆立着，心驰神往，不能自已。任凭这动人心魄的巨浪充斥于天地间，任它地动山摇，风云变色。恍惚间想起一个词：雨声如蝉。果真这样，那雨必是飓风裹挟而来的，极其狂暴，摧枯拉朽，无人可比。

敛神收容，抬头觅蝉。果然瞧见一只硕大无朋的蝉正趴在高大的树干上吼唱，它浑身乌黑，威风凛凛。从没见过这么霸气的蝉，盘踞天地睥睨万物。从没听过如此强悍的蝉鸣，隔离时空，垄断一切摧毁一切。这个时候，你什么也不能做，只有静静聆听；你什么也不能想，只有任这轰隆隆的巨响湮没你，在你心里激荡出千回百转的慨叹。

高亢，激越，无妄，天地间除了蝉的轰鸣，别无他响。飓风的中间，平静得可以放下一碗水。

是的，蝉的嘶鸣令人动容。当一个弱小的身体迸发出如此强大的声音，当一个卑微的生命不甘于命运的摆布，敢于大声鸣唱时，我们是不是该对这些渺小的生灵表达自己最崇高的敬意？即便这样的鸣唱只是收获一山寂寞的回响。

蝉，从来就是一个寂寞战士，又从来不甘于寂寞。当年骆宾王身陷囹圄，怅然写下《在狱咏蝉》，“露重飞难进，风多响易沉。无人信高洁，谁为表予心”，抒写患难之人苦闷的心声，明知危机四伏，却无力改变。借一只清白的蝉，和一点微弱的鸣唱，聊以慰藉。这是一只飞不高唱不响的蝉。落魄才子李商隐则用“本以高难饱，徒劳恨费声”，来发一发牢骚，排遣生平不得志的抑郁难平。这是一只吃不饱满腹哀怨的蝉。诗歌中最扬眉吐气的蝉，该是虞世南的“居高声自远，非是藉秋风”，好一个春风得意！栖高枝，饮清露，唱高调，传美名。人生何其爽！

然而，不管怎么嘶吼，蝉的鸣叫比不上大鹏展翅的气势磅礴，“鹏之徙于南冥也，水击三千里，抟扶摇而上者九万里，去以六月息者也”，多么令人震撼，亦无法与冲天一鹤的洒脱诗意相媲美，“晴空一鹤排云上，便引诗情到碧霄”，何等风流婉转。因此，蝉一直是以一个悲情战士的姿势，蛰伏于古典诗词里的。千年的嘶鸣，万古的吟唱，蝉只是不甘，不甘。它静静地，静静地，一直潜伏于久远的年代，只等某一契机，譬如某一个夏日午后，某一片渺无人烟的森林，刚好有某一个无辜路人路过，它就发出惊天动地的嘶鸣。这一鸣响，恰好与你的心灵契合，天地万物便为之变色。

人生如蝉，既然苦苦挨过多年黑暗光阴，才迎来灿烂一夏，就该放开喉咙高歌一曲，用最嘹亮的歌声，与命运抗争，纵然敌不过贫病交加，卑微如草芥的命运，纵然那只是一曲悲歌，也比空来世间走一遭，静悄悄地来，空落落地走强啊。至少这种悲吼，会令一个无辜的路人，魂飞魄散，刻骨难忘。

很多年过去了，一千年过去了，一万年过去了，唐风宋月下的庭院，仍然盛满了蔷薇与爱情，藤萝与诗意，和一夜一夜撩人心魄的蝉鸣。

秋天写意

踽踽独行在小街之上，一阵风袭来，旋起无数落叶，“袅袅兮秋风，洞庭波兮木叶下”，刹那间，小城宛如秋水伊人，被长风荡起裙裾，在秋天里翩跹。

一叶知秋。何况落叶无数。

秋，深了。

秋，在愈来愈浓烈的香气里飘浮，若隐若现。桂花的气息凝成一股硕大无朋的气流，校园、街头、陋巷，不管置身何处，那股幽香紧追不放，侵进肌肤，植入骨髓，香得刚烈、逼人。被巨大的香流裹挟着，浸染着，飘飘忽忽，如在云端。

风，却越来越凉。早晨打开门，风扑面，一个激灵，不胜风寒。可风不消停，它贴着你，在你裸露的手臂和脚踝间缠绕，像质感柔软的绸缎。走过街角，折进小巷，它又沿着脖颈，吱溜一声，钻进胸膛，鼓起衣襟，将你撑得像一只振翅欲飞的大鸟，令你好不惊心。

秋雨也来了，细细密密地，旁若无人地翻着、卷着，在你心上漫漶。伞沿的雨珠越聚越大，偶尔滴在眼里，滚落出来的，却是温润玲珑的泪珠。想起作家说过，那雨，不像落在地上，倒像落在心里。秋雨，分明是来勾引你的惆怅的。

秋花秋草，渐呈绵软的挣扎。花的陈香，草的微黄，都如不堪回首的陈年旧梦。回想春的葳蕤，拼命汲取阳光雨露，不管不顾地生长。忆起夏的荣光，拥有太多梦想，攒积力量无数，亦不管不顾，如火如荼地盛放。如今，那些饱满的，无处安放的激情，那写满荣光与梦想的花们草们，遁向何方？盛极必衰，衰飒的风景就在盛满中，凋败的种子早在繁花似锦时种下。

只有野菊，于郊野、荒村，独自伶俜。这菊，是李清照的《醉花阴》，瘦菊在握，暗香盈袖，赏不尽的凄美意味，留着把酒东篱。这菊，是林黛玉的《问菊》，孤标傲世偕谁隐，一样花开为底迟。借菊问己，遗世独立，叹知音难求。看菊，最不能到公园去。游人如织，各种各样的菊，姹紫嫣红，肥硕、臃肿，像脑满肠肥的官员，上演一场虚假的繁华，令人不忍卒看。

倚窗独立，望着窗外梧桐一天天泛黄，人便陷入一种无法言喻的低潮之中，一种漫溢不止的孤单之中。彼时，秋虫也缄默。静默之中，思想的野马开始发足，狼奔豕突。有人说，一片叶脉就是一个秋天的轨迹。一片叶子落下，野芳发而幽香，那是属于青春年少的野心与欲望，活着就该打拼，就得绽放。又一片叶子落下，佳木秀而繁阴，那是壮年时期的风景，年富力盛，犹如猛虎细嗅蔷薇。又是一片叶落，风霜高洁，秋天是收获的季节，也是深思的季节，夏日的热烈残存，清秋的凋敝气息业已蔓延。而凉风一起，夏日的狂梦渐冷，那些纠结于心头的困顿与妄想，抽丝剥茧般，一点点剥离。那被层层怨怼包裹着的心，也日渐清朗，有如入秋时节，天高地远，山朗润，水含情。此时，距离参透浮华虚名，看淡身外之物，水落而石出者，不远矣。

人于困蹇之时，最是要求助自然。自然是人类最好的倾听者。秋天的跫音响起，走到户外听听大自然的语言吧。

不羡高处

去买菜。水灵灵的小白菜，一斤只要五毛钱。蹲下身细细挑拣，感觉每一棵都是一首葱茏的诗。称了三斤，拎在手里，沉沉的，心里开出欢喜的花。

遇到老邻居。多年不见，乍一相见的惊喜写在脸上。彼此殷殷问着近况，倍感温馨。

路过景德镇瓷器摊子，看到流浪他乡的生意人，坐在台阶上，手捧粗瓷大碗，香甜吃着桃红柳绿的面条，所有食欲都被勾引出来。

这些低处的美好多么熨帖人心。

不用挖空心思迎合别人，不必明争暗斗你死我活，无须提防，因为你已在低处，低到无处可低，无人可比。

这些美好多么卑微，多么容易被人疏忽。人往高处走，水往低处流，自古皆然。人们孜孜以求的，大多是不胜风寒的高处。司汤达小说《红与黑》里出身底层社会的于连博学多才，是一个心比天高、不惜一切代价跻身上流社会的人——不能像炮弹一样打进去，也要像瘟疫一样染进去。怀着疯狂的野心，怀着对世界的仇恨与强悍的征服欲，打着爱情的幌子，忍受良心的折磨，不择手段实施自己的人生计划，结果却被送上无情的断头台。可惜了一个青年才俊，过早地繁花散尽。

《红楼梦》里的贾元春，作为封建社会的弱女子，本无心追逐荣华富贵，做人上人，却在不知不觉中，被命运推上贵妃这个貌似尊贵实则悲凉的位置。身居高处，她快乐吗？小说没有描写她的宫廷生活，从贵妃省亲面对祖母、父母、兄弟姐妹，哭得泣不成声中，我们可以想象，后宫生活的钩心斗角尔虞我诈对人性的束缚与戕害有多严重，并且她在这个特殊位置上，想扑到亲人怀里哭一场的权利都没有，说起来太凄凉。

无论是处心积虑一心想往上爬，还是无心插柳，被推至“万劫不复”

的高贵地位，我们都很难看到功成名就后的由衷喜悦。英国前王妃戴安娜，遭遇查尔斯王子，一不小心演绎了灰姑娘的故事，成为全世界女子艳羡的对象。然而，穿上水晶鞋的戴安娜舞步凌乱，并没有过上她想要的生活，奢华的外表弥补不了内心的苍白。终于，她与查尔斯正式分居。终于，她成功地解除婚约。脱下水晶鞋的戴安娜原本可以过上平民的宁静生活，可她最终还是死于名气，死于高处……她在一场噩梦般的车祸中香消玉殒，令人嘘唏。

人一旦成名成家，个人就没有隐私权。世界之大你无处可逃，到处有窥视的眼，无孔不入，观察着你，等着揪你的小辫子，然后大肆报道，恣意渲染，推波助澜，上演一出出无聊剧目。

女儿的好朋友考了年段第一，并不开心，将QQ签名改为“高处不胜寒”。果然，下一次考试，患得患失，狂退几十名，这一下她倒踏实了——反正下次再考，怎么着也不会更差。嫦娥要不是偷吃了长生不死的灵丹，飞到高不可及的天上，她本可以拥有平凡的生活，低处的美好。相夫教子，浆衣做饭，与后羿相亲相爱，厮守终身，和尘世所有女子并无二致。如今，她夜夜难眠，强颜欢笑，抱一宠物打发寂寞，泪，流在心里梦里。广寒宫，玲珑剔透的世界，冷成了一块冰。

不去羡慕权倾一时的高官，不必对着富贵达人自惭形秽，低处自有低处的美好，而高处则有你所不知的暗伤。人在低处，可以活得温暖从容，细水长流。

怀念培田

培田绝对是闽西乡村的一颗灿灿明珠。

培田亦是你心口上的一粒朱砂痣。

何时结下的缘？无从说起。没有理由解释对她的爱。尘世间最初的惊鸿一瞥，培田就长久居住在心底。培田不是你的故乡，却胜似故乡。于你，这样一个在外漂泊几乎没有根的人，见到培田，见到青石板路，见到小桥流水，见到炊烟袅袅，就会想起儿时飘逝的时光，想起童年的柴草香。亲切得心生欢喜，欢喜到心疼。

于是这十几年来，你来来回回，在培田这里走了不下二十回。流连忘返。也许，你怦然心动于她的古朴与蕴涵。三十幢明清建筑的高堂华屋，二十一座祠堂，六处书院，一条千米古街，二十多个古店铺，两座跨街牌坊——一座小小的村落，居然可以承得起这种厚重，而这种厚重，又以如此方式得以留存下来。培田称得上一个奇迹。也许，你骨子里流淌着中国文人的血液，你被培田浓浓的书香味蛊惑。你以为在这里，可以找到前世的自己。

漫步培田，你会有种时空错觉，仿佛坐上时光机，穿越到明清。眼前的雕梁画栋，高堂华屋，精细中风情翩然。雨缠缠绵绵下了起来，踩在湿漉漉的的青石板上，恍然如梦。在这样一个落雨的黄昏，你甚至有种幻觉，逼仄的小巷里，一个面容忧郁的女子，一袭青色旗袍，撑一把油纸伞，款款而来，一直踩进你的梦乡。

培田清幽，自然，淳朴，静若处子，纤尘不染。培田只适合诗意地栖居，轻些，再轻些，请不要惊扰她。

澄澈的小溪流上架着一根大原木，那就是桥了，桥边有棵枝叶婆娑的大树，你满心欢喜从桥头走过，好奇它将通向何处，短短几步走完，你发现除了通向一家小院别无去处。正为自己的冒失惶恐，一声亲切的呼唤——来吃饭——吓着了你。一个面容黝黑的中年男子站在院门口，朝你憨厚地笑着。来吃饭，那是多久以前听到的话。不小心闯进人家的地盘，你轰然想起故园往事。

培田很小。像一枚小小的石头，令人把玩不已。油菜花盛开的春天来过，夏日荷花别样红，你欣赏过盛夏的荷塘，秋天桂花香得清冽，你被熏得连脚步也飘浮起来。凛冽的寒冬，你听过屋檐下滴答的冬雨，感受别样味道。你不厌其烦，来来回回，看过黄昏，赏过日落，在吴家大院的那些深沉的睡不着的夜里，你发现墨蓝的天幕上星星闪烁得跟别处不同。

然而，喧哗还是不可抑止地抵达了。培田由一个养在深闺人未识的乡野丫头，远走越远，已成长为雍容华贵的大家闺秀。一个保存完整的传统村落，有丰富文化内涵的古村落，一个美丽的村庄，宛若牡丹绽放，一瓣一瓣，徐徐惊艳于世人眼前。培田喧腾了。游人如织，络绎不绝。

你喜忧参半。惆怅还是盖过喜悦。你宁可要一个慢悠悠一到晚上便清寂无人的培田。现在，培田的狗见人也不叫嚣，懒洋洋躺在那里，爱答不理。只有小孩依然活泼，见你要给他们拍照，撒腿就跑，跑得比狗还快。有一个小孩在父亲的背上，高高举着一只糖葫芦笑得灿烂，让人觉得春天如此明媚。

油菜花开得正盛，给培田镀上一层油画般的金边。枯荷疏朗，有水墨画的韵味，绿色的水藻已零星漂荡水上，熙熙攘攘的人群，搅得培田像一锅刚出笼的馒头。卖农具的，卖南瓜地瓜干的，卖甘蔗卖水果糖葫芦的，一个个小摊充塞在村道家门口，白发老人不再搬张矮凳，佝偻着腰，坐在太阳底下闲闲地聊。

折过路来，一眼看见幽深的小巷里有一排独特的小店。两扇敞开的木质窗户，窗的上方吊着一排各式各样的明信片，窗台上有个小黑板，上面写着“鲜榨果汁，代寄明信片等”，还画有一个笑脸，一句“我在培田等你”。一个明眸皓齿的姑娘正在窗内忙碌，房间内有各色小物件，摆放得艺术感十足。一个恍惚，以为到了江南小镇。看到这泛滥成灾的旅游景点的拿手好戏，心头先是一喜，接着就是怅惘。

恍如隔世。无限缅怀。

每一个女子都可以是严婆

读鲁迅的散文《阿金》，看到鲁迅为一个“貌不出众，才不惊人”的女仆，不到一个月，就搅得四邻五舍鸡飞狗跳天下大乱而义愤填膺，不觉抚掌大笑。鲁迅的愤怒在于一个微不足道的女仆，竟动摇了他几十年来的信念和主张。他本以为，在男权社会里，红颜祸水，误国殃民是不存在的，女人绝不会有这种大力量，于是发愿，“愿阿金也不能算是中国女性的标本”。读到这里，心里不由一动，近日走访了长汀县南山镇严婆田村，那么严婆算不算得上是中国女性的标本？

严婆田是一个古村落，距南山镇两公里。这里的山山水水，与别处并没有太大不同。引人注意的是它奇怪的地名——严婆田。它的得名，来源于奇特的严婆女性崇拜。何谓“严婆”？严婆其实不是一个人，而是林友成的两个老婆涂、杨二位夫人的合祀化身。在中国传统文化上，女性是没有地位的，是男人的附属，而在严婆田，却出现了把现实女性当作偶像来崇拜的现象，真是令人匪夷所思。

带着好奇，我们走进严婆田。走进严婆田，俨然走进一村传说。关于严婆的故事到处在流传。一言以蔽之，出生于元末明初某年的严婆，因有神灵附身，以致令村里发生了许多不可思议的事情。严婆的丈夫林友成，是一个落魄的外乡人，流落到此替严婆家打杂理家，后被严婆家人看中，将严婆许配与他。婚后的严婆威仪一方，严守持家，相夫教子，立志与丈夫成就一番家业。可是林友成却思乡成疾，一意孤行，决意要携妻返乡归宗认祖。严婆觉得这里是个难得的生息衍发之处，离开未免可惜。她本来就是神化的女子，巧计点化，恩威并施，借法延尊，最终感应挽留住丈夫。此后，借助岳父大人的一席地，林友成总算混出人样。于是他半是羞愧半是心悦诚服，对严婆说：“婆严公悟，家业天成，此地因你而灵，此村因你而立，就改叫严婆田吧！”在这种情况下，严婆顺水推舟，当即与丈夫共同立定誓愿——千秋万代，尊女鉴严，力兴家国，否则将逐门断义，永绝衍息。至此，严婆修成正果，获得绝对权威，被人尊奉为神，几百年来受到顶礼膜拜。

这就是严婆田女性崇拜的由来。

严婆与林友成的故事，活脱脱是小姐下嫁长工的版本。尽管故事结局皆大欢喜，严婆也迎来世人的敬仰，但不知道为什么，读这个故事总有一种不舒服的感觉在里头。也许同为女性的缘故吧。我懂得严婆风光的背后隐藏的辛酸。想想她的婚姻，作为一个富家小姐，嫁给一个一文不名的穷小子，而且还是在娘家豪宅旁搭一个草屋住，有多寒碜且不说。如果是自由恋爱也好，为爱情一切皆可抛，看样子又是媒妁之言父母之命。好吧，就算这些都不算什么，可是婚后丈夫还不感恩不惜福，心心念念要回家，为笼络住丈夫，严婆可谓挖空心思绞尽脑汁。等丈夫心思安定下来，渐渐抛开耽于幻想的文弱气质，开始务实肯干，开拓振兴，严婆是看在眼里，喜在心上，加倍温柔体贴，那日复一日年复一年的“香丝饭”，该掺入多少柔情蜜意百转千回，这让作为丈夫的林友成怎能不动容？严婆田有一个叫“归心寨”的山岭，象征着林友成的心已被严婆“套牢”。为做到这一点，经历的艰辛和委屈，只有严婆自己知晓。

传说终归是传说，我们读到的是一个威仪四方的女子的荣光，而这背后的隐忍与泪水，很多人看不到。每一个女子，都有如花似玉的时候，都希望得到千娇百媚的宠溺，而当家庭的重担落在柔弱的双肩时，她便会变得强悍起来。少女时期不切实际的梦幻慢慢飘走，她开始变得现实，变得丰富，渐渐有了理性的光芒，她懂得日子该如何过才更为丰盈。她不断努力，相夫教子，试着宽容，学会隐忍，打落牙齿和血吞，有泪只往肚里流。时光一点点地熬，青丝变白发，一颗圆润的心，哪经得起岁月的磨砺，逐渐变得粗粝，而此刻的人生，亦从鄙陋走向圆润，走向通透，终于熬至滴水成珠。

想起苏轼与王弗的故事。王弗是苏轼的老师王方的女儿，十六岁那年嫁给苏轼，当时苏轼也只有十九岁，还是一个贪玩的大男孩，文人情怀，天真烂漫，落拓不羁。王弗是一个传统女子，嫁为人妻，相夫教子，这些是她该履行的义务。为了笼络住苏轼这匹多情的野马，王弗爱他，宠他，纵容他，同时又不露声色地约束他，牵绊他，管制他。新婚燕尔，王弗作为妻子，尽心尽力陪伴丈夫，踏青，郊游，野炊，还时常炒瓜子炸蚕豆给苏轼吃。王弗是真心实意要让苏轼领略婚姻的美好，同时也是将丈夫“拴”在身边，好好读书，求取功名。为让苏轼认真读书，王弗颇通诗书，陪着丈夫熬夜，上演红袖添香夜读书的经典。苏轼出外当官，王弗跟随前往。苏轼为人仗义，交游广阔，心无城府，王弗不放心，客人来了就躲在帘子后面偷听。据说有次客人走后，王弗从帘子后面走了出来，指出某某人不可交。事实证明该人日后迫害苏轼果然最起劲。王弗的用心换来苏轼的成长，也换来自己的英年早逝。一个十六岁的女孩，正是春花烂漫的年龄，她却要压抑自己的个性，苦心积虑，处处为苏轼出谋划策，还要做得不显山露水，这得花费多大心机？且这种耗费心血的谋划又是一辈子的，这样的人，怎么可能长寿？

在严福庵里，我看到严婆一手拿书，一手持剑，端坐灵台，威严慈悲。说心里话，我更喜欢现实中的涂杨二位女性。其实，严婆从神坛走下来，就是每一个凡俗女子。

浅阅读时代，语文老师伤不起

月考改卷，有一题现代文阅读《庄周的燕子》，作者说，庄周认为燕子有处世的大智慧，因为鸟类都怕人而巢居深山、高树以免受害，而燕子居住在人家屋梁上却没有人去害它。接下来作者这样写：“庄周先生说到这儿就不说了，其实，这后边是有一大段空白的。庄子惜墨。”大意是庄子因为辞了小官，生活可能十分困难，头脑里的思想又像春天怒放的花，庄子写不尽它们，手里钱少，买笔买墨都要算计。有个思想，只能几笔画个轮廓，细节就顾不上了，“所以，庄周的身后是狂草的墨迹，存在着大量的空白。那是庄周的思想一路飞奔留下的空白”。

之所以不厌其烦引用这些文字，是因为有个题目要求理解“庄周的身后是狂草的墨迹，存在着大量的空白”这句话的含义。当我读到一个答案，不由扑哧一笑：“由于庄周辞了官，没有什么钱，买不起笔墨，不能写出大量作品，所以说存在大量空白。”心想还真有这么实诚的孩子，人家说没钱就信以为真。再看下去，大吃一惊，有近半学生，都天真地认为留下空白是因为没钱买笔买墨。更有甚者，认为庄周思想活跃，笔墨跟不上思绪。或者说庄周内心有许多话欲言又止。再细看，居然还有人不理解“狂草”的意思，直接解读为“疯狂的小草”。

另一道题，诗歌鉴赏，关于陶渊明的名诗《饮酒》，要学生回答“采菊东篱下，悠然见南山”是一个怎样的形象。有人答：这个形象是很悠闲自在的农民形象。“采菊”这个动作包含了诗人爱体验生活，爱劳动的志趣。此等令人喷饭的作答虽为个例，也在一定程度上折射出当今中学生诗歌方面的空白。要知道，这可是堂堂县城一中的学生。

心不由沉重起来。

记得刚给2011级高一新生上课，不知说到哪，我信口谈起张爱玲。看他们一脸茫然毫无反应。我奇怪：张爱玲，不知道？一个学生冷冷地说：

不认识。我张张嘴，还没来得及说什么。另一个声音响起："张爱玲是男是女？"

后来陆续提到许多文人学者的名字，沈从文、贾平凹、林语堂、季羡林、辜鸿铭，甚至徐志摩、郁达夫、林徽因，等等，大多没有反应。最后一次，我说到王阳明，课堂又是一片寂静。我刚想介绍一下，教室后面传来一个声音："王阳明，明代最著名的学者，这个都不知道？"那口气，带着惊诧与质问，俨然是我平时的口吻。我倒吸一口凉气。罢罢，从今往后，再不要说如此丢人现眼的东西了。

要学好语文，课外阅读无疑是重要的。如今中学生课外阅读的现状堪忧，在教学过程与平时交流中，我深感学生阅读量的狭窄和词汇量的枯竭。另一方面，说起歌星影星、八卦新闻、网络新词，包括以前谈虎色变的艾滋病、同性恋等话题，他们却侃侃而谈，面不改色，表现出信息量大、思维活跃的特点。冷静下来反思，这都是浅阅读时代惹的祸。要知道，一个急功近利的时代，必然造就一群急功近利的人。浅阅读，那种浅层次的，以简单轻松、实用性甚至娱乐性为最高追求的阅读形式，令学生失去了从容。而缺少经典的涵养，学生正日渐变得浮躁与功利。

不由怀念起以前的学生，同样的课堂，同样的内容，说到课外知识，一双双如饥似渴的眼睛盯着你，说到精彩处，共鸣处，群情激奋，跃跃欲试，整个课堂沉浸在获取知识的幸福旋涡中。那些心灵的对语，思想碰撞出的火花，令一个平凡的语文老师，如我，尽享上课的欢乐。时常是下课铃响了，还意犹未了。

一个民族的精神境界，在很大程度上取决于全民族的阅读水平。未来最具有竞争力并最终能胜出的民族，一定是阅读能力最强的民族。自古以来，中华民族就是书墨飘香的民族。何时才能回归到书香脉脉的年代？

用诗意包扎伤口

今天，意外地读到一段话。一个我很欣赏，经常光顾其家园的博友，传了一张小纸条给我，她知道我是语文老师，她觉得语文老师是世上最美的一种职业，她记得我写身为老师的种种困惑。她说："现实很疼，用诗意包扎伤口吧。诗意地生活、思考、传道、授业、解惑……这是一种解药。慢慢地你也许会发现身上没有那么沉重的枷锁，心，空灵了。"

我是如此的诧异与惊喜，还有感动。那个名字在我心里宛如天上的星星，那么耀眼，遥不可及。在论坛里经常反复品味着她那些芳香大气的文字，艳羡，自惭形秽，却从不敢留下只言片语的评论。有一天居然发现，她也在读你，并且用心用情，这份感动，几近受宠若惊了。

用诗意包扎伤口，说得多好！这几个字从一个小女子口中轻轻吐出，叫人猛醒。多么诗意啊，简直接近禅意了。

一直觉得中学老师毫无诗意可言，教学压力大，负荷重。能将书教出诗意来的，除非天才，或者有特异禀赋，或者个人魅力超群，我等望尘莫及。听过复旦大学附中特级教师黄玉峰的一堂课——《梦游天姥吟留别》，那种强大的气场令五六百人的大会场沸腾了。黄老师是用整个生命在解读李白，所有听课的师生都震撼了，目瞪口呆了——李白的形象就这样被他活生生颠覆掉。这就是诗意，这就是不可抵挡的魅力。上课上到这种境界，绝对是一种享受，一种自我的再创造，生命的华彩乐章。

我所认识的白鹰，也是一个才子型的富有诗意的语文老师。解读毛泽东的《沁园春·长沙》"鹰击长空，鱼翔浅底"时，他会告诉孩子们，那是一条想飞的鱼。他还说杜甫的诗错了，应该是"老妇逾墙走，老翁出门看"，为什么这样改？他只是觉得，这个女子跨栏动作很有诗味。他也是一个被烦琐的教书生涯闷坏了的人，但他能调节，会调侃，是一个懂得诗意的人，其实他就是一个诗人。他以他的满腹经纶，才气冲天，赢来了孩子们的疯狂膜拜。孩子们做了一个雷人的问卷调查《叶俊最迷人的地方在哪？》（白鹰大

名曰叶俊），选项有鼻子眉毛眼睛一大堆身体器官，还有一个是“说不出，无可阻挡的魅力”。我看完哈哈大笑，劝白鹰知足了，有这么一群诗情画意的孩子，你自己就是一首诗了。

前些日子，参加了一个虎头蛇尾的笔会。县文学院号称“夏日激情”的大型笔会，在草草开展了两天之后，就夭折了，原因是来自省城的某评论家等人自有安排，因此我们这行人在山里住了一宿，就灰溜溜地回来了。其实很多人无心恋战，毕竟心在红尘。参加笔会的人以官员居多。他们放下手头繁冗的事务为的是什么？心灵的一刻放飞？追逐一种时尚？寻觅一点诗意？在远离尘嚣的深山老林里，在桃花源般的古老村落，待上一晚，人的灵魂都会出窍。然而，只一晚就够了，就该回归案牍劳形的日常岁月。

说来好笑，我决定去的原因很简单。我就想过一个清凉的夏夜，睡一个好觉。为这个简单愿望，我忍受山路的颠簸，晕车的难受，长达几个小时之久。可是那晚，同屋的小女孩一直说，她肯定睡不着的，她会认床，要不大家通宵打牌吧。提议没有得到响应，我鞍马劳顿自然早早歇息了。但一个晚上我都迷迷糊糊没法睡稳，感觉那小姑娘一直在翻身叹气。早晨醒来后我问小姑娘，你一夜未眠啊。小姑娘说没有啊，我一觉到天亮。

因为太迟起，已经错过了看日出。不过云海非常美，我提议到山顶看，小姑娘不愿意动。我只好一个人在林子里溜达，感受新鲜甜蜜的空气。然后电话响了，三枚帅哥百无聊赖，想打牌三缺一，硬将我拉上了。我一边瞎打一边暗自叹息，大好时光给糟蹋掉了。

渴望诗意栖息，却不得不现实地生存，这样尴尬的时候很多。不过还好，终归有颗诗意的心，来抵挡现实的风雨侵袭。这几日翻看旧稿，想整理出一点像样文字。穿过岁月的烟云，我看到文字中的自己，千疮百孔。一直不甘如此平庸如此碌碌无为，所以一直在受伤一直在折磨。又一直是率性而为，不肯将自己的本心遮掩，因此伤口都裸露在太阳底下。懂得的朋友会微笑，会叹息，会用洞穿一切的眼光来接纳来包容。而我，在写完这些繁复沉重的文字之后，会将它们统统丢掉，来完成人生的蜕变。我想，是时候了。

她说，现实很疼，用诗意包扎伤口吧。如果诗意是一只大鸟，那么它一边翅膀承载的是教学，一边是文字。我要让大鸟飞起来。

邂逅《风的消息》

拿到飙哥的《风的消息》时，我正与一个多年的朋友黯然伤别。

装帧精美、雍容典雅的诗集扫荡了伤感的情绪，我如获至宝，亦如释重负，和朋友挥挥手，道一声“我要回宾馆读诗了”，一扭身，步履轻盈，噔噔噔地上了三楼，回到房间，小心而隆重地打开书的扉页，迫不及待地开始阅读飙哥行云流水的情愫。

飙哥绝对是个才子，且是全才。我与他于两年前相识。因身份地位之悬殊，与之交流甚少。作为同行，他的学识与才华，是我们学习的榜样，仰之弥高，钻之弥坚，我等望尘莫及。作为一个风流倜傥的才子，他的诗文书画，诸如此类，更是叫我辈羡慕嫉妒恨。

这一次，冲着他的课来了，想不到还有意外惊喜，竟然获得他的馈赠——签名诗集。我知道他的诗集印数不多，重在与写诗的朋友交流，而我至今仍被诗歌缪斯拒之门外，估计一辈子与她无缘。兴奋之余，我手捧诗集，径直回房了。宾馆灯光黯淡，落地灯不亮，房灯寂然无声，倚在床头，就着暗昧的床头灯，细细品味那些精灵般跳舞的诗句，读得心旌摇荡，如痴如醉。此刻，最好风雨摇窗，鸡鸣不已。

我是多么需要一场诗歌的洗礼啊。盛大的，飓风暴雨般的，像洪水暴发，像猛兽扑食，像干柴遭遇烈火，像久旱恰逢甘霖，席卷我，吞噬我，湮没我，摧毁我。

日子被琐碎庸常吞没，工作之余，大段光阴又被无聊应酬填满。吃饭，喝酒，K歌，听蹩脚段子，赔上一点笑脸，说些言不由衷的话，虚与委蛇疲于应付。间或酒后露原形，慷慨激昂，愤世嫉俗，发一些牢骚。醉意朦胧归家，脑袋一片空白，往床上一搁，算又虚度一日。第二天醒来，想起昨日一切，恍若隔世，内心的惆怅与懊恼难以言表——怎么就堕落成这样？

不久前看电视“读书频道”，剧作家张宏森如是说，在这个喧嚣的社

会里，我有了沉默的权利，正因为沉默，让我回归到羞涩的本性。听后很触动，我本来也是个内向羞涩的人，为什么非得要挑战自己的弱点，如是艰难练习着，如何让自己在公众场合左右逢源如鱼得水，怎么让笨嘴拙舌的我变得口若悬河滔滔不绝乃至巧舌如簧呢？更何况那是我无法企及也无意抵达的境界。

拒绝虚华，回归本我，回归宁静的生活，变得刻不容缓。

就在此时，我邂逅了《风的消息》，它犹如一阵应运而生的风，涤荡了我周边污浊的空气。

就在此时，我正与多年的旧交告别。这是一场真正意义上的诀别。我无法容忍他由一个纯真的诗人，到一个圆滑的政客的蜕变，无法容忍他一步步沦陷在世俗的漩涡里。因为多年的交情，我从不对他虚假，在他这里，我始终保持一份真诚。我毫不掩饰自己的失望。我说，今天我来，还会想着给你电话见个面，今后就说不准了，道不同不相为谋，各自珍重吧。

说完这些，有人就将《风的消息》送到我手上。

这是多么具有讽刺意味的一刻。我们的目光同时落在那本精美的诗集上，我甚至听到他的一声叹息。

与他相识，结缘于诗歌。那时我们多么年轻。那时他是一个多么纯粹的诗人。正是这份纯粹令我们成为长长久久的朋友。

而今，他已“早夭”。

人活着，需要现实地生存；而人活着，也需要诗意的点缀。这个世界，总有些人，能在时间的罅隙中诗意地歌唱。生命就是这样奋不顾身前仆后继。

抒情与唯美

“升起来了，这龙门的月亮。”

若干年前，某个春日迟迟的午后，漫不经心翻开《闽西日报》，读到《龙门月》的开篇，不由一惊：起笔突兀，劈面而来，有前不见古人后不见来者的空旷邈远。恍惚中，天地苍凉，月华如水，一位凌波仙子，头顶花冠，飘然而至。迫不及待读下去，一串串文字流淌过来，环佩叮当，有珠玉之声。咀嚼，品咂，发呆，口有余香。

这是我第一次读李凌。彼时，李凌于我是一个陌生的符号，而我，已一见倾心。

多年后，温婉聪慧的李凌已被我收为挚友兼小妹一枚。今天，当一本分量不轻的集子放于眼前，当年读《龙门月》对作者油然而生的欣羡，宛在昨日。我亦早已知晓，李凌就是网络上叫“简丹”的女子。不管是李凌还是简丹，都是我向往的意境：一个伶伶俐俐，空灵洒脱；一个大巧若拙，素心如简。总以为，喜欢一个人的文字，往往从喜欢一个人的名字开始。

后来才知道，李凌这样先声夺人充满霸气的开头很多，令人过目不忘。

> 这个春天，有些事情是一定要经历的，就像在雨中看一场花事。
>
> 《雨中花事》
>
> 秋色，从遥远的云层里梦一般袭来。
>
> 《草色入梦》
>
> 起初听到这座桥的名字，是在某个不经意的日子。安平，安平，简简单单的两个字却让我为之心动。像是一本书的扉页，在寥寥数语的简介后面，自有一番波澜曲折的故事，令人心驰神往。
>
> 《梦里也曾到安平》

简约，凌厉，直抵人心。貌似一种不动声色的美，骨子里却美得惊天动地。作者好像一下子把你甩到高空，周遭苍茫一片，你非常享受这种感觉，可又忐忑不安。你不知道，这种大开大合大起大落之后，将是何种风景。这劈面惊艳的开头方式，与李凌的为人如出一辙——低调的奢华。

近乎诡异的感觉，令我迅速爱上李凌的文字。

这本集子，有诗，有评，居多是散文，分为六辑“沿途——我们——花开——遇见——短笛——灯下”，命名简约丰美，是李凌一贯的风格。

文学的主要功用之一便是抒情。人非草木，孰能无情？写作是生命的舞蹈，是灵魂的呐喊，是人生经历的不吐不快，是思想情感的厚积薄发。李凌的文字，不刻意追求技巧，只是任蓄积于内的情感自然流淌。抒情性是这本集子一大特色。鲜活饱满的诗意，无处安放的激情，令李凌的文字像一匹匹野马恣意奔跑：

> 月光照耀着龙门深潭，水面泛起粼粼银波，不知是月光揉碎了涟漪，还是涟漪揉碎了月光？这月光，亲近过水的温柔，也领略过水的激情：温柔时，清水叮咚，清澈如玉，潋滟的波光反射到岩石表面，洞内熠熠生辉，让人恍若置身水晶宫内；激情处，洪水漫溢，波涛翻滚，江水从洞口喷涌而出，犹如巨龙吐水，激流轰响，汹涌澎湃，令人胆颤心惊。
>
> 《龙门月》

作者张开想象的翅膀，精骛八极，心游万仞，以敏锐的笔触，将一条承载着无数梦想与传奇的河，写得风生水起，惊心动魄。

> 这是它们吗？曾经，女娲取它们补过天，许逊用它们点过金，曹雪芹借它们写过《石头记》；曾经，西晋的号角和旌旗在它们脚下猎猎拂过，大唐的明月和清泉在它们身上汩汩流过；曾经，它们是晨曦微露里捣衣的歌谣，是清明月色里枕靠的梦境，是山巅上守

望的目光，是潮汐里等候的身影……

《石头无语》

行云流水，大刀阔斧，历史与典故，写实与想象，情感的闸门一旦打开，汹涌的潮水便席卷而来，恣肆汪洋，锐不可当。读者的思绪便跟着上天入地，流云般轻舞飞扬。这样的文字，才叫酣畅淋漓，才叫欲罢不能。

这类气势磅礴的抒情，俯拾皆是，主要贯穿于游记散文中。

抒情，不等于煽情。感情的东西，必须隐忍一些，拿捏一些。除了直抒胸臆外，李凌的文字还用“暗抒情”，即把情感隐藏在叙述的客体中，体现抒情的间接性和隐匿性，该笔法更多见诸情感小篇。与家人絮叨，跟友人交游，恋人之间的举手投足一颦一笑，都是那般令人回味。

“一轮半月，慢慢地，慢慢爬上中天。苍凉的月光，一直洒进梦里。”

《不说再见》

“风停了，香樟树停止了摇曳。那曾经的芬芳，却久久不散。”

《在记忆里芬芳》

以上两段，融诗情画意为一体，将有情人不能成眷属的悲伤，写得含蓄，耐人寻味。

抒情的同时，李凌又是唯美的。情感的纯粹，语言的干净，使我认定李凌就是一个耽美主义者。

在李凌笔下，不管伟人壮举，还是凡人琐事，都是那么真，那么善，那么美。世界在她眼里初生如婴纯净如雪。那些丑恶的东西，自动从她笔下略去。我以为这与作者的审美取向有关。她愿意这个世界更纯美，更良善。本书压轴之作《以悲悯心直面世间苦——读迟子建<世界上所有的夜晚>》，在这篇洋洋洒洒才情横溢的书评里，我读到李凌骨子里的悲天悯人，读到作为一个写作者，或者说一个作家应该具备的良知与担当。正是这篇书评，让我进一步了解，外形柔弱娇小的李凌内心多么强大。

唯美的表现还在于语言的干净。李凌似乎有文字洁癖。那些用心雕琢出来的方块字，灵动跳脱，清新如月，绚丽似锦，有着胡琴或箫的婉约，古筝或笛子的清远，意味隽永，悠远绵长。

来看一段文字：

> 我来之前，这里曾经花开灼灼，月华灿烂。不忍心说曾经，一说出口，这一切便只能成为心灵的凭吊。我来之后，石榴已经凋零，月光已经归隐。只有亭还在，琉璃瓦面落满时光的尘埃，朱漆栏杆遍布岁月的痕迹。凉风穿亭而过，留下一地的记忆。
>
> 《凉风穿亭而过》

色彩，韵律，对称，大处落笔，细节渲染——李凌语言的美，不像南北朝一些写得华丽丽的骈体文，韵律和谐，藻饰丰富，流于形式，大于思想。她有自己内在的情感律动。这样精心铺排渲染，瞿秋白从容就义一事，显得格外悲怆，如泣如诉，千回百转。

有个好友说，她向来不以文字为然，即使粗陋，亦同情、关注内中的那一个"人"。她喜欢从文字中，一眼看到那"人"的骨子里，是臭味相投，还是道不同不相为谋。借用这句话，我想说，喜欢李凌，不仅因为她的文字，更因为她这个人。这部文集，没有太多技巧，从从容容，娓娓道来，给人温暖熨帖的感觉。林林总总的文字，描叙一个智慧女子的凡俗日子。她拥有一颗自由的心，一种简单细致的人生态度。她的生活小桥流水，恬淡平和。她懂得做一个知足惜福的女子比什么都重要。这样的女子，我喜欢。

李凌嘱我写评时，我正于南方海滨城市奔走，每天两点一线，短短几百米的路程，因某种灾难，显得无比漫长。行走于繁花绿树间，总感觉，这辈子的苦难，怎么也走不完。我在心里默念她的书名《一路芬芳》，感叹人生的多艰。李凌还年轻，她走得如此轻盈诗意。唯美的李凌，对文字有洁癖的李凌，边走边唱的李凌，洒下一路芳香。唯有祝愿她的文学之路，越走越稳，越走越宽阔。

诗性与禅意

青年油画家张金娥是一个古典婉约的女子。她喜欢素雅的旗袍，或者长长的白纱裙，摇曳生姿，又美又仙。画如其人，她的作品也是诗意的，空灵的，总是笼罩着一层淡淡的忧伤，一种美到极致的哀婉。

她画静物，构图简约，不炫技，不张扬。她的《时光系列》：古朴的木板上放着老陶瓷，几瓣蒜随意洒落木板上，或者一本古旧的书横卧于木板之上，一盏古老的风灯与书对视，一缕光线斜铺其上。留白极大，具有中国传统绘画的空灵缥缈之美，画面意境含蓄淡雅，有自然洒脱的韵味。色彩黯淡，白与灰，一种沉静的气息弥漫开来，氤氲在空气中。画面是不动声色的冷，内心却汹涌着对旧时光的缅怀与追忆。

她画《花开》，难得用了浓烈的色彩，描绘花开的惊艳与喜悦，可是接着又来了一幅《花谢》，洁白的底盘业已破损，零落的花瓣与枯萎的枝叶相与枕藉于盘中，唤起内心难以言说的感觉。青春的悸动？梦想已逝的怅惘？原谅我年少不羁，半世流离形影只……如许情绪，如月光倾城，如泉水汩汩。

西方油画被公认为以写实为主，文艺复兴之后，西方的画家对实物的偏爱已经达到了巅峰。中国油画中不可避免融入了更多的中国元素，更具写意的洒脱情怀。中国油画源自西方，又产生了与西方截然不同的艺术归宿，归根结底是文化历史渊源的不同，中国传统文化的精华沉淀，造就了中国油画的诗化与写意。作为一个深受传统思想浸润的女子，张金娥作品不可避免地烙上“诗性”印记，即诗意的缠绵。这也是她多年来不停探索执着追求的一个艺术特质。

这种悱恻缠绵还凸显在作品标题的拟定上。她画花语系列，曰《素色》，曰《古香》，曰《离尘》。破旧的书籍上伶仃一枝兰，我见犹怜。画面足够风雅，偏偏还安上一个个古意盎然的名字，令人玩味。这就是典型的中国元素，古典文学的精华巧妙融入其中，令作品有一种内在的风流气韵。

张金娥是幸运的。作为一个自由职业画家，她有一个幸福的家庭，家人的呵护与疼爱，令她活得自由率性，少女情怀总是诗。她身上有种不染尘世的清纯与风骨。自小受到笃信佛教的奶奶熏陶，她也修禅，也悟道。她有慧根，对人世有着超乎年龄的透彻与通达，这与她的一派天真烂漫矛盾而完美地结合在一起。在《花语系列之离尘》里，她画兰花，一截太湖石占满画面主体，几根细长的枝叶，影影绰绰俏立于背景，轻描淡写，漫不经心。我完全给搞蒙了。这不是本末倒置么？究竟谁才是画的主角？当我谈及自己的困惑，以及睁大眼睛极力搜索方才寻到的那一丁点可怜的兰花时，张金娥浅笑嫣然，笑而不语。也许是蕙兰的淡雅脱俗孤高自许感动了她。张金娥始终认为，在喧嚣的世界里，人的局限性很大，有太多未知，不能过于张扬。这是一种谦卑，也是一种不屑，更有一种傲骨在里头。这是一种人生态度，一种哲学，一种智慧，这也就是禅。所谓“直入禅境”，其实也就是“直指人心”。

张金娥此次入展作品《花语系列之听见真知》，意象奇特，几块红砖垒砌的花架上摆放着一个白色花瓶，花瓶里一枝粉色兰花旁逸斜出，一个小海螺静静躺在边上。她想告诉我们什么？像小时候那样，从小海螺里听见大海的回音？听见人生最初的心跳？高雅的兰花屈身于粗粝的砖头，这种奇怪的画风，是否蕴涵着不管身居何处，我们都要像兰花一样美丽盛开？……种种奇思妙想，连绵起伏，争相怒放。

油画作品往往被赋予了画家本人的情感，包括对社会的认知，对情感的宣泄，以及对未来的思考等。忠实于自然的情感，感召于内心世界的呼唤，通过艺术形式来表达人性之自由，这是张金娥作品带给我们的视觉盛宴。

她喜欢创作系列作品。《时光系列》《花语系列》……多少风流诗意，禅心画语，尽在其中。“气若兰兮长不改，心若兰兮终不移”，通往艺术殿堂的道路寂寞而艰辛，她在这条路上跋涉了许久。她是睿智的，也是低调的。悟性高，聪明勤奋，虚心求教，令她的作品在短短几年突飞猛进，脱胎换骨。她说她现在还在吸纳，无论内容还是技法，生命还在做加法。或许有一天，厚积薄发，删繁就简，生命陡然绽放耀眼光华。

众说

想飞的鱼

李　君

依稀有鱼影儿，游进时光的波里
千年的荷叶依依
看折梅垂袖，仍那一件单衫杏子红底
不变清眸的女孩儿呵
只是放下了乌黑髻

一个朝代沉了，一个朝代浮起
莲子的记忆总青青如水
闭着眼去捻，捻起的还是汉魏那一粒
古老的爱情脸上
已经长满胡须

是谁，一次次背弃
是谁，又一次次浑然相系
任亘古的风吹唱西洲曲
终有一条鱼儿，想飞
你见她在天空生出新羽，很轻的样子
我见她划出一些痕迹
终于划破爱情厚重的记忆

别样女人

陌上青梅

在读想飞的鱼《粘贴心情》的时候，我觉得心在隐隐作痛，网络里这条轻灵的鱼，不知何时抓住了我的目光。

其实，我不知道她的相貌、年纪，更对她的背景一无所知，但我对网络里崇尚自我的女人尤为欣赏。

初到画林，她就引起了我的注意，但见她轻轻巧巧地抛下一篇《我爱白鹰》后，转身游开去，留给人们关于“飞鸟和鱼”爱情传说的许多遐想与唏嘘，我却隐约感觉到了鱼儿那双躲在屏幕后偷笑的眼睛。

此时，鱼儿是顽皮的，有着不着痕迹的潇洒，仿佛游弋于蓝天碧海间的精灵，找寻着属于自己的快乐。

之后，在她的一篇回帖里，我看到不一样的她，她说：“我喝醉了，醉在朋友家，我是想飞的鱼，我的酒还未醒……”看到这句话，我眼前出现了一幅画面：在风平浪静的大海，有一条娇小的美人鱼蜷缩在一块远离陆地的礁石之上，月光柔柔地抚着她的脸庞，透过薄雾，她醉红的脸蛋，散发出最美的珊瑚都没有的光彩，枕着海浪声，她静静安睡。在她眼角有颗晶莹的水珠，是海水，还是她的眼泪？没有人知道。

无论如何，她是美丽而神秘的，一如苍穹笼罩下的夜。

但读到她目光里的忧郁，还是在《粘贴心情》，在那些字里行间，仿佛看到了自己。她从精灵、美人鱼，终于还原为一个纯纯粹粹的女人。

世上只有女人，才会在夜色阑珊，曲终人散时，仍徘徊于曾经的爱情，在夜漆黑的背影下，涂抹自己苍茫缭乱的心情。

清醒的女子，即便爱情还没有被她看穿，可悲欢离合、来去聚散，已经不会太介怀了。而忧郁的女子，她的心永远好像缥缈的云，不改飘逸的性情，悄悄变换着，微微落寞着，于夜半惊醒时，觉得恍若隔世。

有人说：这世上，只要盛开，它就凋零，只要开始，它就结束，所有快乐背后都是忧伤，所有圆满也都是虚空。不知道鱼儿怎样认为呢？

我想起其他地方的一个女生，她叫往，喜欢思考，常常在奔跑状态下，记录自己矛盾重重的情感，她说：

“易曰：无往不陂，无往不复，故悟阿往。”

“来世愿意做一朵花，只负责美丽。”

“旅行就要一直走，一直走，不说话的行走。”

“女人以一个难题的方式，出现在人们面前。”

往用冷冷的文字，嘲弄着无望的爱情，虚伪的生活，时而清醒，时而无限憧憬。

这些可爱的女人，那么真实地活在自己的世界里，顽强、美丽。她们始终在寻觅至善至美，即使在爱与痛的边缘，仍苦苦寻访灵魂的归依。她们看重自己，热爱生命，放纵地宣泄内心情感，活得自我、率真、洒脱。

我多么喜欢她们，虽然我不曾表示，却在无声地接近着，在夜里聆听来自遥远心灵的声音。

与鱼同飞

李 凌

夏日的午后，一条鱼自遥远的水域，飞抵我的手心。

这是六月的最后一天，夏天的地铁正轰轰烈烈地开在季节的轨道上。旧的心事零落一地尚未来得及梳理，新的日子已经迫不及待发起了攻势。岁月是这样的仓促而模糊，让人找不到一隅来安放自己。就在这时，这条鱼与夏天一起向我飞来。在我的手里，它依然保持着飞翔的姿势。我得以坐下来，面对另一个女子的世界，以及另一个真实的灵魂。阅读开始了，2011年的夏天在窗外弥漫。随着《想飞的鱼》，我避开了街市的喧嚣和盛夏的燥热。

初识阑珊人，是在她的博客里。第一次，就为她的文字劈面惊艳。这是怎样的一个女子，有着这样灵性飞扬、恣意流畅的叙述？身边的一花一草，一鸟一虫，一人一事，一景一情，都被她信手拈来，快意点染。一行行妩媚的带有温度的文字，在她的指尖下妖娆地绽放：桃花不仅是花，而是“一种信号，是春天的标签。那不管不顾恣意绽放的花朵，那是蓬勃的春，是一种囚得了身，囚不了心，凌驾于万物之上的气度”；就连一把梳子，也“藏着时光后头失之不忧得之不喜的从容”；心情是一枚硬币，“你现在看到的我，是阳光的、绿色的，是硬币的正面。而硬币的另一面，颓靡、狂乱，甚至堕落——你看不见”；生命应该直面，因为“如果没有去尝试，你永远无法预见自己的命运，无法预知生命的高度与厚度，人生的丰厚与华美”……这些细腻炽热的文字，像一条极其柔韧的丝线，不知不觉把你的心慢慢提到高处，又猛然放开。于是，心如自由落体般轰然落下，在五脏六腑里来回摇摆，连四周的空气也为之激荡不已。你永远不知道，她心间的那只蝉下一刻将在哪个枝头嘶唱，你能做的只有期待和倾听。

后来，我与阑珊人有过一面之缘。在一次笔会上，她站在热闹的人群中，淡淡地说，静静地听，一点也不张扬。就像她的笔名一样：落花人独立，倚守阑珊处。她惦着她那群高三的孩子，匆匆地来，又匆匆地去。我和她的交谈不过只言片语，她淡然如水的样子还是留在了我的记忆里。那种安静与淡定，与那些令人怦怦心跳的文字，就这样不可思议地重叠在一起，糅合成了一个叫“阑珊人”的女子。

打开这本封面素净、内容厚重的散文集，我看到了一条鱼飞翔的痕迹，也读出了阑珊人内心的不阑珊。整整一百篇，清晰地展现出阑珊人生命和心灵历程中细细密密的经和纬。她从童年、少年、青年一路走来，沿途始终有亲情、爱情、友情和心情形影相随。每一篇都是自心灵滴落的浓墨，阑珊人以她的聪颖和灵性，将它们洇开在人生的底版上，大处写意，酣畅淋漓，小处白描，纤毫毕现。这些从心灵流溢出来的思想碎片，动感、跳跃、肆意、热情。它们呈现的，是行于所当行、止于所当止的美，是笔底有烟霞的美。那美，气韵绵长，畅达清通。那美，犹之蕙风，荏苒在衣。

每个人都有自己写作的初衷。宗璞说：“我写，因为我有；我写，因为我爱。”莫言说：“写作就是直面自己的灵魂。”……而阑珊人说得更加率性：“那些饱满的激情，那么丰盈，却无处可去。我把它们安排在文字的王国里，任由它们哭或者笑，生或者死。”在她的笔下，一条条性情的鱼向我们游弋而来：她写亲情，细腻温润；她写心情，率性恣意；她写友情，真挚动人；她写爱情，千回百转。在时间的河流里，阑珊人始终执着地与文字为伴，传递着且浓且淡的人生况味，和个体面对时间、面对生存、面对心灵的抽丝剥茧般的叩问和发现。她不停地倾诉，只为用文字安妥自己居无定所、颠沛流离的灵魂。

同样身为女人的我，与其说喜欢阑珊人的文字，不如说喜欢文字里渗透的种种心情。那些心情是如此相似，让远行的生命蓦然再次有了亭亭的感动。在已经逝去和正要逝去的年华里，我们都爱过，恨过，悲过，喜过，然后慢慢走向岁月沉淀后的澄明。那些心情里，有“轻罗小扇扑流萤”的烂漫，也有“梧桐更兼细雨”的寂寞，有“笑看春风秋月”的洒脱，也有“开到荼蘼花事了”的惆怅。生活千疮百孔，人如草芥般卑微，然而阑珊人始终以一颗玲珑剔透的心爱着。她用一双明亮的眼睛洞察着生活，书写着身边的事物。她用一颗敏感多情的心灵，热爱着尘世的缕缕烟火，疼惜着生活里的点点滴滴。她善于从细微中发现美，从平凡的生活中提炼诗意。她的那些文字像是时间水域中的芦苇，在时间的奔流中有一种生命的柔软与坚韧，诗意的回旋与飞翔。读阑珊人，内心里总有种情绪在温暖地荡漾，说不上是忧伤还是疼痛，是幸福还是苦涩，是希望还是怅惘。也许都是，也许都不是。正因为如此，阑珊人的文字质感而纯粹，干净而醇厚，飞扬而饱满，有一种抵达灵魂的力量，一种欲罢不能的魅力。我以为，那是贴了“阑珊人”的标签的。

随着阑珊人的脚步一路走来，我发现，她还是长安山下相思林畔那个单纯诗意的女子，只是被生活拖拽多年，人也就多少呈现出些许斑驳。而最初关于飞的梦想，却一直未曾泯灭。正如阑珊人自己所言：“一直不甘于尘世的平庸，企图以飞翔之姿穿越人生荆丛，于是，有了林林总总的文字。这些辗转于梦与现实之间烙下的印记，透过岁月的烟云，清晰可数。而我，只希望褪去所有繁杂无序的外壳，完成一次新的蜕变。”我想，这是给《想飞的鱼》这本散文集最好的诠释。

掩卷之余，不由想起古波斯诗人奥玛的一句诗：“此生正在飞翔。”正因为我们凡庸之人做不到诗意的终结，又被俗务所累，才格外想摆脱此在的困境。飞翔，我们的祖先就这样渴望过，到了我们仍然渴望着。人类也许曾有过翅膀，但已经退化了了，所以我们中的大多数并不迷恋天空。我们应如何努力，使自己的精神升华？生活，不仅仅是活着，还应该有诗的介入，怀揣飞翔的渴望，在俗务中捕捉瞬息的美，诗意地栖居。这样，生活才不是一连串时日的消逝，才能在不断的前进和攀升中，实现自我的探寻，找到生命的意义。

这样想着，我想我也许有些明白了，为什么阑珊人要做一条想飞的“鱼”。在绝大多数时间里，生活以琐碎和庸常的姿态出现在我们眼前。在看似平静的日常之流下，却有汹涌无尽的暗流，更多的人被卷走了人性和灵魂以及诗意的情怀。即便是一个曾经满怀诗意和梦想的女子，如今也不能不和白菜酱油不断地纠结和胶着。同样庸常琐碎的生活，却缔造出阑珊人那颗不甘寂寞与平淡的心。她的身体在现实中游弋，心灵却在天空上翱翔。正是在飞翔与困缚的矛盾冲突中，造就了“灯火阑珊处的人”与“想飞的鱼”这对既矛盾又和谐的意象。

在快乐与忧伤之间，在梦想与现实之间，在心灵与幻境之间，一条鱼向我们飞来。或许，它飞得还不够高，视野还不够开阔，它的心还很纤细很软弱。但是，它已经从尘埃里尽力跃起，真的飞了。这样一条鱼，也许是你，也许是我，也许是他。它在无数身处世俗却不肯妥协的心灵里，率性轻盈地飞翔，飞翔。

每个人心中都有一条想飞的鱼

朝 颜

远在福建的碧珍姐寄来她的散文集《想飞的鱼》。红的鱼，在灰的底版上腾跃，一种要破网而出的冲动，瞬间攫住了我的内心。无缘由的，只是喜欢。我知道，这鱼终究是飞不高的，和碧珍，和我，和很多尘网中的女人一样。

和碧珍仅一面之缘，憾我在明处，她在暗处。后在网络上相遇，和她交流不多，却惺惺相惜。读她的博客，看她写到了我，陡生见面不相识的恨意。去店里洗头，一直捧着那本书。想把一个女人读通读透，你就去读她的文字吧。是的，我一直这样认为。读男人的文字，你可以惊叹，可以拍案叫绝，却很难有所触动。女人的文字不同，读着读着，你就看到了一个灵魂深处的“我”，暗自嗟叹，顾影自怜。

感性的女子常常是这样，你提醒自己是幸福的，但你心中却总是有一些莫名的幽怨，它们就像纠缠不清的幽灵，无法遣散。无论多少热闹包围着你，你还是寂寞。这是宿命。

不可否认，她的这种淡淡的幽怨，影响到了我。虽然这种幽怨藏得很深，很隐忍。

在读这本书之前的一些日子里，我尽力地让自己远离文字，过一种平静而安详的日子。夫君相对如意，女儿亦算乖巧，我珍惜着每一分和他们相处的光阴，甚至是赌气、拌嘴。我想，我为什么要整天坐在电脑前写那些无关痛痒的文字呢。眼睛近视了，肩颈疼痛了，亲情，也在若即若离中疏远了。我像补足多年的欠账似的，拉着他们到处散步、疯玩，甚至去一个很久没有去过的地方，重温旧日的时光。我不再关心窗前的鸟鸣里有没有爱情，不再感叹街边的浓香凋零得过于迅疾，不再作许多无谓的思考。是的，我为什么要为文字感冒，瘦成一杆弱不禁风的芦苇呢？

碧珍，她没有放过我。她在那么远的地方突然就控制了我情绪，让我无法遏制地焦躁起来。那些于无声处掷来的文字，分明像一个个凌厉的石子，砸在我的心里，有剧烈的痛感。一个善感女子的反省和挣扎，我是懂得的。但是和你最亲近的人，却未必能懂。你想飞，但却常常重重地跌落在矛盾和纠结的池里。难过的是，这样的生活，我们都无法逃离。

回到家，书本摊在床上。八岁的女儿，刚刚还在郑渊洁的童话里沉醉，忽然就发现了这本书。我说这不是你看的，但她很认真地看完了其中一篇，然后央求我看完借给她看。孩子随我，从小沉迷于有字的东西，小小的心敏感细腻，写起日记来没完没了。我知道这样不好，但还是看着她一点一点地把我的毛病学了去。

你逃不掉的，就算把那条鱼按进泥泞，它还是要抬起头来，仰望白云。我又痛恨起自己的逃避来。记得一个朋友读完《一个人跳舞》，问我，那个带着你飞过一次的人哪儿去了？是的，哪儿去了呢？究竟是我弄丢了他，还是他弄丢了我？事实上，我把生命中很多美好的东西都弄丢了。于是，只能怀念。

有那么一段时间，我无比珍视生命中的懂得。但是正如所有的美好都只适合怀念一样，我渐渐感到了被懂得的窒息。不得不承认，美好是暂时的，缺憾是永远的。那条鱼，你是让它高高地飞起来，还是静静地安放在灰色的池子里呢？你左右奔突，无所适从。

飞与不飞，是一个难解的命题。

品一盅幸福的芳醅

郭　鹰

阑珊人亲自到龙岩送书，我也有一份。

淡淡的墨香，有几尾鱼在灰白相间的水中自由徜徉。双手接过书，先放在椅子上，不放心，又放进包里，就怕忘记，或是将书弄脏了。

我们相识时间不长，交流不多，几次笔会，蜻蜓点水般。她总是淡淡的，少言，离群，不像我，咋咋呼呼，嘻嘻哈哈。她的笔名叫阑珊人，总有千帆过尽的失落，有挥之不去的忧愁，似乎这又与我的性格不太投合。而粗粗浏览的博文中，又感觉有点强说愁的滋味……总之，她有欣赏她的文友，我有志趣相投的朋友。我们像泾渭分明的两条河流，朝不同的方向流去。

但是，当我用一天加一夜的时间，一口气拜读完这本《想飞的鱼》，我发现我错了。这分明是一位幸福的小女人书写她幸福的人生，这分明是一位貌似淡然实则有一颗火热内心的女人，这分明是看似小女人情怀却有着深邃思想的豁达和超脱，这分明是用亲情友情爱情酿制的浓得化不开的幸福芳醅。难怪她有那么多粉丝，连许多见多识广的资深编辑老师都说读她的文字相见恨晚，如沐春风。

亲情，温暖环绕着她的人生，包容与呵护成就一位幸福的小女人。妈妈是她最坚强的后盾，以至于妈妈的暂时离开，都会无所适从，无比思念；强势的婆婆那么包容这位不谙家务人情的媳妇，尤其在生了女孩后，大张旗鼓热烈庆贺，丝毫没有重男轻女；哥哥姐姐对写作的鼓励和支持，让人如此温暖；女儿，从爱哭的婴孩，到亭亭玉立的少女，那是一位多么聪明灵秀的女孩啊！这就是阑珊人的亲情世界，是啊，在这样一个充满爱和温暖的环境成长的女人，她的文字如何不充满浓浓的爱意和温暖？不过，我最感动的还是阑珊人强烈的感恩之情。是她的珍惜，她的呵护，她的感恩，酿制了这盅幸福的芳酩，让它散发着浓浓的香甜，深深感动着你我他。

如果说亲情是构筑这本《想飞的鱼》的重要部分的话，那么爱情、友情则构成这本书的华彩篇章。阑珊人似乎都在淡淡地说他人的爱情故事，《等你挂机》《一天一首爱情诗》《旧爱》《等你天黑》等等，从热烈滚烫到尘埃落定，悟透的何止是爱情，更是人生的宿命与禅机。而对于友情，阑珊人几乎用第一人称来写那些曾经在自己生命中留下温暖的朋友们，这其中，有不少是网络论坛的网友。是的，那些年，各色论坛方兴未艾，很多人的文字生涯就是从这些论坛起步的，其中也包括我。在论坛中，我们像刚刚坠入爱河的豆蔻少年，不顾一切，废寝忘食，无限迷恋，用短短几载时间，纵横南北，横贯东西，品尝着如果没有网络，估计一辈子都不可能品尝到的酸甜苦辣。当时光流逝，大浪淘沙，留下的一定是能够温暖陪伴一生的早已从网络下载下的真实的友情。于是，从阑珊人的文字里，我认识了知言、潭渊等等这些似曾相识的朋友们，也似乎回到那个可以释放真性情、书写真文字的网络童年时代。

其实我最喜欢的还是阑珊人的文笔。拿到书的第二天，有一位作协领导打电话来，他第一句话就说，哎呀，阑珊人的文字，真是文采飞扬啊！是啊，何止是文采飞扬，那些文字简直灵动得像一条条飞跃水面的鱼，溅起朵朵雪白浪花，迎合着海面上飞翔的海鸟，在晚霞中熠熠发光。文字的张力与想象力，简直发挥到极致。淡淡平平的故事，因为有了这些充满灵气的美丽文字，变得清新可人，令人爱不释手。

比如《丢了一把梳子》。一把牛角梳的丢失，本是生活中一件很小的事情，但是，她却写得如一曲古筝，悠扬深远，荡气回肠，字字珠玑。

“这把牛角梳跟了我好多年，岁月的磨蚀没有使其光华黯淡，反而让它呈现出温润的光泽——我喜欢那淡淡的黄，玲珑剔透，像是藏在时光后头失之不忧得之不喜的从容。”

“那些尘封的往事，那些与梳子有关的爱恨情仇，像一群静默在黄昏的麻雀，‘哗’地从电线杆上飞起，又雨点般落到田野里。”

“曾经以为永远不变的东西，转瞬间就烟消云散，谁也敌不过岁月这把刀，尽管坚硬如牛角梳，亦可令其毁于一旦。”

再比如《半日闲》。很普通的一个休闲的半日，那些灵动飞扬的文字，让这篇貌似随意而作的淡淡闲散的文字，充满禅机与深意。

“时光一寸一寸逝去，仿佛什么也没做，一个丰盈的下午，就减成一弯月牙。突然惶恐起来，时光飞逝让我感到恐慌，一个无所事事的下午，莫名追问自己，拷打生命的意义。罢了，流光易逝，且不去问为什么，只静静消受眼前偷来的半日闲。”

还有很多很多，无法一一列出。其实，这些灵动文字后面，是一颗善于深入思考的心灵。作为重点中学的语文老师，阑珊人有深厚的文学积淀，尤其善于运用古典文学的知识，这让她的文章充满浓浓的书卷味，充满优美深远的意境和深邃的思想，怎能不让人读来如沐春风，意犹未尽呢？

掩卷长叹，阑珊人，你太幸福了！正如你聪慧可爱的女儿所说，知足吧，事业顺利，家庭美满，你还有什么不满意的？是啊，正是有这些坚强的后盾，你可以像一尾鱼，恣意飞扬在属于自己的文学天空，悲伤着，高兴着，书写着，用文学充盈浸润着你的心灵，如清风明月般美好豁达旷远。

后记中，阑珊人写道：“老姐给我鼓劲，出吧出吧，出了以后你就不会再写此类文字了。”这句话，我印象颇深。是的，人生的路，就像一个接一个站台。今后，阑珊人一定会将自己的文学天赋朝向新的方向发展前进。正如她自己所说：“我渴望远方，向往外面的世界，一直觉得，如果给我一个支点，我是撬得动自己的梦想的。”

我相信，我期待，我祝福，阑珊人很快就会超越“此类文字”，撬动自己的梦想，走向更加深邃广阔的远方！

一尾鱼的阑珊梦

林语丛

外头的银杏摇尽了一树金黄，冬天来了。

在抵达小成都后的第四个月，在文字与追忆中，渐渐为摇曳的心找好了落脚点。整理思绪，重新打开那尾鱼游弋出的阑珊世界，顿悟生活就该如她般知足安乐。

这尾鱼，有两个别致的名字，一为“想飞的鱼”，一为“阑珊人”。这两个名字意境不一，却恰恰契合其人风格。这尾看似温婉灵动的鱼儿却有着脱离世俗、不安现状的野心，笔耕不辍意志笃定，让“飞”的梦想不仅仅只是梦想。而“阑珊人”呢？人来人往云起云落，她始终站在那儿，不动声色点破沧桑。

于我呢，我更喜欢那个安之若素的阑珊人，所谓人淡如菊，大概就是这个意思。

于是当我发现她使用多年的博客名由陈碧珍代替阑珊人时，心头莫名地涌起一阵失落。这里并没有贬低其本名的意思，不过觉得阑珊人代表的是她一身如瀑的诗意，和众人皆醉的自我欣赏，和孤独。

但是，一打开《想飞的鱼》，之前那些对名字的遗憾通通被打消。那尾灵动飘逸的鱼儿不断掠过眼前，交错着阑珊人喧哗中安静的自处和思考，而现实中为人师为人妻为人母的碧珍将这三个形象集齐一身，用她的睿智和善良，不断谱写自己的人生。

她一定是幸运的，获得了如此多的褒奖。但在这过程中的辛酸，也只有她一人省得。书里的内容在此不多加赘述，只说几件印象深刻的事。

两年前的深秋，她父亲去世。那时她刚任我老师不久，在不知原因地上了几节语文自习课后，她更新了博客，上面只有一句话，说：“父亲走了，我成了没爹的孩子。”那是多沉重的一句话，然而年少如我，并不能领会个中疼痛。后一日她回来上课，面颊消瘦两眼写尽了疲惫，我们突然意识到，她在渡过怎样的难关。在书里，她交代了整个故事，有一篇文章，是写她的母亲在大悲之时的大爱。她说：“母亲拼尽了全力，只为在人生最严寒的时候，给孩子们，一点温度。”我不由动容，在那样深切疼痛的日子，她依然能体察每一个人的感触，用她关切而充满爱的笔触，写出对母亲的敬佩与感恩。在她的人生旅途中，这样令她反复疼痛的事并不多，她并不因此而退缩彷徨，而是“让一切都退到岁月后头，雪藏起来”，在一次次打磨中自省，从文字中不断汲取能量，再用文字，温暖彼此苍凉的视野。

“我知道生命里每一次的打击就是一次蜕变，生活正以不变的步调朝我们走来，未来还有许许多多难料的不测在等待我们。我知道我们必须坚强必须勇敢必须义无反顾地面对。”

这尾执着的鱼，哪怕水面冻结，都能散发出热量，温暖自己，也温暖了整片水域。

当然，她还有温暖她的家人。

要问她什么是幸福，她一定会提及她阳光可爱的女儿。名如其人，她给女儿取名“嫣然”。意思当然是快乐开心健康成长。结果女儿不负母望，一副单纯阳光的模样，且越长大越懂事，成了稍稍“愚钝”的母亲的好军师。继承了母亲的优良传统，嫣然文风丝毫不亚于母亲。不过两人侧重不同，一个重散文，一个亲小说。有的时候上课，拿着新发的校刊，她会毫不避讳地表扬女儿的文字，周围同学起哄，她脸上还会泛起一圈羞涩的红，坚持把话都说完。那个时候，这尾老练的鱼像个刚开始初恋的少女，执拗可爱到不行。

鱼在书里写了很多和女儿的趣事，不会煮饭被女儿“嫌弃”，犯低级错误也只能老老实实接受女儿的教导，当然，母亲还是母亲，偶尔她也会对女儿生气地嚷嚷，不过好在母女都是好脾气且忘性大，脾气一过，又和好如初。而这，恰恰是她们母女情深最好的印证。前几天是嫣然18岁生日，鱼在博客里贴上了嫣然从小到大的照片，眼看嫣然从毛头姑娘长成亭亭玉立，这个母亲比谁都更快乐。鱼说，女儿就是她最好的作品，虽然不完美，但是却最得意。这尾鱼明白无论她在文坛中收获多少赞美，都不如女儿健康成长来得重要欣慰。这么多年，她能把握好她的每一个角色，都应该归功于她和谐的家，和她知足常乐执着向前的态度。

《想飞的鱼》或许只是这尾鱼在世间流转四十余载的个人手札，但我们依然能感受到她企图从文字中传递给我们的人生哲理。对于我们这些涉世未深的孩子，《想飞的鱼》完成了一种传递，是作为恩师，作为上一辈人给我们的精神指导。要我们不自私，坚强勇敢地走下去，爱下去。

书的厚度是有限的，但它的灵魂却不会。这尾鱼还在蹁跹飞舞着，任凭人世浮沉日渐沧桑，她依然在那儿，绘她自己的阑珊梦。

迹

侯嫣然

古人云："前面有车，后面有辙。"碧珍老师对于我，就是前面那辆车，而我一直遵循着她留下的痕迹，摸索着前进。

碧珍老师是我妈，在上了大学之后的很长一段时间，我都是一个"我妈我妈"不离口的小屁孩，造成周围的人以为我是个天天想家的妈宝。

跳开母女，她对我来说，是一个很重要的朋友。

十几年前，她开始在网络上写点文字，写的东西柔顺又甜美，像极了食堂里冰好的那一罐红豆沙。

十几年后，她常常和我探讨人生，偶尔写点东西总是隐约透出点悲凉，像是食堂顶上被小鸟啄破的旧玻璃窗。

更小的时候，我问过她，你写文章干吗啊？

已经忘了当时她给我的答案，却还清晰地记得自己的想法，你写文章又不发表赚钱，有什么意义么？

花了大把大把的时间，坐在电脑前，随着夏日的太阳东升西落，任黏稠的阳光洒满后背，生了细细的汗水。

我那时不懂，一直觉得所有东西要攥在手里，紧紧的才是真的。

文字什么的，都是虚无的。

我脾气很急，这是我为数不多继承她的地方。两三年前，我想不明白很多东西，又想要立刻钻进她脑袋看看她在想什么，于是直接登了她的博客偷窥。

她这个人很长情，又或者是记忆力不好，十几年邮箱密码和博客密码都是同一个，我偶尔一次看到之后就记下来了。

偷窥是煎熬的。

她的私密博客放着大概有公开博客三倍多的日志，从好几年前到现在的。大概是很多事情她觉得不便和所有人讨论，只能在某个深夜里自己窸窸窣窣地摸索着记下来。好像说完这一档子事，那些密密麻麻的痛苦就能减轻一些。

看完那些日志的时候，只觉得双肩发麻，时间像是过去很久。我很想用这种方式，表示我能够分担她心里一半的沉重。可是不能，即便我把她写的日志背诵得通顺，她的人生、她的生活依旧负在她的背上，纹丝不动。

前段时间看到一个问答，人生的本质既然是痛苦，为什么我们的父母还要把这种痛苦繁衍下去呢?

最佳的回答说：即便人生的本质是痛苦的，我们也愿意忍受这漫长的痛苦，去感受那些幸福的一瞬间。

我把答案截给她看。微信上那行“正在输入中”闪烁了很久，她终于回了一句：为了留下痕迹。

为了能够在这个世界上留下痕迹，像螃蟹爬过沙滩，像蜻蜓掠过湖面。正如潮汐会带走螃蟹的脚印，淡淡的涟漪过后湖面又会归于平静，人在世间万象间游览一趟后，也会消失。那些被记录下来的琐事，就是我们留在这个世界上的痕迹。

也许那些痕迹只是孤寂的落叶，蹁跹着坠落从未有人发现，又或者有陌生人，粗粗地看了两眼，知道有这么个人，有这么些心事。

这就足够了。

人一生是迢迢弱水，大家是艰难渡河的蜉蝣。

在我看来她是一尾鱼，她拍打水面溅起水花明灭，留下的涟漪，是我兜转人间的指引。

后　记

不曾想，整理这些零散文字，于我是一种痛苦的历程。

哀乐中年，悲多于欢，这些年发生的事，令我对生命生出一种敬意，没有谁可以轻松逃过命定一切。

再次将手上的小文汇编成册，没有先前的羞涩与不安，好比丑媳妇已经见过公婆，心下坦然。或者说可以坦然接受自己的不足与局限。在我看来，我们这些非专业的草根写作者，写得好不好并非重要，有没有社会意义也可以忽略，重要的是通过写，不断梳理，不停成长，给自己的人生留下一点痕迹。

散文是最接近心灵的东西，因为它真实。

真实性是我一贯的追求。记得上一本散文集《想飞的鱼》，作序的黄征辉老师说这是一条“基本真实”的鱼。没错，那个时候我还欲盖弥彰，说了许多遮遮掩掩的话，这回为力求还原生活本来的样子，我着实痛苦了。面对真实，尤其是不堪的真实，需要多大勇气，我不知道我有没有足够的勇气把它描摹好，总之尽力了。

另外一个忧虑，写到我的伐木场我的青春往事，绕不过许多人与事，因为时间久远很多事情模糊了，我很忐忑，不知道会不会因为我的记忆出了问题而冒犯大家。虽是散文，我用了小说笔调，因此无须较真。唐突之处，这里先致歉。

书名叫《非鱼集》，缘于许多人曾调侃，说我下一本集子该叫《会飞的鱼》，那就叫“非鱼”吧，本来就不是鱼，早该还原为真真实实的人了。书名的随意性，传递出一种理念，写作原本就是一件好玩的事。只要觉得好玩，有趣，足矣。至于深远的重大的意义，且别去想。

说了这么多，其实就是告诉大家，一个人的格局决定他的高度、深度与广度。我能做的，就只有这些。

这些文字大多是在2011年至2015年间写的，分五个部分。第一辑《行吟》，是笔会作业，歌咏闽西山水。第二辑《素描》，属于人物速写。第三辑《独语》，关乎内心独白，是近些年对生命的零散体悟。第四辑《乱弹》，属杂感，随性发些小议论。第五辑《众说》，则为他人的评论，说人说文都有，都是我喜欢的样子，也放上去，供大家一哂。

2016年3月30日